허형식 장군

중국 헤이룽장성 경안현 청송령 어귀의
허형식 희생지 기념비. 사진: 박도

동북 제일의 항일 파르티잔

허형식 장군

許亨植, 1909-1942

박도 실록소설

눈빛

추천의 글

아름다운 인연,
그리고 '약속'을 지킨 멋진 작가

장세윤

박도 선생님과 인연은 2000년부터 시작되었다. 오랫동안 독립기념관에 근무하다가 모교 성균관대학교 연구교수로 자리를 옮긴 지 얼마 되지 않은 그해 7월 13일(목요일)이었다. 그날 아침 학교로 출근하자 행정실에서 그 전날 나를 찾는 전화가 왔다고 하면서 연락처 메모를 전했다. 그래서 당시 이대부고 국어교사로 재직 중이었던 박 선생님을 내 연구실에서 만나게 되었다. 그는 동북항일연군 제3로군 허형식(許亨植) 군장에 대해 큰 관심을 갖고 관련 문헌을 찾던 중 내가 1993년에 『한국독립운동사 연구』 제7집에 쓴 「허형식 연구」를 보고 수소문하여 만나게 된 것이다.

나는 그분과 이전에는 아무런 연고가 없었다. 그는 경북 구미 출신이고, 나는 전남 광주 태생이다. 혈연이나 학연도 전혀 없었다. 굳이 인연을 찾자면 할머니가 선산 김씨라는 사실을 들 수 있을까? 하지만 우리는 그날 이후 여태껏 허형식 장군이 맺어 준 인연으로, 이제까지 정말 좋은 관계를 유지해 오고 있다. 그는 나보다 13년 연상으로 선배이자 선생님이며, 때로는 자상한 아버님이나 형님, 동료와 같은 느낌이 들기도 한다.

박 선생님은 그해 여름방학 때 허형식 장군 유적지를 찾아가겠다고 하면서 무언가 나에게 도움을 청했다. 그래서 마침 내가 알고 있던 중국 헤이룽장성 사회과학원 산하 중국공산당사연구소 김우종 선생을 소개했다. 그 무렵 나는 중국 당국에서 허형식 장군과 같은 영웅적 활약을 한 분이라면, 어떤 기념비나 기념관을 세워 놓지 않았을까 하는 막연한 생각을 갖고 있었다. 그래서 나는 박 선생님에게 중국 하얼빈 북방 경안현(慶安縣)까지 허형식 장군의 발자취를 찾아 직접 답사해 보라는 조언도 했다.

마침내 박 선생님은 한국인 최초로 2000년 8월 18일 중국 헤이룽장성 경안현 대라진(大羅鎭) 청송령(靑松嶺) 어귀에 있는 '허형식 희생지' 기념비를 찾아가 들꽃을 바치며 참배했다. 나는 그런 인연으로 박 선생님과 함께 이후 『개화기와 대한제국』 『일제강점기』 『미군정 3년사』 등의 우리나라 근현대사 사진집도 펴냈다. 그새 박 선생님은 국어 교사·소설가에서 이제는 전문적 역사가·역사 저술가로 발돋움했다.

박 선생님 현지답사 이후 나도 언젠가 허형식 장군의 고결한 삶의 자취를, 특히 그분의 희생지를 찾아가리라는 결심을 했다. 그런 가운데 마침내 2013년 7월 8일, 지도교수인 성대경 선생님 등 대학교수 답사단과 함께 경안현 청송령 어귀의 '허형식 희생지' 기념비를 찾아갔다. 그날 현지에서 우리 일행은 조촐한 허형식 장군 추모행사를 올렸다.

박 선생님으로부터 『허형식 장군』 발문을 부탁받고, 내가 감히 이런 글을 쓸 자격이 있는지 오랫동안 고민하다가 나와 박 선생님과 인연은 오로지 허형식 장군으로 맺어졌기에 그런저런 연유와 이 작품에 대한

내 생각을 몇 자 적어 본다.

작가는 이 작품 후기에서 "대붕을 그리려다 연작을 그리다"라고 겸손하게 말하고 있다. 하지만 내가 보기에는 오히려 연작을 그리려다 대붕을 그렸다. 이 작품은 '소설'을 표방하고 있지만 일반 소설이라기보다 실록, 아니 전기에 더 가깝다고 본다. 작가는 허 장군의 생애와 그의 영웅적 반제·반봉건 투쟁 등에 대한 사실 묘사에 충실한 나머지 상상력을 극도로 자제했다.

작가는 20세기 전반기 우리나라가 일본의 식민지로 전락했을 때, 우리 민족에게 절실히 필요로 했던 독립과 자유, 평등, 공동선과 그 실현을 위해 희생한 한 항일 명장의 장대한 서사시이자 영웅적 드라마를 멋들어지게 그렸다. 이 작품의 주인공 허형식은 당대의 여러 가지 모순을 척결하고, 억압과 폭력, 차별이 없는 사회, 불평등과 탐욕, 약자에 대한 수탈이 없는 사회, 정의롭고 자유로우며 풍요로운 사회, 현재보다 더 나은 미래의 이상사회를 건설하기 위해 맹렬히 투쟁하다가 끝내 33세의 나이로 만주국 '토벌대'의 총탄에 장렬히 산화했다. 허 장군은 자신과 가문의 이익과 영달을 위해 희생한 게 아니라, 오로지 조국과 민족을 위해 당신 모두를 제물로 바쳤다. 이 작품의 일부 픽션 부분은 사실 전개에 무리가 없는 내용으로 최소화한 것으로 판단된다.

허형식 장군과 그 가문의 활동은 매우 비장하면서도 오늘 우리에게 안타까움을 주기도 하지만, 우리나라 역사에 아름다운 한 페이지를 장식했다. 나는 이 작품을 읽으면서 그동안 우리가 이런 역사적 사실에 너무나도 무관심하고 무지했으며, 당장 눈앞의 이익에 급급하여 가장 중요한 덕목과 가치를 잊은 채 살아왔다는 자괴감을 지울 수 없었다.

내가 아는 박도 선생님은 일제강점기, 아니 독립전쟁기에 온갖 어려움 속에서도 실천궁행을 마다하지 않았던 독립지사처럼 곧은 지조와 절개를 지닌 작가이자 역사학자요, 역사 연구자라 하겠다. 이 실록소설 『허형식 장군』은 작가 필생 역작으로 언젠가는 그 가치와 진면목이 만천하에 드러나리라고 굳게 믿는다.

작가는 나에게, 그리고 여러 독자들에게 허형식 장군의 생애를 그린 소설을 꼭 당신 생전에 완성하겠노라고 몇 번이나 다짐했다. 그는 마침내 현지답사 16년 만에 그 어렵고도 힘든 약속을 지켰다.

이중환(李重煥)은 『택리지(擇里志)』에서 "조선 인재의 반은 영남에 있고, 영남 인재의 반은 일선(一善: 선산의 옛 지명)에 있다. 그런 까닭으로 예로부터 선비가 많았다(朝鮮人才半在嶺南 嶺南人才半在一善 故舊多文士)"라고 하여, 선산 고을을 충절과 학문의 고장으로 여겨왔다.

박도 선생님은 허형식 장군과 같은 고향인 선산 구미 금오산 기슭에 태어났다. 그는 어린 시절부터 금오산을 바라보며, 이 나라를 구할 영웅을 학수고대했다. 그런 가운데 그의 나이 예순이 가까운 1999년에 머나먼 북만주에서 하얼빈 동북열사기념관에서 허형식이란 영웅을 만났다. 그는 그 이듬해 만주국 경찰의 총탄에 장렬히 전사한 허형식 장군 희생지를 현지 답사한 뒤, 오랜 각고 끝에 이 실록소설 『허형식 장군』을 완성했다. 이 작품은 분명 청사에 길이 남을 것으로 믿는다. 나는 이 작품을 읽는 내내 너새니얼 호손의 「큰 바위 얼굴」이 떠올랐다.

독립전쟁기 때 머나먼 북만주 일대에서 활약한 위대한 항일 파르티잔 생애를 그린 실록소설 『허형식 장군』은 독자들에게 큰 감동과 기쁨을 줄 것이다. 아울러 작품의 행간에 담긴 귀중한 의미와 자긍심도 얻을 것으로 믿는다. (동북아역사재단 수석연구위원)

차례

[추천의 글] 아름다운 인연, 그리고 '약속'을 지킨 멋진 작가 - 장세윤 / 5

제1부 항일 파르티잔 허형식 장군

제1장 북만주의 여름밤
소부대 현지 지도 13 / 소릉하 계곡 22 / 북만주의 여름밤 28 /
고향 집 36 / 일본의 야욕 46

제2장 압록강을 건너다
왕산 허위 55 / 허위의 순국 64 / 경술국치 71 / 순국의 여진 77 /
압록강을 건너다 86

제3장 망명생활
수토병 94 / 삼원포 102 / 신흥무관학교 110 / 환위이민정책 116 /
독립전쟁 121 / 경신참변 127

제4장 항일전사가 되다
이가태자 132 / 핏빛 이주사 143 / 붉은 바람 150 /
일본총영사관습격사건 159 / 심양 감옥의 결의 164

제5장 동북 제일의 파르티잔
중국공산당 빈현특별위원회 170 / 마침내 군장이 되다 177 /
추적자 184 / 장엄한 희생 192 / 뒷이야기 201

제2부 영웅을 찾아가다

제1장 하얼빈 동북열사기념관에서 허형식을 만나다
유언 211 / 하얼빈 216 / 동북열사기념관 220

제2장 영웅을 찾아가다
빈안진 226 / 풍운의 대륙 232 / 들꽃을 바치다 237

[작가 후기] 대붕(大鵬)을 그리려다가 연작(燕雀)을 그리다 / 245
참고문헌 249

제1부
항일 파르티잔 허형식 장군

만주 벌판

제1장
북만주의 여름밤

소부대 현지 지도

　1910년 8월 29일, 일본은 유사 이래 호시탐탐 노리던 이웃 조선을 마침내 강점했다. 일본의 조선 강점은 끝내 양국 모두 비극의 시발점인 줄 몰랐다. 일본의 야욕은 노파와도 같았다. 일본은 조선을 강점한 데 이어 만주도 그들의 손아귀에 넣고자 배보다 배꼽이 더 큰 욕심을 부렸다. 그들은 1931년 9월 18일에 이른바 '만주사변(일명 9·18사변)'을 일으킨 뒤, 그 이듬해(1932년) 3월 1일에는 동북 삼성에다가 위만국(僞滿國, 괴뢰만주국)을 세웠다. 그러자 중국 동북(만주)의 인민들은 항일 반만운동을 들불처럼 일으켰다. 이에 일제는 그 들불을 잠재우고자 1936년부터 대대로 '만주국 치안숙정계획'을 세웠다. 그들은 먼저 만주 주둔 일본 관동군을 40만 명에서 76만 명으로 대폭 증강시켰다. 그런 뒤 일제는 그때까지 만주에 남아 있는 항일세력들을 대대로 토벌하기 시작했다.
　일본은 1904년 러일전쟁에 이어 언젠가는 동북아시아 패권을 두고 다시 한 번 더 소련과 크게 맞붙을 것을 예상했다. 그리하여 그들은 그 무렵부터 대소(對蘇) 전쟁을 착실히 대비했다. 1941년 독소(獨蘇) 전쟁이 발발하자 일본은 그 전운이 머잖아 동북아로 옮아올 것에 대비하여 그때부터 그들의 판도 내 항일무장 세력을 더욱 무자비하게 토벌하기 시작했다. 일제의 만주국 치안숙정작업은 마치 조선 참빗으로 머릿니를 잡듯이 샅샅이, 그리고 하나도 남김없이 낱낱이 만주벌판에 그때까지 남아 있던 항일세력들을 싹싹 빗질하듯 말끔히 토벌했다. 이로써 동북에 잔존한 동북항일연군은 아주 극심한 곤경에 처하게 되었다.

일제의 만주국 치안숙정작전이 극도에 이르자 항일 반만유격운동의 중추였던 동북항일연군 간부들은 중국공산당(이하 중공당) 방침에 따라 1940년 12월 중순부터 중소 국경을 넘어 연해주 소련 영내로 넘어갔다. 그들은 조선인 최용건(崔庸健)·김일성(金日成)·안길(安吉) 등과 중국인 주보중(周保中)·왕명귀(王明貴)·풍중운(馮仲云) 등이었다. 그리하여 러시아 연해주 보로실로프 근처의 남(B)야영에는 동북항일연군 제1로군과 제2로군 일부가 주둔했으며, 하바롭스크 근처의 북(A)야영에는 동북항일연군 제3로군과 제2로군 다수가 주둔했다.

하지만 동북항일연군 제3군장 허형식(許亨植)·정치부주임 김책(金策)·조직부장 장수전(張壽錢. 본명 李兆麟, 중국인) 등이 활동하고 있는 제3로군 일부는 끝까지 북만(북만주)의 전구(戰區)와 동북의 인민을 지키면서 그 명맥을 유지해 갔다. 이들 가운데 김책과 장수전은 몇 차례 소련 경내로 넘어갔다가 다시 북만주에 돌아와 활동하는 등, 그들은 중공당 방침에 따라 중소 국경을 수시로 넘나들었다. 하지만 유독 허형식 군장은 단 한 번도 소련 영내로 넘어가지 않았다. 허 군장은 시종일관 북만의 전구를 지키면서 인민들을 보살폈다. 그러면서 소부대 활동으로 그때까지 남아 있는 동북항일연군 잔존 부대원의 현지 지도에 골몰하고 있었다.

1941년 10월, 허형식 군장은 중공당 지시에 따라, 눈물을 머금은 채 자기 부대 산하 제6, 12지대 150여 대원들을 어쩔 수 없이 소련으로 보냈다. 그런 다음 허 군장은 잔여 병력을 다시 둘로 나눠 한 갈래는 박길송(朴吉松, 조선인) 부대에, 또 다른 한 갈래는 장서린(張瑞麟, 중국인) 부대에 배속시켰다. 그런 뒤 박길송 부대는 경성(현, 경안)·철력 일대를, 장서린 부대는 파언·목란·동흥 일대를 각각 관할케 했다. 허 군장은 수시로 이들 두 소부대의 관할지역 활동을 현지 지도하면서 동북의 마지막 전구를 굳건히 지키며 계속 일제와 맞서 싸웠다.

  소부대 활동이란 그동안 일본의 치안숙정계획으로 무너진 동북항일연군의 조직을 회복시키면서 반일회 등의 대중 조직을 다시 결성하거나 새로운 항일연군 대원을 모집하는 게 그들의 주요 임무였다. 그러면서 그들은 일제 관동군과 괴뢰 만주국의 통치기관·군사시설·교통 및 운수의 현황 등을 조사하고, 상황에 따라 유격전으로 이들 기관이나 시설을 기습 공격하여, 적에게 막대한 타격을 주는 역할을 담당했다.

  장서린 소부대는 1942년 초여름까지 헤이룽장성 파언·목란·동흥 등 드넓은 전구 곳곳에 항일구국회를 조직하고, 일백여 명의 신입 회원을 모집했다. 이 소식을 전해 들은 허형식 군장은 장서린 부대장의 노고를 격려 치하코자 예고 없이 현지 지도에 나섰다.

  허 군장의 현지 지도는 토벌대들이 첩첩히 에워싼 경계초소를 우회하거나 인적이 드문 험준한 산악이나 밀림지대를 꿰뚫고 다녔다. 그래서 만주국 군경들의 항일연군 토벌작전은 늘 '행차 뒤 나팔 격'으로, 그들은 일제 관동군에게 몹시 심하게 조롱당하고 있었다. 그러자 만주국 군경들은 대공비 첩보망을 더욱 강화시킨 뒤, 물샐 틈 없는 철저한 경계 작전을 펴고 있었다. 허 군장은 그런 낌새를 미리 알아차리고, 그 즈음에는 자기 애마인 백마를 타는 일도 삼간 채, 수행원도 한둘만 데리고 다니는 아주 간편한 차림으로 소부대 현지 지도를 하고 있었다.

　1942년 7월 31일, 허형식 군장은 경위원(경호원) 진운상(陳雲祥, 중국인)만 데리고 아주 단출하게 소부대 현지 지도에 나섰다. 그는 먼저 주둔지에서 가까운 경성·철력 일대를 관장하고 있는 박길송 소부대에 들렀다. 박길송은 조선동포로 용감무쌍한 전투력과 초인적인 의지를 지니고 있었다. 그래서 허형식은 그가 부하이지만 늘 그에 대한 경외심을 가지고 있었다.

　박길송은 1918년 지린성 왕청현 영창동(현, 도문시 석현진)에서 가난한 농사꾼 아들로 태어났다. 그는 1933년 중국 공산당에 가입한 이래 늘 항일반제운동에 앞장섰다. 1935년 12월 어느 날 박길송은 한 변절자의 밀고로 만주국 라자구 경찰서에 끌려갔다. 경찰은 이미 박길송이 왕청현 공산당 조직의 중요한 책임자라는 것을 파악하고 있었다. 그래서 만주국 경찰은 박길송을 통해 공산당 조직의 비밀을 고구마 넝쿨처럼 줄줄이 캐려고 갖은 고문기구로 가혹하게 다뤘다. 하지만 박길송은 끝내 입을 열지 않았다. 그러자 경찰은 다시 함정수사로 그 방법을 바꿔 박길송을 슬그머니 석방시켰다. 박길송은 석방 즉시 그런 낌새를 알아차리고 영안(현 헤이룽장성 영안시)으로 도망간 뒤 곧장 동북항일연군에 편입했다.

　그 뒤 박길송은 동북항일연군에서 사상성과 투쟁력을 인정받아 단시일 내 진급을 거듭하여 1938년 연말에는 허형식이 지휘를 맡고 있는 용남임시지휘부 산하 독립2사 정위가 되었다. 이후 그는 항일연군 제3로군에 지대가 편성되자, 제12지대장을 맡았다. 그는 지대장 재임 시절 수릉·철력 등지에서 여러 차례 만주국 군경들과 전투를 벌이다가 세 번이나 크게 부상을 당했으며, 마침내 왼쪽 눈까지 잃은 등 고난 속에서도 역전의 항일전사로 명성을 드날렸다.

허형식은 박길송 부대로 소부대 현지 지도를 가는 첫날은 도중 산에서 숙영을 했다. 그는 그런 산중 야영생활에 매우 익숙했다. 그야말로 풍찬노숙이 몸에 뱄다. 이튿날인 8월 1일, 허형식 군장은 박길송 부대에 들러 현지 지도를 했다. 박길송은 현지 지도가 끝나자 허형식 군장에게 자기 막사에서 하룻밤 묵고 가라고 붙잡았다. 하지만 허 군장은 보안을 이유로 끝내 그 후의를 뿌리쳤다. 그런 뒤 허 군장은 박길송 소부대를 떠나 인근 계곡에서 묵었다. 이는 소부대에 민폐를 끼치고 싶지 않는 허 군장의 깊은 배려와 그 무렵 만주 군경의 한결 강화된 대토벌 공비토벌 작전에 대한 사전 방어와 보안 때문이었다.

다음 날인 8월 2일, 허 군장은 장서린 소부대로 현지 지도를 갔다. 그 무렵 장서린 소부대는 경안에서 수십 킬로미터 떨어진 청송령 깊은 계곡 숯막에 은거하고 있었다. 허 군장은 이른 새벽부터 강행군했으나 그곳까지는 워낙 먼 길이라 그날 하오 2시를 넘어서야 부대에 이르렀다. 그는 도착 즉시 장서린 소부대장으로부터 동흥의 두도하자, 이도하자, 삼도하자 등 산기슭의 일백여 숯구이 노동자들을 항일회원으로 끌어들였다는 흐뭇한 보고를 받았다. 허 군장은 어려운 여건 속에서 큰 공적을 이룬 장서린 소부대장의 노고를 극구 격려 치하한 다음, 그 회원 명단을 적은 문건을 건네받아 자기 배낭에 담았다. 장서린은 허 군장이 곧장 자기 부대를 떠나려고 하자 하룻밤만이라도 묵고 가라고 간청했다.

"먼 길 오셨으니 누추하지만 저희 부대 막사에서 하룻밤 푹 쉬어 가십시오. 이 여름 저희 숯막에서 땀을 죽 빼고 찬물로 목욕하면 몸이 아주 가뿐해집니다."

"장 대장의 후의는 고맙소. 이 여름 숯막에서 땀을 빼는 것은 그야말로 이열치열의 아주 좋은 피서법이군요. 하지만 나는 이 길로 곧장 가야 하오."

허 군장은 일언지하 장 부대장의 간청을 단호히 거절했다. 그는 갈 길도 멀거니와 실은 예하 부대에 폐를 끼치고 싶지 않았기 때문이다.

"그럼 빨리 준비시킬 테니 한 끼 진지라도 드신 뒤에 가십시오."

"고맙소. 점심은 여기로 오는 도중에 이미 먹었소. 갈 길이 워낙 멀기에 저녁을 먹고 갈 시간은 없소."

"아무리 그래도…."

"나야 이미 목숨을 내놓은 사람이지만, 내가 여기서 미적거리다가 인근 밀정들의 제보로 이곳 숯구이 노동자들이 위만국 토벌대의 집중공격으로 화를 입을지도 모르지 않소? 그건 신입 회원들에게는 날벼락으로 예의가 아니지요."

허형식은 자기가 오래 머물지 못하는 유비무환의 심경을 장 부대장에게 솔직히 말했다.

"군장님! 무슨 그런 불길한 말씀을 …."

"요즘 따라 이 북만주에는 밀정들이 부쩍 날뛰고 있소. 아무튼 장 대장의 후의와 배려는 고맙지만, 나는 그만 이 길로 곧장 가겠소."

"험하고 먼 길을 오셨는데, 이렇게 선걸음으로 보내기에는…."

"일없소. 어디 오늘만 날이오. 우리의 원수 일본이 패망하는 날, 내 이곳으로 가장 먼저 달려오리다. 그때 내 이곳 부대원들에게 크게 잔치를 베풀겠소."

장서린은 그 말에 감격하여 깊이 고개를 숙여 경배한 뒤 말했다.

"그날이 오면 저희들이 허 군장님을 먼저 초대하여 크게 잔치를 베풀겠습니다."

"좋소, 장 대장! 한 번은 내가 베풀고, 또 한 번은 장 대장이 베풀면 더욱 좋지 않겠소. 왜 이백의 시구도 있지 않소. '한잔 한잔, 또 한잔(一杯一杯復一杯)'이라는…."

허 군장은 그 말을 마친 뒤 파안대소했다.

"잘 알겠습니다. 아무튼 우리 빨치산들은 보안이 제일이지요."

장서린은 그렇게 대답한 뒤 그도 뭔가 불길한 예감인지 또 한마디했다.

"하기는 이즈음 위만국 군경 놈들은 더욱 눈에 쌍심지를 켜고 이 일대를 헤집고 다닙니다."

"일제 관동군놈들이 위만국 졸개들에게 우리 항일연군 목에다 현상금을 걸었을 뿐 아니라 1계급 특진까지 시킨다는 미끼를 내걸었다오. 그래서 그들의 주구(走拘, 앞잡이)인 위만국 군경 놈들이 우리를 잡겠다고 더욱 설치는 거요. 뭐, 내 목에는 현상금이 5천 원이라고 하드만."

허 군장은 그 말을 하고 쓴웃음을 지었다.

"그 금액은 5년 전 얘기입니다. 이즈음은 1만 원으로, 돌아가신 조상지(趙尙志) 군장님 생전의 현상금과 같은 값이라고 하더군요."

"아, 그래요? 그놈들은 내가 군장이 된 걸 아주 귀신같이 알고 있구먼. 1만 원이면 동북 인민들은 평생 팔자 고칠 돈이 아니오?"

"그런 큰돈이니까 밀정 놈들은 더욱 미친 듯이 목을 뽑고 개코처럼 킁킁거리며 동북 일대를 마구 쑤시고 다니지요."

"이즈음 그들의 소행을 보면, 일본이 망할 날도 그리 멀지 않았소. 그들은 마지막 발악을 하는 듯하오."

"저도 그런 낌새를 느끼고 있습니다."

그 무렵 일본 관동군들은 항일 빨치산 체포에 많은 현상금과 1계급 특진이라는 미끼를 걸어 두고 있었다. 그들은 이런 미끼로 항일 빨치산 대원들을 투항시키거나 생포한 다음 이들을 동물 사육하듯이 먹이로 길들였다. 그런 뒤 이들에게 지난날 동지를 고자질케 하거나 전구의 위치를 알아내는 등, 오랑캐로써 오랑캐를 잡는, 이이제이(以夷制夷) 수법으로 항일연군의 근거지를 뿌리째 뽑는 작전을 펼쳤다. 허 군장은 그런 얘기를 장서린에게 들려준 뒤 당부의 말을 했다.

"서양 속담에 '겨울이 깊으면 봄은 멀지 않다'고 했소. 아무튼 우리 조금만 더 이 고난의 세월을 참고 지냅시다."

"네, 허 군장님! 저도 일본과 위만국이 곧 망할 낌새는 이미 느끼고 있습니다. 이즈음 꼭두각시 푸이란 놈은 완룽 황후와 원슈 황비의 치마폭 속에서 하루 종일 아편에 절어 지낸답니다. 지금 그 모든 일제의 간악한 침략을 다 아는 동북 인민들의 분노는 하늘을 찌르고 있습니다. 예로부터 민심을 거역하면 하늘은 벌을 내리기 마련이지요. 옛말에 '하늘에 순종하는 자는 살아남고, 하늘을 거역하는 자는 패망한다'고 했습니다."

"그럼요. 인민은 하늘이지요. 두고 보시오. 아마도 일제와 위만국이 망하는 것은 시간문제일 겁니다."

"그런데 무슨 일이든 마지막 고비를 넘기는 게 대단히 중요하지요."

"그건 그렇소. 하지만 '인명은 재천(在天)'이라고 하지 않소. 너무 괘념치 마시오."

장서린의 거듭 염려하는 말에 허형식은 호탕하게 대꾸했다.

"현지 지도 말씀 감사합니다. 아무쪼록 허 군장님, 옥체 잘 보존하십시오. 해방의 그날을 꼭 보셔야지요. 군장님의 애마인 백마를 타고 조선 고향 땅에 금의환향도 하시고요."

"고맙소, 장 대장! 그럼, 그날을 위하여 계속 수고하시오."

허 군장은 장서린 부대장을 가슴에 꼭 껴안았다. 그러자 장서린도 허 군장을 두 팔로 부둥켜안았다. 그날따라 장서린은 거듭 허형식의 신변을 당부했다.

"허 군장님! 가시는 길마다 아무튼 일제의 사냥개들 부디 조심하십시오."

"알겠소. 하지만 우리가 그 사냥개들이 무서워 어디 항일을 못하겠소. 우리 조선 속담에는 '구더기 무서워 장 못 담그랴'라는 말이 있다오."

허형식은 그날따라 장서린 소부대장 앞에서는 허장성세라도 부리고 싶었다. 그래서 다소 큰소리를 쳤다.

"옳은 말씀입니다. 하지만 언제나 방심은 금물입니다."

"그 말은 늘 새겨들어야 할 금과옥조요. 아무튼 장 대장의 충고와 배려는 고맙소."

장서린 역시 그날따라 그래도 뭔가 불안하여 굳이 그곳 지리에 밝은 자기 경위원 왕조경을 길 안내자로 딸려 보내려고 했다.

"일없소. 그만두시오."

"아닙니다. 제 관할인 이곳에서 동흥령 고개를 벗어날 때까지는 제 경위원의 길 안내를 받으십시오."

허형식은 장 대장의 말도 일리가 있기에 그의 호의를 흔쾌히 받아들였다.

"장 대장의 깊은 배려 정말 고맙소."

그러자 장서린은 기어이 곧장 떠나려는 허 군장을 위해 재빨리 차반을 준비했다. 그는 자기 방에서 고량주 한 병을 꺼낸 뒤 토굴 곳간으로 가서 참나무 연기로 훈제를 해둔 멧돼지 고기에서 가장 맛있는 넓적다리 살 두어 근을 손수 대검으로 잘랐다. 그런 뒤 칡잎과 칡넝쿨로 정성껏 싸서 묶은 뒤 왕조경 배낭에 넣어 주며 말했다.

"오늘 저녁 허 군장님이 진지 드실 때 내 대신 백주(고량주)와 함께 이 멧돼지 고기를 안주로 정중히 대접하라."

"알겠습니다."

그러자 왕조경은 칡잎에 별도 소금을 챙겨 자기 배낭을 넣은 뒤 등에 멨다. 그는 만일에 대비하여 기관단총 탄창에 실탄을 가득 장전하여 어깨에 멘 뒤 허형식을 따라나섰다.

그날 늦은 오후, 허형식은 경위원 진운상과 함께 장서린 소부대원 왕조경의 길 안내를 받으며 경안현으로 가고자 장서린 소부대 숯막을 떠났다. 그들 세 사람은 그 일대를 샅샅이 수색하는 만주국 국군이나 전투경찰 토벌대를 피하고자 일부러 사람의 발길이 잘 닿지 않은 깊은 산길로 갔다. 그들은 위험한 지름길을 피해 우회로로 매우 험한 산길이었다. 그래서 때로는 계곡을 건너고, 가파른 산길을 오르내리기도 했다.

그들 세 사람은 장서린 소부대 숯막을 떠나 30여 리를 걷자 곧 땅거미가 졌다. 그날은 음력 6월 21일로 하현달은 그때까지도 깜깜 무소식이었다.

소릉하 계곡

그들 세 사람은 마침내 청송령 들머리 소릉하(邵凌河) 계곡에 이르렀다. 그곳은 계곡도 깊은 데다가 숲도 우거졌고, 개울도 졸졸 흐르기에 은밀한 숙영지로는 아주 안성맞춤이었다. 그곳 지리에 밝은 왕조경이 말했다.

"군장님! 이곳에 숙영지를 마련하는 게 어떠할까요?"

"좋소."

허 군장은 흔쾌히 대답했다. 그러자 왕조경과 진운상은 그곳 산기슭 개울 곁에다가 숙영지를 잡았다. 숙영지가 개울 곁이라 밥을 짓거나 세수하기도 좋은 곳이었다. 왕조경은 도착하자마자 쉬지도 않고 즉시 배낭에서 야전삽을 꺼내 숙영지 바닥을 평평하게 다졌다. 그러자 허형식이 만류했다.

"그만 됐소. 하룻밤 잘 곳인데."

"아닙니다. 군장님! 잠자리 바닥이 평평해야 편히 주무실 수 있습니다. 잠을 푹 주무셔야 피로도 쉬 풀립니다."

오랜 숙영생활에 익은 허형식은 왕조경의 말이 옳다고 여겼다. 사실 빨치산들은 숙영생활에서 무엇보다 잠을 편히 자야 다음 날 일정도, 또 불시에 공격해 오는 토벌대와 전투도 잘 치를 수 있었다.

"그래도 좀 쉬었다 하시오."

"아닙니다. 날이 더 어두워지기 전에 빨리 끝내야 합니다."

왕조경은 야전삽으로 계속 숙영지 바닥을 다지는 동안 그새 진운상은 언저리에서 풀을 한 아름 베어 안고 왔다. 그러자 왕조경은 다진 바닥에 진운상이 베어 온 풀을 푸짐히 깔았다. 그 시간 허형식은 숙영지 곁 바위에 걸터앉아 총기를 손질했다. 그는 현지 지도를 다닐 때면 으레 권총과 기관단총 두 종을 휴대했다.

두 경위원은 숙영지를 다듬은 뒤 다시 산으로 올라가 마른 삭정이를 한 아름 구해 왔다. 허형식이 다소 놀라며 말했다.

"웬걸 그렇게나 많이?"

"저녁밥도 짓고, 한밤중에 우둥불(모닥불)이라도 피우려면 이것도 모자랄 겁니다."

"이 여름에 우둥불이라니?"
"이곳 산중에서 숙영할 때는 우둥불을 피워야 산짐승들이 덤비지 않습니다. 눅진한 밤의 습기도 없앨 수 있고요."
왕조경의 그 말도 맞았다. 하지만 허 군장은 예삿날과는 달리 우둥불을 피우면 적에게 노출될 위험이 크다는 것을 잘 알고 있으면서도 왠지 그날은 적극 만류치 않았다.
한여름이지만 이미 8월로 들어선 북위 47도 위도를 넘은 북만주의 산속은 해만 지면 조선의 가을보다 더 찼다. 게다가 이곳 북만주 산에는 이리, 늑대, 승냥이, 멧돼지, 곰 등 사람에게도 덤비는 사나운 산짐승들도 꽤 많았다. 산에서 그대로 숙영하다가는 자칫 짐승들의 표적이 될 수도 있었다. 그래서 숙영지 곁에 우둥불을 지펴 두면 산짐승들은 아예 덤비지 않는 것은 사실이었다. 그날 밤 허형식은 토벌대들이 이 산중에까지는 뒤쫓지 않을 거라고 방심했다. 그러면서 한편으로는 천하의 동북항일연군 허형식 군장이 '위만군 토벌대를 두려워하랴'는 자만심도 내심 깊게 깔려 있었다.
일제강점기 동북항일연군 전사, 곧 항일 빨치산들은 일제 토벌대나 동북의 마적들에게 쫓기고, 때로는 산짐승에게도 목숨을 잃곤 했다. 그들은 일제 군경이나 마적 떼의 총칼에 희생되고, 북만주의 영하 30-40도 강추위에 얼어 죽고, 황량한 벌판을 헤매다 굶어 죽기도 일쑤였다. 그래도 항일 빨치산들은 일제에 투항치 않고, 묵묵히 고난의 길을 걸었다. 그들은 일제에 굴종하며 사는 안락한 삶보다 조국 해방을 위한다는 대의명분에 스스로 자기 몸을 던졌기 때문이다. 그러면서 그들은 일제 관동군 및 위만군 토벌대나 밀정들을 미물이나 짐승보다 못한 천하의 인간 망종이라고 아주 경멸했다. 땅벌조차도 자기 영역을 침범하는 무리에게 독침을 쏜 뒤 그대로 죽지 않는가. 그런데 인간의 탈을 쓴 자가 자기 나라를 침략한 자들의 개 노릇을 한다는 것은 상종할 수 없는 벌레보다 못한 천하 망종들이 아닌가.

세상사 상대를 깔보거나 경멸하는 것을 가장 경계해야 함에도 그렇지 못한 게 사람이다. 사람은 교만하거나 방심하다가 신세를 망치는 경우가 허다하다. 그게 어리석은 인간의 약점이요, 또한 한계이기도 하다.

허형식 군장은 왕조경과 진운상이 저녁밥을 짓는 모습을 바라보다가 그도 개울물에 손을 닦은 뒤 밥 짓는 일에 슬그머니 끼어들었다. 그는 어린 시절 자기 집 종 딸 삼옥의 밥 짓는 일을 거드는 일이 그렇게 즐거울 수 없었다.

허형식은 어린 시절의 그런 추억을 되새기며 그들의 밥 짓는 일을 도우려 했다. 그러자 왕조경과 진운상은 극구 말렸다.

"군장님은 그냥 가만히 계시라요."

"밥은 저희들이 짓겠습니다."

"나도 밥 짓는 일이 즐겁소. 모처럼 지어 보겠소."

허형식은 다시 그때를 생각하며 싱긋 웃고는 불을 지폈다. 하기는 자기도 평당원이거나 평대원일 때는 숙영지에서 숱하게 밥을 짓지 않았던가. 왕조경과 진운상은 허 군장이 기어이 밥 짓는 일을 거들자 더 이상 만류치 않고, 그들의 앉은 자리를 아예 넓혀 주었다.

항일연군 대원들은 상하 구분이 없이 식량은 각자가 챙겼다. 그것은 빨치산 생활의 불문율이었다. 그들은 늘 양쪽 어깨에다가 비상식량 주머니와 탄알 주머니를 X자로 둘러매고 다녔다. 빨치산 생활은 언제 어떻게 급박한 전투상황이 전개될지도, 홀로 낙오될지 몰랐기 때문이다. 그래서 각자 기본 식량과 개인화기(주로 기관단총), 그리고 탄알은 필수로 늘 꼭 챙겼다. 항일연군 대원들은 부대를 떠날 때면 광목으로 길게 만든 좁은 포대에 쌀이나 조, 옥수수, 기장 등의 알곡을 일인당 두어 되씩 나누어 어깨에 메고, 다른 한쪽 어깨 주머니에는 탄알 일백여 발을 기본으로 넣고 다녔다.

왕조경과 진운상은 포대(식량주머니)에서 알곡 한 줌을 꺼내자 허형식도 얼른 자기 포대에서 알곡 한 줌을 꺼내 밥 짓는 항고(반합)에 보탰다. 항일연군들은 매 끼니마다 자기 몫의 식량을 나누어 냈는데 여기에는 예외도, 상하도 없었다.

보통사람들의 일상에서도 의식주는 가장 중요한 몫을 차지하는데, 항일 빨치산 대원들의 야전생활은 더욱 그랬다. '먹는 문제' '입는 문제' '잠자는 문제'는 곧 그들의 생존과 직결되었다. 빨치산 대원의 생활은 흔히들 바람 먹고 이슬 맞고 잠잔다는 '풍찬노숙(風餐露宿)'이라는 말 그대로, 그들의 의식주 생활은 매우 열악했다.

먼저 '먹는 문제'를 살펴보면, 그 무렵 항일연군들의 주식은 현지에서 조달이 가능한 조와 옥수수, 메밀, 귀리 등의 알곡이었다. 이 곡식들은 대부분 동북의 인민들로부터 후원받은 것이었다. 그래서 항일 빨치산과 인민은 수어지교(水魚之交)로 곧 '물과 물고기의 관계'였다. 이는 '물고기가 물을 떠나서 살 수 없다'는 말로 빨치산들은 인근 인민의 후원 없이는 생존할 수가 없었기 때문이다. 그들은 주식 이외 부식도 현장에서 조달하기 마련인데 주로 산나물로 고사리·삽주나물·곰취·송곳나물·도라지·둥굴레·나리·무수해·넘나물·소나무껍질·머루순·감자순·더덕 등이었다. 하지만 그것마저 여의치 않을 때는 초식동물처럼 언저리에 있는 거의 모든 푸성귀 가운데 독초를 제외하고는 가리지 않고 먹었다.

항일 빨치산들은 알곡이 떨어질 경우 주식은 주로 감자로 끼니를 때웠다. 적에게 쫓길 때는 날감자를 그대로 먹었다. 하지만 적의 추격을 벗어났거나 다소 여유가 있을 때는 그 날감자를 갈아 전이나 떡을 해먹기도 했다. 이런 식량마저도 떨어질 때는 소나무 껍질이나 풀뿌리 등, 그야말로 초근목피(草根木皮)로 연명하거나 심지어 자기 가죽 허리띠를 삶아 그것을 먹으며 굶어 죽을 고비를 면하기도 했다. 그러면서도 항일연군 대원들은 절체절명의 순간에서도 동지들과 한 줌 알곡도, 한 알의 감자도, 서로 나누어 먹으며 동지애와 의리를 다졌다.

'입는 문제'는 평상시 동북항일연군 대원들의 피복은 옷감을 다량으로 구입했다. 그런 뒤 여성 대원들의 제봉으로 직접조달하거나 지역 인민들의 헌납으로 충당했다. 하지만 대원 스스로 야전에서 자급자족하기도 했다. 빨치산 대원들은 산토끼나 노루·늑대·곰·호랑이 등 산짐승을 잡으면 고기는 먹고, 그 가죽은 요긴하게 옷감으로 썼다. 그 짐승들의 털로 모자, 조끼, 외투를 만들어 입거나 잠자리 바닥에 깔거나 이불이나 담요 대용으로도 썼다. 특히 겨울철에는 추위를 이기기 위해 우둥불을 피운 뒤 그 곁에서 이런 짐승들의 가죽을 덮고 잠을 잤다. 이런 것들이 없을 때 대원들은 옥수수 줄기나 수수 또는 볏단 더미 속에서 잠자기도 했다. 대원들은 그럴 때마다 추위를 견디고자 서로 껴안고 잠을 자면서 더욱 동지애를 두텁게 다졌다.

'잠자는 문제'는 주로 통나무로 귀틀집을 지어 거주했다. 이때는 대체로 강대나무(선 채로 말라죽은 나무)를 쪼개서 지었다. 그럴 때마다 빨치산들은 마땅한 도구도 없어 도끼나 톱만으로도 귀틀집을 지었다. 지붕은 주로 나무껍질로 이은 너와로 덮었으며, 깊은 산중에서는 방구들을 놓아 온돌로 난방을 하기도 했다. 병실이나 회의실에는 실내에 난로를 놓거나 화덕을 쌓아 그 온기로 추위를 이겨냈다. 그럴 경우 방바닥은

피나무나 봇나무(자작나무) 껍질을 깔거나 갈대를 엮어 만든 삿자리를 깔기도 했다. 이런 집들은 햇볕이 잘 들도록 가능한 남향으로 지었고, 창문도 냈다. 이렇게 대원들이 애써 지은 집은 위만군이나 관동군 토벌대에게 발각되면 그들의 삼광작전으로 그 자리에서 족족 불태워지기 마련이었다. 삼광작전(三光作戰)이란 위만군이나 관동군 토벌대들이 항일 근거지와 항일단체 및 부대원에 대하여 '모조리 죽이고(殺光)' '모조리 불사르고(燒光)' '모조리 빼앗는(搶光)' 악랄한 잔학행위를 말한다. 그들의 삼광작전은 무자비했다. 그래서 항일연군들은 인근 인민들에게 피해를 주지 않고자 가능한 한곳에 오래 머물지 않고 수시로 주거지를 이동했다.

북만주의 여름밤

그날 밤 세 사람은 계곡 옆에 돌덩이를 괴어 놓고 불을 지핀 뒤 알곡을 씻어 담은 항고를 그 위에 올려놓았다. 세 사람은 밥을 지으면서 이런저런 정담을 나눴다. 허형식은 마른 삭정이로 불을 땠다. 왕조경은 허 군장이 곁에서 밥 짓는 일을 돕자 황송하여 어쩔 줄 몰랐다. 하늘같이 우러러보던 허 군장과 함께 밥을 짓다니…. 그는 자기 배낭에서 장서린이 허 군장에게 특별히 공물로 준 멧돼지 고기를 꺼냈다.

"우리 부대장님이 허 군장님에게 드리라는 공물입니다."

허형식은 눈동자를 크게 뜬 뒤 말했다.

"고맙소. 왕 동지가 숯막으로 돌아간 뒤 장 대장에게 고맙다는 말을 꼭 전해 주시오."

"그러겠습니다."

왕조경은 앉은 채 부동자세로 대답했다. 허형식과 진운상이 항고의 밥을 뜸 들이는 동안 곁에서 왕조경은 밥 짓던 불을 옆으로 꺼낸 뒤 그 불 위에 익숙한 솜씨로 이미 참나무 불로 잘 훈제된 멧돼지 고기를 다시 익혔다. 그러자 고기 굽는 냄새가 계곡으로 요란스럽게 퍼져 나갔다. 그 냄새를 맡은 탓인지 금세 청송령 일대에 서식하는 부엉이들이 몰려와 나뭇가지 위에서 세 사람을 내려다보고 있었다.

"저놈들은 냄새 하나는 기차게 맡는군요."

진운상은 개울에서 돌멩이를 주워 부엉이를 향해 던지며 말했다.

"내버려 두시오. 이따가 우리가 먹다 남긴 뼈다귀를 저놈들에게 던져 줍시다. 대체로 들짐승이나 야생 조류들의 감각기관은 사람보다 몇 배나 더 발달됐소. 저놈들은 그래야 이 산중에서 굶지 않고 살아갈 거요. 산중에서 저들이 갑자기 도망가거나 우는 소리가 이상할 때는 그 언저리에 뭔가 있다는 신호지요."

허형식은 항일연군 야전 전투교범에서 배운 걸 그들에게 자세히 가르쳐 주었다. 그러면서 가능한 산짐승은 해치지 말라고 그들에게 일러 주었다. 허형식은 그 몇 해 전 위만군 토벌대의 수색작전에 놀라 달아나는 노루를 보고 그 낌새를 미리 알았다. 그래서 얼른 동굴로 매복한 뒤 토벌대가 나타나자 선제공격으로 제압하여 위기를 넘긴 얘기를 그들에게 들려주었다.

"이 세상의 삼라만상은 마치 그물코처럼 서로 얽혀 있어요. 왜 서양 이솝 이야기에 보면 그물에 걸린 사자가 이전에 자기가 무심코 살려준 생쥐 때문에 살아나기도 하지요. 그게 불가에서 말하는 인과응보라오. 그래서 천하의 사물들은 귀치 않는 게 없소."

"명심하겠습니다."

두 사람은 고개를 끄덕이며 대답했다. 그새 왕조경은 잔불에 멧돼지

고기를 잘 익힌 다음 별도로 준비해 온 고량주 한 병을 배낭에서 꺼낸 뒤 허형식에게 바쳤다.

"이거 백주가 아니오?"

"그렇습니다. 우리 대장님이 허 군장님에게 바치는 …."

허형식은 왕조경의 경배에 고개 숙여 답한 뒤 고량주를 받아 곁에 놓았다. 그런 뒤 허 군장은 주머니칼을 꺼내 왕조경이 준 멧돼지 고기를 삼등분하여 진운상과 왕조경에게도 똑같이 한 덩이씩 나눠줬다.

"아닙니다. 군장님이 다 드시라요."

"다 드십시오."

진운상과 왕조경은 서로 앞 다투어 말했다.

"무슨, 먹는 데는 상하가 없소. 이걸 나 혼자 다 먹다가는 배탈도 나고 …."

세 사람은 밥을 다 지은 숙소 언저리에 둘러앉았다. 그들은 멧돼지 구이와 함께 백주를 항고 뚜껑과 식기에 따른 뒤 다함께 '간뻬이(건배)'를 한 다음 들이켰다. 반주가 끝나자 세 사람은 저녁밥을 맛있게 들었다.

"오늘 저녁은 장 대장 덕분에 오랜만에 푸짐한 성찬이오. 오늘 먹은 멧돼지 구이는 내가 이제까지 먹은 고기 중에서 가장 맛있소."

허 군장은 얼마나 감격했는지 왕조경에게 감사의 말을 했다.

"그렇게 맛있게 드시니 제가 기쁩니다. 귀대해서 우리 대장님에게 말씀 그대로 꼭 전하겠습니다."

왕조경이 다시 고개 숙여 예를 드리며 말했다.

"내 배가 놀라겠소. 늘 현지 지도 길에는 생식을 하거나 조밥에 푸성귀만 먹다가 오늘 저녁은 화식 이밥에다 잘 구운 멧돼지 고기가 들어가니까."

"그럴 때도 있어야지요. 저희 부대는 산중 숯막으로 깊은 산골짜기에 살고 있기에 인근에다 덫을 쳐놓으면 이따금 멧돼지나 노루들이 걸려들지요. 부대원들은 그때마다 그걸 잡아 뒷다리는 참나무 연기로 훈제하여 토굴에다 잘 갈무리한 뒤 대원들의 생일이나 귀한 손님이 올 때 조금씩 꺼내 먹습니다."

왕조경은 멧돼지나 노루 고기의 훈제 방법까지도 자세히 들려주었다. 이들의 훈제는 약한 참나무 숯불에 두세 차례 거듭 그을려야 향도 오래가고 고기도 오래 보관할 수 있다고 말했다. 허형식은 멧돼지 고기를 씹으면서 말했다.

"아, 그래서 오늘 멧돼지 고기에서 향긋한 참나무 냄새가 났군 그래."

"저도 허 군장님 말씀대로 머리털 난 뒤 가장 맛있게 먹은 멧돼지 고기였습니다."

잠자코 먹기만 하던 진운상도 한마디 보탰다. 사실 항일연군 대원들은 늘 배가 고팠다. 언제나 넉넉지 않은 양식으로 많은 대원들이 함께 나누어 먹다보니 포식할 수 없었다. 적은 양식으로 많은 대원들이 먹으려니까 각자 휴대했던 식량주머니에서 한 홉씩 알곡을 꺼내 큰 가마솥에 물을 가득 붓고 끓인 다음 거기다가 산나물을 넣고 멀건 나물죽을 끓여 나눠 먹기 마련이었다. 그런 알곡 양식이 다 떨어지면 하는 수 없이 풀을 뜯어 끓여 마시며 생명을 이어 갔다.

산중 빨치산들의 식자재 가운데 특히 소금은 엄청 귀중했다. 산중 항일연군 대원들은 그것을 제때에 구하지 못해 무척 고통을 당했다. 사람은 소금을 오랫동안 먹지 못하면 몸이 붓고 잔병에 자주 걸린다. 그런데 만주 내륙은 바다와 멀리 떨어져 있기 때문에 어디든 소금이 매우 귀했다. 게다가 일제 관동군과 위만군은 항일 빨치산 대원의 이런 약점을 잘

간파하여 그들에 대한 통제수단으로 소금 판매를 극도로 제한했다. 그래서 항일대원들은 소금 대용품을 개발했다. 그들은 풀과 나무를 우리거나 태워서 대용 소금을 만들거나 참나무나 싸리나무, 느릅나무 등을 태운 재나 머루 넝쿨에서 나오는 물, 고추씨를 우려낸 물을 대용 소금으로 쓰기도 했다.

　세상만사 '궁즉통(窮則通)'이지만, 그래도 이들 대용 소금은 원래 소금 맛이나 그 효능에야 견줄 수는 없었다. 그래서 만주, 특히 북만주에서 그 시절 소금 값은 금값으로 옥수수 한 짐을 팔아야 소금 한 됫박을 겨우 살 수 있었다. 이밖에 빨치산 대원들의 산중 생활에는 성냥도 엄청 귀해 부싯돌을 쓰거나 원시인들처럼 나무 막대기를 비벼서 불씨를 만들어 썼다. 그들의 생존방법은 이처럼 상상을 초월할 만큼 극한 상황으로 마치 원시인들처럼 의식주를 해결하면서 목숨을 이어 갔다.

　세 사람은 청송령 산기슭에서 늦은 저녁을 먹고 개울에서 나란히 각자의 그릇과 수저를 깨끗이 닦은 뒤, 그 자리에서 옷을 후딱 벗고 개울로 가 멱을 감았다. 여름밤 북만주의 개울물은 소름이 돋을 정도로 몹시 찼다.

　"어, 시원타."

　허형식은 개울물에 엎드려 흐르는 물에 목까지 담그며 소리쳤다. 그러자 왕조경과 진운상도 곧 옷을 벗은 뒤 개울로 들어갔다. 빨치산 생활은 늘 긴장의 연속으로 여름철에도 언제 어디서 적탄이 날아올지 모르기에 마음 놓고 멱을 감을 여유도 장소도 별로 없었다. 그들 숙영지는 깊은 계곡이었기에 그들 세 사람은 그날은 동심으로 돌아가 멱을 감았다. 두 사람은 허 군장보다 조금 하류에서 멱을 감으며 서로 등도 밀어주며 도란도란 얘기를 나눴다.

"이봐 동지들, 이리로 오라. 내 등도 좀."

허형식이 부르자 두 사람은 그에게로 다가갔다. 그러자 허 군장이 말했다.

"우리 세 사람이 일렬로 서서 앞 사람의 등을 밀어 주자고. 그런 뒤 다시 뒤돌아서 앞사람을 밀면 공평하지."

"좋습니다."

"하오하오(好好)."

두 경위원은 좋다고 복창했다. 곧 세 사람은 일렬로 상대의 등을 한 차례 민 뒤 다시 뒤돌아서 상대의 등을 밀었다.

"이게 얼마 만인가? 아주 개운해서 날 것만 같군."

"정말 그러네요."

"극락이 따로 없네요."

허 군장의 말에 왕조경과 진운상이 감동해서 번갈아 대꾸했다. 그러자 허 군장이 그 말을 이었다.

"그럼, 극락은 바로 내 마음속에 있소."

그들은 이런저런 얘기를 나누며 모처럼 개울에서 멱을 마냥 즐겼다. 그때까지도 달은 뜨지 않았다. 그들은 목욕을 마치자 몸이 한결 가뿐하고 개운했다. 허형식은 개울에서 목욕을 마친 뒤 옷을 입으며 말했다.

"오늘 밤 우리 세 사람은 떨어져 자지 말고 나란히 잡시다."

"그러면 군장님이 불편하실 텐데…."

"무슨, 그렇게 해요. 와, 이런 말도 있잖소. '하룻밤을 자도 만리장성을 쌓는다'고. 이렇게 하룻밤 같이 잠까지 자는 건 대단한 인연이오. 불가에서는 옷깃만 스쳐도 전생의 인연이 있다고 하던데."

그러자 왕조경은 감격하여 말했다.

"허 군장님은 조선인이신데 한족(漢族)의 속담까지도 다 아시고⋯."

"조선과 중국은 예로부터 형제지국이오. 그래서 조선은 앞선 중국의 문물을 받아들였지요. 그 얘기는 얼마 전 집안 어른들에게 들은 얘기요."

허 군장은 '하룻밤을 자도 만리장성을 쌓는다'는 속담의 유래를 얘기했다.

옛날 중국 진시황제는 북방 흉노족들의 침입을 막기 위해 변방에 성곽을 쌓기 시작했다. 그 무렵 진나라 변방에 혼인식을 올린 지 얼마 되지 않은 신혼부부가 살고 있었다. 갑자기 만리장성 성곽을 쌓기 위한 장정들의 부역령이 내렸다. 신혼의 단꿈에 젖은 한 부부에게조차도 나라에서 예외가 없었다. 그 부역령에 그만 남편은 꼼짝없이 사역 꾼으로 잡혀갔다. 새댁은 일 년을 꼬박 기다려도 신랑이 돌아오지 않자 기다림에 지친 나머지 지아비를 찾으러 공사 현장으로 찾아갔다. 하지만 공사 감독은 일절 면회가 되지 않는다고 거절했다.

그런데 새댁의 미모가 매우 빼어났다. 공사 감독은 그 새댁의 미모에 홀린 나머지 넌지시 자기와 하룻밤 동침해 주면 그 대가로 다음 날 밤 남편을 면회시켜 주겠다는 말을 건넸다. 새댁은 신랑을 만나고자 그 제의를 받아들여 공사 감독을 하룻밤 정성껏 모셨다. 그러자 공사 감독은 매우 흡족히 하룻밤을 보낸 뒤, 그 새댁에게 약속대로 남편을 면회시켜 주었다. 이튿날 밤, 공사 감독은 그 새댁의 남편에게 자기 복장을 입힌 뒤 몰래 면회를 시켜 주었다. 그날 밤 새댁은 남편을 꼬드겨 그들 두 사람은 깜깜한 한밤중에 몰래 그곳 만리장성 공사장을 탈출했다. 다음 날 아침 늦도록 끝내 새댁의 남편은 나타나지 않았다. 그러자 공사 감독은 하룻밤 잠잔 대가로 하는 수 없이 자기가 그만 그 남편 대신 사역 꾼으로 만리장성을 쌓게 되었다.

왕조경과 진운상은 그 얘기를 솔깃해 들으면서 역시 허 군장은 문무를 겸비한, 뭔가 다른 군장들과는 다르다는 것을 느꼈다. 왕조경은 한때 김책 서기 밑에서 경위원으로 복무한 적이 있었다. 그는 그때 김책에게 허형식 군장 얘기를 여러 차례 전해 들었다. 김책은 동지 허형식을 용맹한 빨치산으로, 그의 전투력은 북만주에서 제일이라고 늘 치켜세웠다.

- 허 군장은 전투에서 관동군이나 위만국 군경에게 담배, 과자 같은 전리품을 얻게 되면 자신은 털끝 하나 건드리지 않고, 경위원이나 통신원 등, 자기 부대 부하 전사들에게 골고루 나눠 줬다. 그는 조상지를 대리하여 군장으로 근무할 때, 평소에는 전사들과 함께 산골짜기 황무지를 개간하여 감자를 심어 군량으로 충당하는 둔전제(屯田制)로 최대한 민폐를 끼치지 않으려고 노력했다.
- 허 군장은 조선인이지만 그의 중국어는 수준이 매우 높다. 그는 중국어로 된 『삼국지』와 『동의보감』을 늘 지니고 다녔는데, 『삼국지』는 아마도 수십 번은 더 읽은 것 같았다. 그래서 그런지 그의 전술은 『삼국지』에 나오는 장수들처럼 변화무쌍했고, 또한 신출귀몰했다. 허형식의 아버지 허필은 원래 학자요 한의원이었으며, 그의 집안은 조선의 삼한 갑족이었다. 허형식은 집안 어른으로부터 어깨너머로 한의학을 배운 탓인지 전구에서도 늘 『동의보감』을 펼쳤다. 그래서 부대원 가운데 응급 환자가 발생할 때면, 그는 한방과 침술로 응급치료를 했다. 그는 약방문을 웬만한 의생 못지않게 썼다.
- 허형식 동지는 소지판전투 때 한쪽 눈을 부상당하고도, 그 상처를 숨긴 채 끝까지 전투를 지휘하여 적에게 많은 피해를 입혔다.
- 허형식 동지는 부대이동 중, 한 번은 부하를 대신하여 보초를 섰다. 그는 불가피한 사정으로 교대시간을 몇 분 넘겼다. 그러자 그는 부하들 앞에서 즉각 자신의 잘못을 스스로 비판했을 뿐 아니라, 이튿날 자진해서 스스로 처벌근무를 섰다.
- 허 군장은 조선인이었지만 한어(중국어)도 매우 능숙했고, 그의 필력도 대단히 뛰어났다.
- 허 군장은 쇠고집으로 다른 사람의 의견을 잘 받아들이지 않는 단점도 있었지만, 자기가 목표한 바는 끝내 관철하는 뚝심이 있었다. 또한 그는 성질

이 불같이 몹시 급했지만 항상 뒤끝은 없다.

왕조경은 김책이 들려준 허형식의 인물평을 되새겼다. 왕조경은 그 날 곁에서 허 군장을 직접 뵈니까 잘생긴 인물에다 부하를 대하는 인품과 그 태도에 그만 홀딱 반했다. 허형식은 6척 체구에 눈썹이 짙으며 이목구비가 뚜렷했다. 그가 조금 전 멱 감을 때 허형식의 등을 밀어 주면서 사타구니를 훔쳐보니까 그의 남근도 아주 큼직한 게 일품이었다. 허 군장은 역시 소문대로 풍채도 좋고, 그 인품이 훌륭하여 많은 부하, 특히 한족 여성 동지들이 열광적으로 그를 따르는 게 그제야 이해가 갔다. 허형식은 북만 일대에서 '백마를 탄 군장'으로 동북의 마을에 흰말을 탄 이희산(李熙山, 허형식의 이명)이 나타나면, 사람들이 구름처럼 몰려들었다. 특히 여성들은 허형식 군장을 열광적으로 환호했다. 왕조경은 허 군장을 곁에서 지켜보며 마음속으로 뇌까렸다.

'당신은 조선인이지만, 중조 항일연군 군장으로 손색이 없습니다. 나는 당신을 진정으로 흠모합니다.'

고향 집

세 사람은 평평하게 다져 놓은 숙영지에 각자 배낭을 베개로, 하늘을 천장 삼아 나란히 누웠다. 허형식은 가운데 눕고, 그 좌우에 진운상과 왕조경이 누웠다. 그때까지도 하현달은 하늘에 뜨지 않았다. 하지만 여름밤 북만주의 별은 잘 익은 석류처럼 밤하늘에 영롱하게 빛나고 있었다.

"별이 참 아름답군!"

허형식은 밤하늘의 별을 쳐다보며 혼잣말로 감탄했다. 그는 어린 시절 여름이면 구미 임은동 고향 집 마당 평상에서 하늘의 별을 헤아렸다. 그럴 때면 하늘의 은하수가 금오산 현월봉 위에서부터 낙동강 건너 선산 쪽으로 흘렀다. 그때도 밤하늘의 별들은 보석처럼 찬란하고 영롱했다. 허형식은 북만주 밤하늘의 별자리를 바라보자 문득 어린 시절이 떠올랐다.

허형식은 그날따라 또 삼옥 생각이 났다. 자기보다 두 살 위인 삼옥은 허형식을 '되련님'이라 부르며 무척 따랐다. 지금 생각해 보면 자기와 삼옥은 운명적으로 '이루어질 수 없는 풋사랑'으로 여겨지면서도, 끝내 자기가 삼옥을 구하지 못한 것은 큰 잘못이라는 생각이 들었다. 어떻게 보면 삼옥은 허형식을 혁명의 길로 인도한 장본인이었다.

"정말 은하수의 별들이 금방 쏟아질 것만 같구면요."

왕조경도 하늘을 바라보며 말했다. 그 말에 허형식이 대꾸했다.

"이곳 북만주의 밤하늘은 내 고향보다 북극성도, 북두칠성도 한결 더 밝은 것 같소. 아마도 북극이 더 가까운 탓인가 보오."

"아, 네."

그 말을 받아 왕조경은 허 군장에 대한 궁금한 점을 물었다.

"군장님, 고향은 어디신가요?"

허형식은 한참 뜸을 들인 뒤 대답했다. 그는 그때까지 삼옥에 대한 잔상에 잠겨 있었기 때문이다.

"내 고향? 여기서 상당히 머오. … 조선 남반부 경상북도 선산군 구미면 임은동 264번지가 내 고향 집 주소요."

"아주 고향 집 주소를 정확하게 외우십니다."

"행여 조국해방이 늦어 고향산천이 상전벽해로 변해 고향 집을 못 찾을까 주소를 여러 번 되뇌니까 아주 머릿속 깊이 새겨졌소. 내 생전에 가지 못할까 이따금 내자(아내)에게나 아이들에게도 집주소를 귀에 익도록 일러 주지요. 그들이라도 찾아가게."

"무슨 그런 말씀을?"

"한 치 앞을 모르는 게 인생이라 하더만."

그날 밤 따라 허형식은 평소 그답지 않게 운명론적인 얘기를 자주 했다.

"그런 말씀 마시라요. 근데 경상북도 선산군 구미란 곳은 한성(서울)과는 멉니까?"

왕조경은 허형식의 말을 되받아 물었다.

"그럼, 구미는 한성에서 남쪽으로 6백여 리나 떨어졌소. … 우리 마을 뒤로 솟대처럼 금오산이 우뚝 솟아 있고, 그 앞에 넓은 평야가 펼쳐 있으며, 그 가운데로 낙동강이 흐르고 있소."

"아주 경치 좋고, 살기 좋은 고장 같습니다."

"그럼, 내 고향마을은 산남수북(山南水北)으로 아주 명당이오. 게다가 예로부터 금오산 정기를 받고 큰 인물이 난다고, 내 고장 일대는 다른 지방 사람들이 숱하게 몰려와 산다고 들었소. 김해에 사시던 내 고조할아버지도 돛단배를 타고 낙동강을 거슬러 올라가다가 그 일대 산수경치에 반해 그만 그곳에 정착했을 정도로."

마침내 청송령 산봉우리에 하현달이 뾰족 솟았다. 그 달이 요염하게 예뻤다. 세 사람은 그제까지 잠을 이루지 못한 채 막 솟아오른 달을 바라보았다. 허형식은 잠자리에서 반쯤 몸을 일으켜 팔을 괸 채 하염없이 달을 바라보며 혼잣말을 했다.

"달빛이 참 좋군."

그는 예삿날답지 않게 그날 밤 따라 줄곧 먼 남쪽 고향을 그리워하고,

가족들을 생각했다. 집안의 버팀목 아내 김점숙(金點淑, 본명 金點曾)도 보고 싶었고, 눈에 넣어도 아프지 않을 딸 하주(河珠)와 아들 창룡(昌龍)은 더 보고 싶었다. 그러면서 자기가 행여 일제 토벌대에게 희생이 되더라도 남은 가족은 고국의 고향 집으로 무사히 돌아가 그 마을에서 편히 살았으면 좋겠다는 한 가장으로서 그런 소박한 생각도 했다.

구미 임은동의 허형식 고향 집은 바로 앞에 낙동강이 흘렀다. 또한 임은(林隱) 마을은 동네 이름 그대로 숲으로 둘러싸인 마을이다. 그 마을은 금오산 남쪽 기슭으로 마을 뒤에는 솟대마냥 금오산이 우뚝 솟아 있다. 그런 탓으로 멀리서 이 마을을 바라보면 한 폭의 산수화처럼 아름다웠다. 늦가을 강가 갯벌에 바람이 불면 은빛 갈대들이 넘실넘실 물결처럼 춤을 추었다. 마을 앞 드넓은 광평 들판은 매우 기름졌다. 그래서 이 들판은 아득한 옛날부터 이 고장사람들의 곳간이었다.

허형식은 1909년 11월 18일(음)에 임은 허씨 허필(許苾)의 둘째 아들로 태어났다. 호적상 이름은 허연(許埏)이었으며, 아명은 극(克)으로 불리다가 만주에 온 이후 허형식(許亨植)으로 개명했다. 1929년 중공당에 입당한 이래 그의 또 다른 이름은 '이희산(李熙山)' '이삼룡(李三龍)' 등인데, 그 가운데 북만에서는 '이희산'으로 더 유명했다. 아버지 허필은 첫 부인 현풍 곽씨와 혼인하여 아들 하나를 두고 사별한 뒤, 이웃 성주 고을의 벽진 이씨 성후(星厚)와 재취하여 허형식과 허규식(許圭植) 등 두 아들과 두 딸을 얻었다.

허형식은 어린 시절 동네 아이들과 함께 사시사철 낙동강 강가에서 뛰놀았다. 봄에는 강가에서 뜰채로 피라미나 붕어를 잡다가 그게 싫어지면 밀밭에서 밀 이삭을 뽑아다가 짚불에 밀 꼬투리를 구워 먹는 '밀서리'를 했다. 여름날에는 강에서 발가벗고 멱을 감거나 강가 모래톱에서 갯밭 감자를 서리하여 구워 먹었다. 또 가을에는 갯밭에서 노랗게 익은 콩을 뽑아다가 모닥불에 구워 먹는 '콩서리'를 했고, 겨울에는 어른들의 눈을 피해 강이 꽁꽁 얼면 썰매를 탔다. 해마다 여름이면 마을 아이들은 멱을 감다가, 겨울이면 강 위에서 썰매를 지치다가 한둘은 익사했지만, 그때뿐으로 아이들에게 낙동강 일대는 사시사철 놀이터였다.

허형식은 어린 시절에 본, 임은 마을에서 금오산 산등성이로 지는 저녁놀을 잊을 수가 없었다. 해가 질 무렵 저녁놀은 온 하늘을 새빨갛게 물들였다. 그때 강둑에서 바라보는 금오산은 장엄했다. 금오산 산등성이는 마치 사람이 누워 있는 모습으로, 그것도 예사 사람이 아닌 부처나 성인의 모습이었다. 그래서 이 고장사람들은 예로부터 금오산 기슭에서 위대한 인물이 탄생할 거라고 믿으면서 살았다.

허형식 고조할아버지 허돈(許暾)은 김해 허씨로, 조상 대대로 경남 김해에서 살았다. 그는 건어물 장사꾼으로 사시사철 남해안 일대에서 건어물을 사다가 돛단배에 실었다. 그런 뒤 그 배는 낙동강을 거슬러 올라가다가 상주 낙동 나루터에 짐을 부린 다음 거기서부터 등짐으로 문경새재를 지나 문경, 충주, 장호원을 거쳐 여주 나루터에서 다시 돛단배에 싣고서 한양(서울)의 마포나루 터의 건어물전이나 숭례문저자(현, 남대문시장) 건어물 전에 넘겼다. 그의 한양 길은 애초 낙동강 하류 구포나루를 떠나 물금, 남지, 고령, 임은, 도개를 지나 낙동까지는 뱃길이었다.

어느 하루, 허돈 일행은 구포에서 돛단배로 낙동강을 거슬러 가다가 이틀 뒤 구미 임은동에 이르렀을 때 갑자기 풍랑을 만났다. 그들은 거센 풍랑에 더 이상 상류로 거슬러 올라갈 수가 없자 돛단배를 강가에 댄 뒤, 강마을 객줏집을 찾아가 하룻밤을 묵었다. 이튿날 객줏집에서 아침을 맞이하자 날씨는 어제와는 달리 거짓말처럼 화창하게 갰다.

허돈은 강으로 돌아가며 그곳 일대의 풍치를 자세히 살펴보니까 앞은 금오산이 우뚝 솟았고, 뒤는 낙동강이 유유히 흐르는 그 산수가 아주 빼어난 명당이었다. 그때부터 허돈은 후손을 위해 김해에서 이곳으로 삶의 터전을 옮기고 싶었다. 그 뒤 허돈은 두어 차례 더 그곳을 지나면서 금오산의 산세와 해질 무렵의 낙조를 보고, 장차 이 고장에 큰 인물이 태어날 것으로 예감했다. 특히 낙조 때의 금오산은 마치 누워 있는 부처상으로, 그 산세가 예사롭지 않음을 느꼈다. 허돈은 김해로 돌아간 뒤 족친(族親, 일가붙이)들에게 임은동 일대 산수를 얘기하고, 당신과 함께 그곳으로 아예 이주하자고 설득하자 네 가구가 선뜻 이에 호응했다. 그래서 허돈은 그들과 함께 구미 임은동으로 이주하여 비로소 '임은 허씨'의 세거지(世居地, 조상 대대로 산 근거지)가 되었다고 한다.

또 다른 이야기로는 허돈의 가족이 돛단배를 타고 한양으로 나들이를 가다가 구미 임은동을 지날 무렵, 그의 딸이 갑자기 복통을 일으켰다. 허돈은 하는 수 없이 강가에 배를 댄 뒤 인근 의원을 찾아갔다. 그 의원은 인동 장씨(仁同張氏)였다. 그의 딸은 의원의 진료로 병은 나았지만, 규중처녀가 외간 의원의 진료를 받은 것은 당시 반가 법도로는 큰 허물이었다. 마침 그 인동 장씨에게 아들이 있어 그와 혼인을 맺은 뒤 아예 김해 허씨들이 이 마을에 정착했다는 얘기도 전해 온다. 아무튼 이와 같은 이런저런 연고로 임은동 일대 산수에 반한 김해 허씨 허돈 족친 네 가구는 김해에서 이곳 임은마을로 이주케 되었다. 그들은 이곳에 정착한 뒤 6대조 경윤(景胤) 공을 임은 허씨(林隱許氏) 입향조(立鄕祖)로 삼았다.

"저도 언젠가 산수가 좋은 그 고장에 한 번 가보고 싶구먼요."

왕조경도 달을 바라보며 말했다.

"원수 일본을 패망시키고 중국과 조선이 해방되면 우리 꼭 같이 가 보세. 그때 내 고향에 가면 살진 송아지를 잡아 오늘 먹은 멧돼지 대접을 갚겠네."

"군장님! 아무쪼록 그날이 오기를 축수하겠습니다."

왕조경은 두 손을 모으며 대답했다.

"좋소. 아무튼 우리 조중 인민들은 합심하여 일제를 중국과 조선에서 몰아낸 뒤 예전과 같은 형제지국으로 서로 내왕합시다."

"그럼요. 일제는 우리 두 나라에게 '철천지원수'지요."

그들 세 사람은 그날 밤 따라 이런저런 얘기를 오래도록 나눴다. 허형식은 그날따라 좀처럼 잠을 이루지 못하고 몸을 뒤척였다. 왕조경도 말로만 전해 들었던 허형식 군장을 옆자리에 모시고 누워 있자 감격하여 잠이 오지 않았다. 왕조경은 슬그머니 잠자리에서 일어나 뒤척이는 허형식의 다리와 발을 주물렀다. 그는 지압에도 일가견이 있었다. 그의 지압에 허형식은 온몸의 피로가 가시는 게 아주 시원해 했다. 잠시 후 허형식이 말했다.

"왕 동지, 고맙소. 이제 그만두시오."

"이렇게 주물면 피로도 쉬 풀리지요."

"아주 시원했소."

왕조경은 그제야 주무르는 일을 그치면서 물었다.

"그런데 허 군장님! 다른 항일연군 지도자들은 다들 중·소 국경을 넘어 소련으로 넘어갔습니다. 그런데 왜 군장님은 소련으로 넘어가지 않고 홀로 북만주에 남았습니까?"

"……"

허형식은 한참 후 대답했다.

"그건 내 자존심 때문이오."

"……."

"우리 '임은 허씨' 일가들은 고향마을에서 일제 군경의 등쌀에 못 견디고 쫓겨났소. 그래서 압록강을 건넜고, 서간도에서도 경신참변으로 다시 그들에게 쫓겨 여기(북만주)까지 쫓겨 왔소. 여기서 다시 소련으로 국경을 넘어가는 건 더 이상 내 자존심이 허락지 않소."

"그래도 여기 남아 계속 현지 지도를 하시면 목숨이 위험치 않습니까?"

"난 이미 항일 빨치산으로 입대한 그날부터 내 목숨을 하늘에 맡겼소."

허형식은 더 이상의 말을 아꼈다. 그는 그 순간에도 다시 자기 자신에게 스스로 다짐했다. 사람이 살면 얼마나 살겠는가. 기껏 60-70년 정도다. 이 길지 않은 생애를 깨끗이 살지 못하고, 조그마한 이익을 위해 양심을 팔고, 조국과 인민을 배반하여 그들의 사냥개가 된다면 이 어찌 옳은 인간이요, 사내대장부라 할 수 있겠는가. 이는 조상에 대한 불효요, 자기 고향 구미 금오산 기슭에서 태어난 충절의 선조에 대한 배신이요, 또한 조국에 대한 불충이다.

허형식은 세상에 공짜가 없다는 걸 잘 알고 있었다. 그가 망명지 만주 땅에서 다시 소련으로 넘어가 자신의 몸을 피한 뒤 해방을 맞이한다면 이후 그들의 요구를 거절치 못할 것이다. 그렇다면 자기는 또 다른 외세의 앞잡이가 될 수밖에 없다는 그런 생각까지도 미쳤다. 허형식은 간사한 일본도 밉지만, 소련도 일본 못지않게 음흉해 보였다. 이는 여우를 피하다 범을 만나는 꼴이 될지도 모른다는 생각이 늘 머릿속에 잠재돼 있었다.

1894년 청일전쟁에서 승리한 일본은 조선은 물론 만주까지 넘보았다. 그러자 러시아는 이를 수수방관치 않았다. 러시아는 일본의 만주 진출을 저지코자 독일과 프랑스를 끌어들이는 이른바 '삼국간섭'으로, 일본이 시모노세키 조약에 따라 점령한 요동반도를 중국에 반환토록 요구했다. 이에 일본은 영국과 미국을 끌어들여 이에 대항하려 했으나 독일과 프랑스 두 열강은 일본의 말을 듣지 않았다.
  그러자 일본은 이미 입에 넣은 요동반도를 기어이 반환치 않을 수 없었다. 이로써 일본의 지위가 추락하자 조선 조정은 슬그머니 러시아에 접근하여 친러내각을 구성했다. 이에 분통이 터진 일본은 조선 조정의 막강한 배후 명성황후를 그들의 낭인들을 시켜 시해하여 능욕한 다음 고종을 위협하여 친일내각을 구성했다. 그러자 이범진·이완용 등 친러 세력들은 1896년 2월, 러시아 공사와 공모하여 고종을 비밀리에 러시아 공사관으로 옮긴 이른바 '아관파천(俄館播遷)'을 단행한 뒤 친일정권을 무너뜨렸다.
  이후 고종이 러시아 공관에 머무르는 1년 동안 조선 정부는 러시아 공사와 친러파에 의해 좌지우지되었다. 이듬해 1897년 2월, 고종이 러시아 공사관에서 다시 경운궁으로 환궁하기까지 러시아를 비롯한 미국·영국·독일·프랑스 등 구미 열강들은 조선왕실을 보호해 준다는 대가로 마치 누를 잡아먹는 맹수들처럼 철도부설권, 금광채굴권, 산림채벌권, 동해안 포경권, 인삼 독점수출권 등 조선의 각종 경제적 이권들을 마구잡이로 약탈해 갔다.
  당시 조선은 '임자 없는 포도밭'이나 다름이 없었다. 열강들은 조선에 너나없이 달려들어 여러 이권들을 마구 강탈해 갔고, 그때마다 조선의 귀중한 자원과 자산은 뭉텅뭉텅 잘려나갔다. 구미 열강들은 나약한 조선 조정에 강요하거나 협박, 회유, 매수 등, 갖가지 방법으로 각종 이권을 빼앗아 갔다. 그들은 조선의 이권을 서로 많이 차지하겠다고 자기네끼리 싸우는가 하면, '균등하게 나눠 달라'고 조선 정부에 요구키도 했다.

한 예로 1897년 평북의 운산금광은 미국이 채굴권을 차지했다. 그런데 그곳에는 어찌나 많은 금이 쏟아지는지 조선 백성들이 광산 철조망으로 몰려들자 미국인들은 조선인은 손대지 말라는 "노터치(No touch)"라는 말을 자주 외쳤다. 이후 '노터치'는 '노다지'라는 말로 변해 버렸다. 아무튼 그 무렵 조선 조정에는 친미·친일·친중·친러파 등 여러 매국노들이 득시글거렸다. 그들의 농간으로 조선은 번갈아 여러 외세에 빌붙어 연명하면서 스스로의 힘으로 자주 국가를 건설치 못하고, 점차 망국의 나락으로 스멀스멀 빠져들었다.

'사람이 제 힘으로 살지 못하면, 남의 노예가 될 수밖에 없어.'

허형식은 조선의 망국사를 되새기며 마음속으로 씁쓸히 혼잣말을 뇌까렸다. 그 말은 어려서부터 집안 어른들에게 귀에 익도록 들어왔다. 집안 어른 가운데 당숙 성산(性山) 어른은 일찍부터 작은집 조카인 허형식의 사람됨을 미리 내다봤는지 유독 그에게 많은 얘기를 들려주었다.

"글마들(그놈들)이 우리 조선을 도와준다고? 그건 택도 없는 귀신 씻나락 까먹는 소리다. 글마들은 걸뱅이(거지)나 깡패맹쿠로(처럼) 조선에 와서 지들 묵을 것만 잔뜩 싸가지고 간다 아이가. 우리 조선 사람들은 나라를 다시 찾더라도 정신 바짝 채려야 한데이. 안 그라만(안 그러면) 두 눈 멀젛게 뜬 당달봉사로 우리 조선 땅의 알짜배기는 모두 다 또 글마들한테 빼앗긴다. 내 심(힘)도, 깡다구도 없으면 집안도 나라도 망하기 마련이다."

그러면서 성산 당숙은 "내 심(힘)으로 살아가야 어딜 가도 떳떳하다"라는 말을 집안사람들, 특히 어린 형식에게 귀에 익도록 들려주었다.

일본의 야욕

예로부터 섬나라 일본은 태풍·지진·쓰나미·화산 폭발 등 자연재해가 몹시 심했다. 그런 탓인지 일본은 일찍이 대륙정벌의 야욕을 가졌다. 그러자면 반드시 이웃 조선을 교두보로 삼아야 했다. 1592년 임진년에 일본은 대륙정벌에 나섰지만 조선의 이순신 수군의 용맹무쌍한 전투와 명군의 개입으로 그들의 야욕은 끝내 좌초되고 말았다. 그 이후에도 일본은 대륙 침략의 야욕을 버리지 않고, 고양이 발톱처럼 그들 마음속 깊이 숨기고 있었다.

그런 일본이 1853년 미국 페리 제독의 압력으로 개항을 한 뒤 서양문물을 재빨리 받아들였다. 그들은 서양문화를 미친 듯이 발 빠르게 받아들인 후, 삽시간에 부국강병을 이루자 다시 그들 마음속 깊이 잠복된 대륙정벌 야욕이 또다시 꿈틀거리기 시작했다. 그들은 거대한 중국 대륙을 집어삼키려는 야욕에 앞서 그 교두보로 먼저 조선부터 강탈하기 시작했다. 일본은 1876년 병자수호조약 이래 30여 년간 오로지 조선 침략에 발톱을 갈면서 호시탐탐 조선 정벌을 노리고 있었다. 그런데도 조선 지도층은 서세동점의 거대한 세계조류는 읽지 못한 채 나라의 문을 꽁꽁 걸어 잠근 채 백성 수탈에만 여념 없었다. 이에 전국 곳곳에서 탐관오리의 수탈로 도탄에 빠진 동민들이 민란을 일으키자 조선 정부는 이를 진압치 못하고 마침내 청군을 끌어들였다. 그러자 일본은 청군 보다 더 많은 군대를 조선에 보내 서울을 장악한 뒤 청국군을 공격던 중에 동학농민전쟁을 기화로 조선에 상륙하여 마침내 1894년의 청일전쟁을 일으킨 뒤 승리로 이끌었다. 일본은 청국과 시모노세키강화조약을 통해, 청국은 조선의 독립을 승인할 것과 청국의 랴오둥반도·대만·펑후열도의 활양, 7년간 배상금 2억 량 지불 등으로 조선에서 청의 종주권을 한 칼에 빼앗아 거머쥐었다. 그뿐 아니라 일본은 욕심 많게도 랴오둥반도까지 집어삼키자 이에 위협을 느낀 러시아가 독일·프랑스 등과 함께 강력하게 반발했다. 일본은 이들 3국을 상대로 전쟁을 하기에는 버거웠다. 결국 일본은 이들 3국에게 굴복하여 이미 집어삼킨 랴오둥반도를 도로 토해 냈다.

한편 한족들은 지난날 만주를 '요동' 또는 '백산흑수'라고 부르면서 한낱 미개한 이민족들이 사는 곳으로 대수롭지 않게 여겼다. 그런 만주를 그 무렵 러시아가 시베리아 철도를 부설하면서 주목하기 시작했다. 러시아는 만주가 땅덩어리도 크고, 인구도 많은 데다가 중국 남부로 남하할 수 있는 요충지이기에 이 지방 진출에 호시탐탐 눈독을 들이고 있었다. 그런 가운데 1898년 러시아 황제 니콜라이2세는 중국 정부(청)로부터 일본이 토해 낸 뤼순과 다롄을 포함한 랴오둥반도를 25년간 조차하고, 이곳에 시베리아 횡단철도와 그 지선을 연결키로 했다. 그리하여 러시아는 뤼순항을 그들의 태평양함대 부동항으로 개발한 뒤 군사요새지로 만들었다.

러시아는 만주지역에 대한 독점적 지배권을 한 발 한 발 확보해 나갔다. 이에 일본은 영국, 미국 등과 함께 만주 개방을 요구하며 러시아와 맞서다가 영·미 두 나라의 은밀한 지원을 얻어 마침내 1904년 러일전쟁을 일으켰다. 일본은 이 전쟁에서 예상 외로 승리한 뒤 러시아로부터 조선에서 일본의 정치·경제·군사상 우월권을 인정받는 2차 관문을 통과한 후, 마침내 1910년 조선을 통째로 집어삼켰다. 하지만 일본의 야욕은 이에 만족치 않고, 다음 단계로 드넓은 만주를 탐냈다.

그 무렵 일본의 판세가 러시아를 제치고 동북아를 덮기 시작했다. 곧 일본은 만주의 침략 기관으로 관동도독부를 설치하고, 그 산하에 관동군을 설치했다. 만주 주둔 일본 관동군은 러시아에 대항키 위한 군사조직이었지만, 또한 이곳에 이주한 조선인들의 독립운동을 탄압하는 이중의 역할도 담당하고 있었다.

중국의 장제스(蔣介石) 정부는 일본의 만주 무력침공에 무저항주의로 수수방관한 채, 이 문제를 국제연맹에 맡겨 사태의 추이를 멀거니 쳐다보기만 했다. 장제스 정부가 일본의 침략을 수수방관한 데에는 홍군에 대한 내전에 전력을 투입하려던 패착도 있었다. 하지만 일본은 구미 열강들의 만주침략 견제에 국제연맹 탈퇴라는 초강수로 맞섰다. 그런 뒤에도 일본의 야욕은 그칠 줄 몰라 1937년 베이징 교외 루거우차오(蘆溝橋)사건을 빌미로 중일전쟁을 도발했다. 마침내 일본은 거대한 중국 대륙을 마치 누에가 뽕잎을 갉아먹듯이 야금야금 잠식해 갔다. 그러면서 일본은 1936년부터 만주지역의 항일세력을 말살한다는 '만주국 치안숙정계획'을 마련했다. 그런 뒤 자기네 관동군을 대폭으로 증강하여 조·중 연합 항일 무장세력과 그들 근거지에 대한 대토벌작전을 펼쳤다. 그들은 '삼광작전'으로 항일 근거지와 항일단체 및 부대원에 대하여 '모조리 죽이고' '모조리 불사르고' '모조리 빼앗는' 악랄한 잔학행위를 서슴지 않았다.

이러한 일제의 대대적인 토벌작전은 동북항일연군에게 큰 타격을 입혔다. 그러자 동북의 항일전선은 항일 지도자와 대원들의 피살과 피검, 투항 등으로 그 뿌리조차 흔들리기 시작했다. 1938년 한 해 동안 북만주에서 일제에 귀순한 항일대원은 무려 2천7백여 명에 이를 정도였다. 그리하여 1938년 3만여 명에 이르던 동북항일연군의 병력은 1940년 5월에 이르자 1천4백여 명으로 급격히 줄어들었다. 이런 정황에 이르자, 중공당 북만·길동·동남만성위의 일부 간부들은 1930년대 말부터 소련을 오가며 그들에게 원조를 요청했다. 이들은 극동소련 하바롭스크에서 두 차례 회의를 열었다. 이 회의에서 만주에 남아 있는 항일 역량을 보존하고, 앞날을 대비코자 남아 있는 항일연군 부대들을 소련 경내로 피신시키기로 결론을 내렸다.

　소련은 유럽에서 독소전쟁으로 후방 극동의 치안이 매우 염려스러웠던 이 시기에 동북항일연군이 제 발로 월경하겠다는 중공당의 결정은 대단히 반가웠다. 게다가 소련은 언젠가는 극동의 판권을 두고 1904년 러일전쟁에 이어 또 한 차례 일본과 크게 한판 붙을 처지였다. 그래서 소련은 일찌감치 월경한 동북항일연군을 앞으로 아주 요긴하게 이용할 가치가 있다고 판단했다. 그 무렵 동북항일연군의 소련 월경은 중소(中蘇) 양측에 모두 이익이 되는, 그야말로 '누이 좋고 매부 좋은' 전략이 아닐 수 없었다. 마침내 중공당 성위에서는 1940년 가을부터 남만이나 동만뿐 아니라, 북만에 남아 있는 항일연군 부대마저도 점차 소련 경내로 도피시켰다.

　허형식은 중공당이나, 그의 평생 동지 김책으로부터 소련에 월경할 것을 여러 차례 종용받았다. 하지만 허형식은 끝내 고집스럽게 동북을 떠나지 않았다. 그는 줄곧 동북 유격전구와 인민들을 지켰다. 허형식은 자신의 양심상 도저히 동북의 전구와 인민을 내버려 둔 채 자기만 살겠다고 소련으로 월경할 수가 없었다. 그로서 소련 월경은 차마 떨어지지 않는 발걸음으로 그게 그의 양심이었고, 또한 그의 자긍심이었다. 허형식은 옆자리에 누워 있는 두 경위원에게 나직하면서도 단호히 말했다.

"나는 끝까지 동북의 인민을 지킬 것이오. 앞으로도 나는 결단코 소련으로 넘어가는 일은 없을 거요."

그러자 왕조경이 감격하여 잠자리에서 벌떡 일어나 허형식을 향해 무릎을 꿇고 말했다.

"역시 허 군장님은 인민의 영웅이요, 진정한 우리의 지도자이십니다. 『논어』에 '날씨가 추워진 후에 소나무와 잣나무가 시들지 않음을 안다(歲寒然後知松柏之後彫也)'는 말이 있습니다."

"사마천은 '집이 가난해지면 어진 아내를 생각하고, 나라가 어지러워지면 어진 재상을 생각한다(家貧思賢妻 國亂則思良相)'고 했지요."

그때까지 잠자코 듣고만 있던 진운상도 한마디 거들었다. 잠자코 있던 허형식이 단호하게 말했다.

"나는 그런 거창한 명분이 아니라, 그저 내 마음속에 남아 있는 작은 양심의 명령이랄까, 자긍심을 어길 수 없어 이 북만주에 남아 있겠다는 거요."

그 말에 곁에 누워 잠자코 듣고 있던 진운상은 벌떡 일어났다. 그러자 무릎을 꿇었던 왕조경도 벌떡 일어났다. 그러자 허형식도 잠자리에서 일어났다. 왕조경과 진운상은 앉아 있는 허형식을 향해 엎드려 큰절을 했다. 이에 허형식은 얼떨결에 그 절을 받으며 말했다.

"그만 됐소. 한 치 앞을 내다보지 못하는 게 인생이라는데, 앞으로 나도 동지들 몰래 슬그머니 소련으로 넘어갈지 모르지 않소."

"지금까지 허 군장님이 동북에서 떠나지 않는 것만도 저희가 절을 열 번 해도 지나침이 없습니다."

그 말을 마친 뒤 두 경위원은 다시 벌떡 일어서서 달을 바라보며 주먹을 불끈 쥐고 노래를 불렀다. 그러자 허형식도 자리에서 일어났다. 허형식은 문득 먼저 일제의 주구들에게 희생된 조상지 동지가 생각났다. 그는 참으로 용맹스런 항일 파르티잔이었다. 허형식은 마음속으로 조상지를 추념하면서 주먹을 불끈 쥐고 흔들면서 〈중·조인민연합가〉를 불렀다.

> 국토가 갈라지고 천하가 울리네.
> 대포의 꽝음소리는 제국주의가 약소민족을 침략하고 착취하는 상징일세.
> 나라가 없는데 가정이 어찌 존재하랴
> 평화란 찾아볼 수가 없구나.
> 암흑과 광명, 생과 사의 갈림길에서 투쟁으로 결정하세
> 일어나라 중·조 인민들아!
> 단꿈에서 벗어나 총과 피로 전진하세
> 세상의 가장 큰 원수는 일본!
> 약탈과 방화, 강간과 모욕으로 나라와 민족을 멸하려 한다네.
> 조선과 합병하고 중국까지 삼키려는 야만과 야욕,
> 피맺힌 원한으로 적과 싸워 구축하자
> 단결하라, 중·조 민중이여! …

세 사람의 노랫소리는 어둠을 타고 청송령 밀림 속으로 안개처럼 자욱이 스며들었다. 북만주 청송령 소릉하 계곡의 밤은 그렇게 스멀스멀 깊어갔다. 세 사람은 노래를 마친 뒤 다시 잠자리에 들었다.

크르륵, 크르륵, … 여우의 울음이었다. 어우우, 어우우 … 늑대의 울음이었다. 북만주의 깊은 산속 여름밤은 온통 산짐승의 세상이었다. 여우, 늑대 등 산짐승들은 사람 냄새를 맡고 세 사람 숙영지 언저리에 어슬렁거렸다. 허형식은 그 울음소리와 자기들의 냄새를 맡고 산에서 뛰어내려 오는 짐승 소리에 잠이 번쩍 깼다. 옆에서 잠든 두 경위원도 거의 동시에 잠에서 깼다. 허형식은 곁에 있는 권총을 단발에 놓고 산을

향해 방아쇠를 당겼다.

"피웅."

권총의 단발소리가 밤의 정적을 깨트렸다. 그 총소리에 산짐승들의 소리가 '뚝' 멎었다. 곧 산짐승들은 사라졌다. 허형식이 두 경위원에게 말했다.

"저놈들도 총소리는 기가 막히게 잘 알고 도망간다오."

"그럼요, 저놈들은 사람을 가장 두려워하며 총소리를 가장 겁내지요."

오랫동안 산 숯막 생활을 한 왕조경은 산짐승들의 속성을 꿰뚫고 있었다. 여우와 늑대들은 총소리에 놀라 사라진 듯했지만, 곧 다른 산짐승들은 그제야 여우 늑대가 없는 세상에서 는 자기들 세상이라고 울부짖었다. '우오오 우오오' 하는 올빼미, '휘익 휘익…' 하는 노루, '찌익 찌익 삑삑 삐삐…' 울부짖는 올빼미 … 밤의 북만주 청송령 일대는 산짐승, 날짐승들의 낙원이었다. 왕조경은 일어나 숙영지 옆에다 우둥불을 피우며 말했다.

"산짐승들을 쫓는 데는 이보다 더 좋은 게 없지요. 밤이슬에 젖은 눅눅하고 촉촉한 기운도 말리고."

왕조경은 산사나이답게 아주 익숙한 솜씨로 금세 우둥불을 피웠다. 허형식과 진운상은 겉옷을 입고 우둥불 곁으로 다가갔다. 곧 우둥불 불길에 언저리의 눅눅한 기운이 감쪽같이 사라졌다. 세 사람은 우둥불 곁에서 몸을 돌리면서 불을 쬈다. 그 바람에 모두 잠은 달아나 버렸다. 왕조경은 우둥불에 나무를 더 집어넣으면서 말했다.

"군장님이 말씀하셨지요. '하룻밤을 자도 만리장성을 쌓는다'고."

"그랬소. 왕 동지와는 오늘 초면인데도 밥까지 같이 먹고 이렇게 곁에서 하룻밤 잠까지 나란히 자는 건 아무튼 대단한 인연이오."

"저도 아주 특별한 인연이라고 생각합니다. 날이 새면 저는 어차피 숯막으로 돌아가야 하니까 이 밤에 군장님이 그동안 살아오신 얘기나 들려주시지요?"

"뭐, 남들에게 자랑할 만한 얘기는 못돼."

"아닙니다. 동북항일연군 군장은 아무나 되는 건 아닙니다. 더욱이 이 북만주에서 조선인이 총참모장까지 겸임한다는 건. 허 군장님 얘기 잘 들어 뒀다가 다른 동지들에게 하룻밤 같은 잠자리에서 나란히 잔 인연을 자랑하려고 그럽니다."

"하긴 나도 이 전장에서 언제 죽을지 모르는 몸이니까…."

허형식은 그날 밤 따라 여러 차례 죽음을 얘기했다.

"왜, 그런 불길한 말씀을 자꾸 하십니까?"

"불길하다니. 빨치산은 전투 중에 적의 총에 맞아 죽는 것이 가장 영광스런 죽음이오. 그래야 비온 뒤 죽순처럼 내 핏자국 위에 어린 새 전사들이 무럭무럭 돋아나거든…."

참 묘한 게 세상사였다. 빨치산들이 희생되면 이상하게도 그 대가 끊어지지 않고 뒤를 잇는 젊은이들이 더 많이 입산했다. 그런 걸 보면 이 세상의 대의와 정의, 그리고 양심은 결코 사라지지 않는다는 것을 느낄 수 있다.

"그 말씀은 맞지만…. 우리 중국과 조선이 힘을 합하여 일본 제국주의자들을 쳐부순 것을 꼭 보셔야지요."

"꼭 그런 날을 보고 싶소. 하지만 그건 하늘에 달렸소. 우리 세 사람 가운데 누군가는 살아남아 이 황량한 북만주에서 외로이 용감무쌍하게 투쟁한 소부대 활동 이야기도 역사에 꼭 남겨야 하오. 그래야 이 세상에 정의와 도덕이 굳건히 살아남을 거요."

"…."

허형식은 그 말을 하고 두 동지를 번갈아 봤다. 서로의 국적과 조상은 달라도 믿음직한 두 동지들이었다. 진운상과 왕조경은 말없이 고개를 끄덕였다. 허형식은 하늘을 바라봤다. 청송령 산봉우리에 은하수가 걸친 채 북녘 하늘로 흘러내리고 있었다. 음력 6월 21일 하현달은 그제야 동녘 멧부리에서 스멀스멀 하늘 한가운데로 옮아갔다.

허형식은 달을 보자 새삼 가족들의 얼굴이 하나하나 떠올랐다. 독립운동가이며 한의사였던 아버지 허필, 매사 헌신적인 어머니 벽진 이씨 성후(星厚)…, 그는 어머니를 너무 사랑한 나머지 자기의 이명(異名)을 어머니 성을 따라 '이희산(李熙山)' '이삼룡(李三龍)'으로 지었다. 한때 동지였던 그의 든든한 아내 김점숙, 이제 열두 살 된 딸 하주, 그리고 아홉 살 난 아들 창룡 … 그리고 또 한 사람 삼옥이란 한때 조선에서 자기 집 종의 딸이었던 여인….

허형식은 중천으로 솟아오르는 하현달을 바라보며 초저녁에 이어 조선이 망하게 된 얘기와 자기 집안이 만주로 망명한 사연을 도란도란 얘기했다. 그새 우둥불에 그들의 얼굴은 벌겋게 익었다. 허형식의 얘기는 우둥불의 불티와 함께 북만의 청송령 숲으로 스멀스멀 빨려들었다.

제2장
압록강을 건너다

왕산 허위

임은 허씨들이 구미 임은동 낙동강변에 세거한 이후 집안에서 많은 인재를 배출했다. 그 가운데 허돈의 증손 왕산(旺山) 허위(許蔿)는 벼슬이 평리원 재판장(현, 대법원장), 비서원승(秘書院丞)에 이르렀다. 말년에는 13도창의군 군사장으로 경성감옥에서 순국하여 그의 꽃다운 이름을 후세에 길이 전하고 있다.

허위는 1855년에 구미 임은동에서 호조참판 허조(許祚)의 넷째아들로 태어났다. 그는 맏형 방산(舫山) 허훈(許薰)에게 학문을 배웠는데, 8세 때에 시문을 지어 언저리 사람들을 놀라게 했다.

> 달이 대장군이 되니 / 별은 많은 군사가 되어 따른다
> (月爲大將軍 星爲萬兵隨)
> 꽃을 꺾으니 봄이 손에 있고 / 물을 길으니 달이 집에 들어온다
> (折花春在水 汲水月入家)

이런 시문을 보고, 집안에서는 그가 장차 크게 될 인물로 기대했다.

허위는 사서삼경뿐 아니라 천문지리, 육도삼략과 같은 병서도 익혔다. 그를 가르치던 맏형 허훈은 "내가 유학은 아우에게 양보할 것이 없지만, 그의 포부와 경륜은 아우에게 미치지 못한다"고 말할 정도로, 허위는 어려서부터 그 그릇이 자못 컸다.

허위는 15세 때 순천 박(朴)씨와 결혼하여 딸을 두었으나, 곧 부인과 사별하는 아픔을 겪었다. 24세에 평산 신(申)씨와 다시 혼인하여 모두 4남2녀의 자녀를 두었다. 허위는 18세 때에는 어머니를, 27세 때에는 아버지를 여의었다. 그는 아버지를 여읜 뒤, 10여 년 동안 고향에서 후학을 가르치는 일에 몰두하며 학문 연마에 힘썼다. 하지만 허위는 시국이 어려워지자 마침내 붓을 던지고 창의(倡義, 국난에 의병을 일으킴)에 앞장섰다.

허위는 1894년 갑오년에 구국대열에 나섰다. 그 이듬해 1895년에는 을미사변으로 명성황후가 일제 낭인들의 손에 무참히 시해당하고, 단발령이 반포되었다. 이에 백성들은 자존심에 크게 상처를 입고 전국 각처에서 뜻있는 선비들이 의병을 일으켰다. 1896년 3월, 허위는 이기찬·이은찬·조동호·이기하 등, 이웃 고을 지사들과 뜻을 모아 창의의 깃발을 올렸다. 그해 3월 26일 장날에 맞추어 김산(金山, 현, 김천) 읍내로 들어가 수백 명의 장정들을 모아 '김산의병대'를 창의했다. 의병대장이 이기찬, 참모장은 허위였다.

'김산의병대'는 충북 진천까지 올라갔다. 하지만 고종 임금의 밀지(密旨, 비밀명령)를 받고 이 의병대는 해산했다. 허위는 다시 학문에 힘쓰던 가운데 조정대신 신기선(申箕善)의 천거로 벼슬길에 올랐다. 그로부터 5년 동안 허위는 성균관 박사·중추원 의관·평리원 재판장·의정부 참찬·칙임 비서원승 등의 벼슬을 역임하고, 종2품 가선대부의 지위까지

올랐다.

1904년 일본은 조선을 독점 강점하고자 마침내 러일전쟁을 도발했다. 그런 뒤, 그해 2월 23일에 일본은 조선정부(대한제국)에 '한일의정서'를 강제로 조인케 함으로써 그들은 몽매에도 그리던 조선 침략에 성큼 다가섰다. 이에 허위는 평리원 수반 판사로 전국 13도에 장문의 격문을 살포했다.

"백성들에게 삼가 대의(大義)를 통고한다. 우리들은 『춘추』에서 복수를 중요시하고 왕은 강토를 지키기에 힘써야 한다고 들었다. 원수가 있으되 복수를 아니 하면 사람이 사람 노릇을 할 수 없고, 국토가 있으되 지키지 못하면 나라가 나라 노릇을 할 수 없다. 이것이 바로 고금에 통하는 뜻이다. 일본은 우리나라에 대하여 전번에 두 번이나 왕릉을 욕보였고, 근래 을미사변으로 국모를 죽여 우리의 원수가 되었으니, 저들과 같은 하늘 밑에 살 수 없음은 어린아이와 부녀자도 모두 아는 사실이다. …"

허위는 조국의 운명이 바람 앞에 등불에 이르자 이상천·박규병 등의 관료들과 함께 전국에 '배일통문'을 돌려 일본의 침략상을 규탄하고, 전 국민의 분발을 촉구했다.

"우리가 앉아서 망하기를 기다리느니보다 온갖 힘을 다하고 마음을 합하여 빨리 계책을 세우자. 진군하여 이기면 원수를 보복함과 아울러 국토를 지키며, 불행히 패하면 다 같이 죽자. 백성의 마음이 단결하여 한소리에 서로 응하면 용기가 백배하고, 충신의 갑옷과 인의의 창이 분발되어 곧 나아가니 저들의 강제와 오만은 꺾일 것이다. 여러 동지들에게 원하노니 이 피 쏟아지는 원한을 같이 나누자. 비밀히 도내 각 동지들에게 빨리 통고하여 옷을 찢어 깃발을 만들고, 호미와 갈고리를 부숴

칼을 만들고, 곳곳에 모여서 형세가 서로 돕고 머리와 끝이 서로 닿으면 우리들은 의군을 규합하여 순리를 쫓게 되니 하늘이 도울 것이다. …"

허위는 1907년 9월, 연천·적성·양주·개성·이천(伊川) 등 경기 북부와 황해 남부, 그리고 강원 동북부 일대를 근거지로 삼아 의병 활동을 폭넓게 펼쳤다. 허위는 이 일대를 누비면서 새로운 의병을 모집해 전력을 강화하는 한편, 이들 지역 의병대를 통솔하여 일제 군경과 전투를 벌이며, 또 한편으로는 친일 매국노들을 처단했다. 허위가 아무 연고도 없는 이 지역을 활동무대로 선택한 것은 서울과 근접한 곳이기에 군사와 정치면에서 일제에게 가장 큰 피해를 줄 수 있고, 또 서울에는 각국 영사관이 많아 대외로 홍보 효과를 얻을 수 있었기 때문이다.

이 무렵 허위는 다수의 해산 군인들을 받아들이거나 다른 의병부대와 연합전선을 펼치며 전력을 극대화시켰다. 강화진위대 소속으로 동료들과 봉기한 연기우(延基羽) 의병부대, 강원도 일대에서 활동하던 김규식(金奎植) 의병부대 등을 포섭한 것은 장차 전국의병 연합체인 13도창의군을 결성하는 밑바탕이 되었다. 이밖에도 허위의 의병부대는 여주·이천(利川)·양평·양주·포천 등 경기도 일대와 원주 등 강원도 서부지역에서 활동하던 이인영(李麟榮)과 이은찬(李殷贊) 의병부대와 긴밀한 관련을 맺고 있었다.

허위는 의병투쟁과 함께 양면작전으로 정치외교 활동도 펼쳤다. 1907년 10월 하순에는 각국 영사관에 격문이나 선언문 등을 보냈다. 허위는 이러한 열성적인 활동으로 경기도 의병의 우두머리로 우뚝 떠올랐다.

1907년 11월, 허위와 연계된 각 지역 대표 의병장은 평안도·황해도의 박기섭(朴箕燮), 장단의 김수민(金秀敏), 강원도 철원의 김규식, 원주의 민긍호(閔肯鎬), 경기도 지평과 가평의 이인영, 충청도 제천의 이강년

(李康年) 등이었다. 이들 가운데 가장 막강한 허위·이인영 두 의병부대장을 주축으로 전국 의병연합체인 13도창의군이 조직되기에 이르렀다.

13도창의군은 서울 진공에 앞서 서울주재 각국 영사관에 선언문을 보내어 의병 항일전의 합법성을 국내외에 공포했다. 허위는 이 선언문에서 "의병전쟁은 고종 황제의 칙령 따른 조선 독립전쟁임을 강조하고, 13도창의군은 마땅히 국제법상 교전단체이므로 전쟁에 관한 모든 법규가 적용되어야 한다"고 주장했다. 이러한 근거는 이미 지난 4월에 허위가 고종 황제로부터 의대조(衣帶詔, 옷에 써서 내린 명령)를 받았기 때문이다. 그 의대조에는 '거의(擧義)'라는 단 두 글자만 새겨져 있었다. 또 13도창의총대장 이인영은 '해외동포에게 보내는 격문'을 보냈다. 이 격문을 통해 이인영 대장은 해외동포들에게 일제에 대한 적개심과 그들을 조선 땅에서 몰아내야 한다는 그 당위성을 밝히고 있었다.

"동포 여러분! 우리는 일치단결하여 조국에 몸을 바쳐 우리의 독립을 회복하여야 할 것입니다. 우리는 또 야만 일본인의 잔혹한 만행과 불법 행위를 전 세계에 호소하여야 합니다. 그들은 교활하고 잔인하여 진보와 인간성의 적입니다. 우리는 최선을 다하여 모든 일본인과 그 주구들, 그리고 야만적인 그들 군대를 격멸하는 데 힘을 모아야 할 것입니다. … "

1907년 11월, 허위·이인영 두 의병지도자는 전국 각지 의병장들에게 의병부대를 통합하여 연합의병부대와 통합사령부를 창설한 다음, 서울로 진격하자는 격문을 발송했다. 이 격문에 호응하여 전국 각지 의병들이 경기도 양주로 속속 집결키로 했다. 총 48진 약 1만 명에 이르렀다.

그 내역을 보면 강원도 민긍호 의병부대 2천 명, 경기도 이인영 의병부대 1천 명을 비롯하여 약 6천 명, 경기도 허위 의병부대 약 2천 명, 충청도 이강년 의병부대가 5백 명, 황해도 권중희(權重熙) 의병부대가 5백

명, 평안도 방인관(方仁寬) 의병부대가 80명, 함경도 정봉준(鄭鳳俊) 의병부대가 80명, 전라도 문태수(文泰守) 의병부대가 약 1백 명 등이었다. 그해 12월에 경기도 양주에 집결한 전국 의병장들은 회의를 열어 통합의병부대로서 '13도창의대진소(十三道倡義大陣所)'를 만들어 이인영을 총대장, 허위를 군사장에 추대한 뒤, 전체적인 편제를 갖추었다.

십삼도창의총대장	이인영(李麟榮)
전라창의대장(전라도)	문태수(文泰洙)
호서창의대장(충청도)	이강년(李康秊)
교남(嶠南)창의대장(경상도)	신돌석(申乭石)
진동(鎭東)창의대장(경기, 황해도)	허위(許蔿)
관동창의대장(강원도)	민긍호(閔肯鎬)
관서창의대장(평안도)	방인관(方仁寬)
관북창의대장(함경도)	정봉준(鄭鳳俊)

13도창의대진소는 전체 편제를 정하자, 즉시 서울 진공작전에 돌입했다. 1908년 1월 말에 허위는 휘하의 각 부대별로 서울 동대문 밖에 집결하도록 조치한 다음, 스스로 3백 명의 선발대를 이끌고 일제통감부를 쳐부수고자 동대문 밖 30리 지점까지 진격했다. 선발대는 후속 대부대가 미처 도착하기 전에 정규 일본군의 선제공격을 받아 치열한 전투가 벌어졌다. 하지만 구식 무기로 무장한 의병 선발대는 기관총 등 신식 무기로 무장한 일본군의 공격을 도저히 뚫을 수가 없었다.

이 명재경각의 급박한 상황에서 후발 총대장 이인영의 부친이 돌아가셨다. 그 소식을 듣자 이인영은 아버지의 장례를 치르기 위해 문경 고향 집으로 돌아가는 참으로 어처구니없는 돌발적인 사태가 일어났다. 장수가 전투장에서 부친의 사망 소식에 고향 집으로 돌아간다는 것은 있을 수 없는, 그 어떤 명분으로도 황당무계한 일이다. 허위는 이인영에게 작전에 대한 전권을 물려받았다. 하지만 이미 일본군에게 사전정보가 누출된 탓으로 후속 의병부대의 서울 진공작전은 승리하기에는 현실적으로 불가능했다. 일본군은 이미 오래전부터 이를 대비한 듯, 서울 외곽에 대한 철저한 방비와 한강에 선박운행 금지 등의 조치를 내려 두었고, 동대문에는 기관총까지 설치하기까지 하였다.

이러한 일본군의 대비에 13도창의군은 그 방어망을 돌파하기란 현실적으로 도저히 불가능했다. 1909년 9월 28일자 『대한매일신보』는 13도창의군의 서울 진공작전을 다음과 같이 보도했다.

"군사장(허위)은 이미 군비를 신속히 정돈하여 철통같이 함에 한 방울의 물도 샐 틈이 없는지라 이에 전군에 전령하여 일제히 진군을 재촉하여 동대문 밖으로 진격함에 대군은 장사(長蛇, 긴 뱀)의 세(勢)로 서진(徐進, 천천히 나아가다)케 하고 허위가 3백 명을 거느리고 선두에 서서 문(동대문) 밖 30리 지점에 진군하여 전군(13도전창의군)의 내회(來會)를 기다려 일거에 경성을 공입(攻入, 공격하여 입성)하기로 계획하였더니, 전군의 내집(來集)은 시기를 어기고 일병이 졸박(猝迫, 갑자기 추격)하는지라 여러 시간을 격렬히 사격하다가 후원(後援, 후발대)이 부지(不至)하므로 그대로 퇴진하였더라."

이렇게 허위의 서울 진공 선발대 3백 명은 전력 열세로 끝내 패퇴하고 말았다. 또한 이 작전이 성공할 수 없었던 가장 큰 요인은 무기 때문이었다. 당시 일본군이 소지한 기본 화기는 38식 소총으로 유효사거리 400미터, 매분 8-10발을 발사할 수 있는 최신식이었다. 하지만 의병들의 화기는 대부분 15세기 유럽에서 발명되어 쓰였던 총구에 흑색 화약과 탄환을 장전한 다음 불을 붙여야 발사되는 구식 화승총이었다. 이 총은 유효사거리 20보 내외인 데다 비가 오면 발사 자체가 불가능했다. 이 총마저도 해산 군인들만 소지하였거나 사용할 줄 알았다. 나머지 농민이나 상민, 유생 출신의 의병들은 죽창이나 쇠갈퀴, 군도 등 재래식 무기로 정규 일본군과 맞섰으니 적수가 되지 못했다.

이러한 13도창의군 서울 진공연합작전 실패에도 경상도의 신돌석, 전라도의 전해산 등, 각 지방 의병부대 항전은 망국의 그날까지, 아니 그 이후에도 일제가 패망할 때까지 그칠 줄 몰랐다.

허위는 13도창의군 서울 진공작전에서 무참히 패전한 뒤 한동안 크게 좌절했다. 하지만 허위는 일제 침략자들이 계속 나라의 숨통을 죄는 꼴을 차마 더 이상 그대로 볼 수 없어 다시 분연히 일어섰다. 허위는 임진강과 한탄강 유역을 활동무대로 다시 대일 항전의 깃발을 세웠다. 그 당시 무기로 볼 때 의병들은 일본 정규군의 적수가 될 수 없었지만, 그들의 의기만은 하늘을 찔렀다.

그 무렵 허위는 휘하에 조인환·권준·왕회종·김규식 등의 쟁쟁한 의병장을 거느렸다. 그때부터 허위의 의병부대는 전면전이 아닌 유격전으로 일본군 진지를 기습하고, 통신시설을 파괴하거나 각지의 부일 매국노를 처단하는 등으로 투쟁 방향을 바꿨다. 허위는 백성들로부터 물자를 조달받으면 국권회복 후 이를 반드시 상환한다는 군표(軍票)를 발행했다. 그 당시 허위의 의병활동을 일제는 『조선폭도토벌지』에 구체적으로 기록했다.

"임진강 유역 수괴 허위는 누차 통고문을 발하여 납세 또는 미곡 반출의 정지를 명령하고, 군량을 징발하며 한인 순사나 헌병보조원에 협박장을 보내고, 통신 선로의 저해와 관공서의 습격 등이 심했다."

이로 미루어 볼 때, 그 무렵 임진강·한탄강 일대는 허위 의병부대의

군정 아래에 있는 것과 다름이 없었다. 그 결과 경기북부 각지의 주민들은 의병을 열성적으로 후원함으로써 허위의 의병부대는 더욱 적극적으로 항일전을 전개할 수 있었다. 허위가 경기도 포천 송우리에서 은밀히 활동하고 있을 때, 당시 총리대신 이완용이 밀사를 보내어 허위를 회유했다.

"경남 관찰사로 임명할 터이니 전향하라."

하지만 허위가 이를 듣지 않자 이완용은 다시 사람을 보냈다.

"내부대신으로 임명할 터이니, 의병을 해산하라."

이에 허위는 크게 노하여 심부름 온 사람에게 크게 꾸짖었다. 또한 허위 휘하 군사들이 이완용의 밀사를 죽이려 하자 허위는 끝내 그를 해치지 않고 말로 타일러 보냈다.

"너를 죽여 마땅하지만, 보낸 놈을 죽이지 못하고, 심부름 온 놈을 죽여 무엇 하겠는가. 다시는 이와 같은 일로 오지 마라."

허위 의병부대가 1908년 2월부터 1908년 5월까지 참여한 파주·적성·연천·철원 등지의 크고 작은 전투는 10여 차례가 넘었다. 1908년 4월 21일 허위는 이강년·이인영·유인석(柳麟錫)·박정빈(朴正彬) 등의 의병장과 함께 전 백성들이 대일 구국 성전에 동참해 줄 것을 호소하는 통문을 발송했다. 이어 그해 5월에는 박노천, 이기학 등의 부하들을 서울에 잠입시켜 통감부에 30개 항목의 요구조건을 제시했다.

1. 태황제(太皇帝; 고종)를 복위시켜라
2. 외교권을 환귀시켜라
3. 통감부를 철거하라
4. 의관을 복고하라
5. 일본인의 서임(敍任, 관리로 임명)을 시행치 말라

6. 형벌권의 자유를 회복시켜라
7. 통신권의 자유를 회복시켜라
8. 경찰권의 자유를 회복시켜라
9. 정부조직의 자유를 회복시켜라
10. 군대시설의 자유를 회복시켜라
......

이들 30개 요구조건은 일본이 대한제국을 침략하여 빼앗아 간 국권과 이권을 회복하고, 일본이 조선에서 물러갈 것을 축약하여 요구한 것이다. 그러나 허위는 이러한 원대한 포부를 펴지도 못한 채 1908년 6월 11일, 일본군 헌병대 유산헌병분견소와 철원헌병분견소의 헌병들에게 경기도 영평군 서면 유동(현, 포천군 일동면 유동리)에서 체포되고 말았다.

허위의 순국

허위는 체포 즉시 서울 헌병사령부로 압송되었다. 허위의 조카들은 이 소식을 듣고 헌병사령부로 면회를 왔다. 허위는 그들에게 태연히 말했다.

"나는 나라를 위하다가 죽을 것이니 여한은 없다. 내 걱정은 절대로 하지 말라. 내 들으니 변호사가 대리해서 변호하려는 뜻으로 나의 성명을 새긴 인장을 달라고 하는데, 이는 천만부당한 일이니 곧 인장을 없애 버려라."

당시 조선통감부 경무총장 겸 일본군 헌병대장 아카시 모토지로(明石元二郎)는 13도창의군 군사장 허위를 깍듯이 예우함과 동시에 그를 설득하여 전향시키고자 직접 신문했다. 허위는 헌병대장 앞에서 기개를 잃지 않고, 그의 신문에 당당히 의병을 일으킨 목적과 국권회복의 당위성을 피력했다.

"일본이 조선의 보호를 부르짖는 것은 말뿐으로, 그 실상은 조선을 멸망시키려는 화심(禍心, 남을 해치려는 마음)으로 포장하고 있다. 우리들은 이를 결코 좌시할 수 없어 죽음을 각오하고 의병을 일으킨 것이다."

그러자 일본군 헌병대장 아카시 모토지로는 허위를 달래며 말했다.

"일본이 조선을 대하는 것은 비유하자면 병자를 안마하는 것과 같다. 팔다리와 몸뚱이를 주무르고 두드리면 언뜻 보기에는 병자의 고통을 주는 것 같다. 하지만 이는 병자를 치료하기 위해서 하는 것으로, 마침내 병자의 병은 낫게 될 것이다."

헌병대장 아카시 모토지로는 당시 조선을 '병자'로 보고 있었다. 그러면서 그는 일본의 조선 침략은 일시적으로 조선인에게 고통을 가져올지 모르지만, 마침내 조선인의 행복과 안녕을 보장하게 될 것이라는 궤변을 늘어놓았다. 그러자 허위는 이에 지지 않고 기지를 발휘하여 책상 위에 있는 색연필을 가리키며 그의 말을 반박했다.

"이 연필을 보라. 언뜻 보기에는 붉은색이지만, 그 속은 남색이지 아니한가. 일본이 조선을 대하는 것이 이와 같다. 그 껍질과 속이 크게 다름은 명백하다."

아카시 모토지로는 비록 적장이지만 허위를 신문을 할수록 고매하고 강직한 인품에 매료되었다. 그는 허위를 '국사(國士, 나라의 으뜸 선비)'라고 일컬으며, 끝까지 전향시켜 살리고자 했다. 하지만 허위는 이를 끝내 거부했다. 대한제국의 평리원 판사와 검사는 허위가 구금되어 있는 동안 번갈아 신문했다. 이에 허위가 그들을 크게 꾸짖으며 말했다.

"너희들이 비록 조선 관헌이라고 하나, 왜적의 주구로 이런 짓을 하는 구나. 나는 대한의 의병장이니 너희들과 말다툼하고 싶지 않다. 또 법률이라는 것도 너희들이 임의로 정한 것인즉, 내가 복종할 바 아니다. 나는 이미 죽음을 각오한 바이니, 어서 속히 형을 집행하라."

재판 중 일본 재판관이 허위 13도창의군사장에게 물었다.

– 조선에 의병을 일으키게 한 것은 누구이며, 그 대장은 누구인가?

"의병이 일어나게 한 것은 이토 히로부미(伊藤博文)이요, 그 대장은 나다."

– 이는 어불성설로 그대는 어째서 의병을 일으키게 한 이를 이토 공이라고 하느냐?

"이토가 조선을 침략치 않았다면 의병은 일어나지 않았을 것이다. 그러니 의병을 일으킨 것은 이토가 아니고 누구이겠느냐."

허위는 대한제국의 평리원 판사와 검사의 신문에 논리정연하게 답하며 그들의 말문을 막았다. 재판은 일사천리로 진행되어 13도창의군 군사장 허위는 1908년 9월 18일 사형선고를 받고, 그해 10월 21일 경성감옥(현, 서대문형무소)에서 감옥 개설 직후에 교수형을 당했다. 일본 중이 형 집행에 앞서 독경을 하려고 하자 허위는 그를 제지하며 크게 꾸짖었다.

"충의의 귀신은 스스로 마땅히 하늘에 올라갈 것이요, 혹 지옥에 떨어진다고 해도 어찌 너희들의 도움을 받으랴."

경성감옥 옥리(獄吏)가 허위에게 시신을 거둘 사람이 있느냐고 물었다.

"사후에 시신 거둠을 어찌 괘념할 것인가. 나는 이 옥중에서 썩어도 좋으니 어서 속히 형을 집행하라."

그 말에 옥리가 머쓱해졌다. 허위는 죽음을 앞두고 경성헌병대에서 두 아들에게 유서를 남겼다.

"나랏일이 여기에 이르렀으니 죽지 아니하고 어이하랴. 내가 지금 죽을 곳을 얻었으니 너희 형제간에 와서 보도록 하라(國事至此不死何爲 今我得其所矣 汝兄第間來見也)."

허위는 교수대에 오르기 전에 대궐을 향해 4배, 가묘(家廟)가 있는 고향 쪽으로 재배를 한 다음, 조용히 교수대로 올라가 장엄하게 순국했다. 그때 허위는 향년 54세였다.

후일 안중근(安重根)은 뤼순 재판정에서 왕산 허위에 대하여 다음과 같이 말했다.

"허위와 같은 진충갈력(盡忠竭力, 충성을 다함)과 용맹의 기상을 동포 이천만민이 가졌다면 오늘의 국욕(國辱, 나라의 치욕)을 받지 않았을 것이다. 지금까지 고관들은 자기 있음을 알고, 나라 있음을 알지 못하는 자가 많다. 그는 그렇지 않았다. 그는 고등 충신이라고 말해야 할 것이다."

우리나라 속담에 "대감 죽은 데는 안 가도 대감 말이 죽은 데는 간다"는 말이 있다. 이는 염량세태의 얄팍한 세상인심을 말한다. 허위가 경성감옥에서 교수형을 당하자 뜻있는 백성들은 피울음을 울었다. 하지만 형장에 방치된 왕산 허위의 시신을 선뜻 나서 수습하는 사람이 없었다. 경성감옥 형장은 썰렁했다. 왕산의 장남 학(㶅)은 의병활동으로 피신 중이었고, 사위 이기영은 형장에서 어찌할 바를 몰랐다. 옥리들의 서슬이 퍼랬기 때문이다. 일제는 허위의 회상(會喪, 사람이 모여 장례를 치르는 일)을 엄하게 단속했기 때문이다.

하지만 왕산 수제자 박상진(朴商鎭)은 물불을 가리지 않고 허겁지겁 경성감옥 형장으로 달려왔다. 그는 1884년 경남 울산 태생으로, 청년시절 영해 의병진 신돌석 장군과 함께 의기투합하여 결의형제를 맺은 사이였다. 16세에 왕산 문하에 들어가 정치, 군사 등 경세(經世)를 배웠다. 그는 스승 왕산의 권유로 양정의숙에 입학하여 다시 신학문을 익혔다. 1907년 왕산 허위가 정미의병을 일으키자 박상진은 부친을 설득하여 5만 원의 거금을 스승의 군사자금으로 제공키도 했다. 박상진은 경성감옥 형장에 방치된 스승의 시신을 끌어안으며 대성통곡과 함께 감옥 전옥과 옥리들에게 호통을 쳤다.

"나라와 민족을 위해 순국한 절세(絶世)의 충신이신데, 네놈들이 이토록 형장에 방치하여 욕을 보이다니…."

경성감옥 전옥은 박상진의 기세에 눌려 말했다.

"어서 시신을 모셔 가십시오. 다만 한 가지만은 약속해 주셔야겠습니다."

박상진이 전옥에게 물었다.

"뭐요?"

"시신을 모셔가되 다만 조용히 장례를 치르십시오. 자칫하다가는 줄초상이 날지도 모르오."

"알겠소."

박상진은 경성감옥 형장의 스승 시신을 수습한 뒤, 그 길로 왕산의 고향으로 운구하여 집안사람들에게 반장(返葬)을 치르게 했다. 이 장례를 일제 밀정들이 살폈지만, 그 감시 속에서도 고을사람들과 애국지사들의 문상은 끊이지 않았다. 상주를 비롯한 집안 및 고을사람들은 절차를 갖추어 장례를 지낸 뒤 금오산 뒤편 지경리 산봉우리에 모셨다. 그때 허위의 장례에는 만사(輓詞)와 제문이 장례기간 동안 죽 이어졌고, 상여 뒤를 따르는 만장(輓章)은 십 리를 이었다.

한편 구미 임은동 바로 이웃 마을 오태동 장승원(張承遠)은 허위의 순국 소식에 비탄에 빠지기는커녕 속으로는 회심의 미소를 지었다. 그 까닭은 그 몇 해 전 경상도 관찰사 벼슬자리 값으로 갚기로 약속한 20만 원을 허위의 순국으로 송두리째 떼어먹을 수 있었기 때문이다.

그 사연인 즉, 장승원은 집안 대대로 영남 제일의 만석꾼 갑부였다. 그 무렵 그의 벼슬은 경상도 도사(都事)였다. 그런데 이웃 고을 허위가 고종 황제의 신임을 두둑이 얻어 평리원 수반판사, 비서원승 등 고관에 오르는 것을 보고, 현금 20만 원을 고액권으로 바꿔 보스턴 가죽가방에 넣고 한양으로 올라갔다. 그는 곧장 허위 집 대문을 두드렸다. 허위와 장승원은 이웃 마을로 선대부터 세교가 있던 터라 문 앞에서 쫓겨나지 않았다. 장승원은 허위의 사랑에 좌정 후 가죽가방을 내밀며 원거리에서 방문한 사유를 단도직입적으로 말했다.

"소생이 돈은 좀 있사오니 나라 살림에 보태십시오."

그런 뒤 장승원은 본색을 드러냈다. 그는 허위가 자기를 경상관찰사로만 천거해 주면 가죽가방에 든 돈을 모두 다 드리고 가겠다고 했다.

그 시절에는 돈으로 벼슬을 사는 일은 다반사였다. 하지만 꼬장꼬장하기로 둘째가라면 서러울 허위가 어찌 매관매직을 한다는 말인가. 허위는 일언지하 거절한 뒤 장승원을 쫓으려 했다. 그때 마침 수제자 박상진은 스승의 집에 머물고 있었다. 그 사실을 이미 눈치 챈 박상진은 스승을 불러낸 뒤 말씀을 드렸다.

"이제 조선은 곧 망합니다. 우리가 나라를 다시 되찾으려면 군대와 인재를 육성해야 하고, 젊은이들을 가르쳐야 합니다. 그 일에는 막대한 자금이 필요할 겁니다. 스승님은 지금 그 돈을 받지 마십시오. 후일 나라가 망한 뒤 독립자금이 필요할 때 그에게 받기로 단단히 약조하신 뒤, 그의 청을 못 이긴 척 들어주십시오. 제가 보기에는 장승원이란 자가 저돈 가방으로 장안의 어느 대감을 구워삶건 간에 틀림없이 자기가 목표한 벼슬자리에 오를 것입니다."

허위는 제자 박상진의 말에 일리가 있음을 알아차리고 사랑에 든 뒤 다시 장승원과 독대했다.

"그 돈의 액수가 얼마요?"

"20만 원입니다."

당시 20만 원은 거금이었다. 허위도 장승원의 큰 배포에는 다소 놀랐다. 장승원은 호기를 부렸다.

"만일 이 돈이 적으시다면 소생이 더 보태겠습니다."

"그만하면 됐소. 어쨌든 내가 그 돈은 장차 나라를 위해 쓰겠소. 지금 당장은 그 돈이 필요 없으니까 일단 장(張)공에게 맡겨 두겠소. 앞으로 우리가 일본을 몰아내는 일이나 조선 독립을 위하는 일을 도모할 때 내 그 돈이 필요하다면 언제든 장(張)공에게 사람을 보내겠소. 그때는 지체 말고 주셔야 합니다."

"아무렴, 대감님! 여부가 있겠습니까. 더욱이 대감께서 나라를 위해 쓰신다고 하시니 그때 소인의 여력이 닿는 대로 더 보태지요. 이 자리에서 수결(手決, 서명)을 둔 문서라도 써드리겠습니다."

"그런 수결은 필요 없소. 남아일언 중천금이지요."

"그럼요. 일구이언은 견자(犬子, 개새끼)지요. 소인이 어느 안전인데 감히 허튼 말씀을 올리겠습니까? 더욱이 두 집안 간은 선대부터 오랜 세교에다가 거리도 지호지간이 아닙니까."

"알았소. 그럼 장공은 물러가 기다리시오."

"대감 은혜 망극합니다."

장승원은 득의양양 큰절을 올리고 물러났다. 그런 일이 있은 다음, 허위는 소정의 절차를 밟아 장승원을 경상도관찰사로 천거했다. 그러자 조정에서는 허위의 강직한 성품을 신뢰한 터라, 곧 장승원을 경상도관찰사로 제수했다. 장승원은 허위의 덕분에 돈 한 푼 들이지 않고 언감생심 몽매에도 그리던 경상도관찰사가 되었다. 그렇게 자기와 굳게 약속을 한 절세의 충신이요, 애국자인 허위가 천만 뜻밖에도 대역 죄인으로 감옥소 형장에서 이슬로 사라졌다.

장승원은 허위의 순국 소식이 믿어지지 않은 듯, 어리둥절하면서도 머릿속으로는 호박이 넝쿨째 굴러온 횡재라는 생각을 지울 수 없었다. 그러면서 장승원은 마음속으로 쾌재를 불렀다. '되는 집안은 가지나무에도 수박이 열린다'고 하더니, 이 장승원이는 세상이 뒤집어져도 끄떡없군. 왜놈이 아니라 아라사, 미국 놈들이 이 땅에 주인이 될지라도 이 장승원이는 끄떡없지. 그날 그 순간 장승원은 허위와 단 둘이 만났기에 아무도 본 사람도 없었고, 게다가 허위가 자기의 수결도 마다고 하였으니 물증도 하나 없지 않은가.'

사람 참 오래 살고 볼 일이다. 우리나라 속담에 '오래 살면 시어미 죽는 날도 있다'고 하더니, 천하 애국자 왕산 허위가 대역죄로 몰려 죽다니…. 장승원은 정말 '한 치 앞을 내다볼 수 없는 게 인생이다'라는 말을 떠올리며 손뼉을 쳤다.

장승원, 그는 화가 복이 되고, 복이 화가 되는 세상 이치를 그 나이에도 모른 채 일단 제 돈이 나가지 않음에 좋아 속으로 키득거리기만 했다.

경술국치

나라가 망했다. 1392년 태조 이성계가 건국한 조선왕조는 27대 519년을 이어 오다가 순종 4년 경술년 1910년 8월 29일, 마침내 '한일병합'으로 그 막을 내렸다.

조선은 건국이념으로 고려의 불교를 제압할 수 있는 성리학을 받아들이며 중국의 명나라를 종주국으로 삼았다. 조선은 중국의 '중화사상(中華思想)'을 받들고는 스스로 '소중화(小中華)'로 자족하면서 오랫동안 우물 안 개구리처럼 지냈다. 그러면서 조선은 오직 봉건주의와 유교사상을 신주처럼 받든 채, 변화와 개혁을 거부해 왔다. 성리학은 도덕정치를 기본이념으로 공리공론에 치중하여 실용적인 학문인 곧 실학이나 양명학을 천시하거나 사문난적으로 폄하했다. 이러한 폐쇄적인 성리학과 유교사상은 조선 오백년 동안 나라의 산업과 백성들 삶의 질을 정체케 한 근본 원인이었다.

조선 국왕의 전제적 권력과 사대부 중심의 강력한 중앙정치체제는 세종조에 이르러 마침내 반석에 올랐다. 그 이후 조선왕조는 '찻잔 속의 태풍'은 없지 않았으나 16세기 중반까지는 대체로 평온했다. 숱한 지배계층의 모순에도 그동안 강력한 왕권에 억눌려 오던 민중들의 저항은 16세기 후반기부터 서서히 고개를 쳐들기 시작했다. 1559년 황해도 구월산을 근거지로 한 임꺽정은 횃불을 치켜들었다. 1589년 전라도 전주의 정여립은 탐관오리들의 가혹한 수탈 중지, 노비 및 서얼(庶孼, 첩의 자식)의 신분해방 등을 내걸고 민란의 불을 질렀다.

1592년 임진왜란 이전부터 조금씩 흔들리기 시작한 조선왕조의 지배체제는 이 전란에 이어 1636년 병자호란을 겪으면서 임금을 비롯한 지배계층의 무능과 양반 사대부들의 허위와 허점이 적나라하게 드러났다. 그럼에도 지배계층은 나라나 사회 체제의 모순을 과감히 개혁보다는 그들의 기득권을 고수하기에 급급했다. 그러면서 그들은 백성들을 더욱

억누르면서 자기네들끼리 정권 쟁탈에 피비린내 나는 당쟁으로 날을 지새웠다.

이런 소모적 당쟁은 마침내 특정 가문이 정권을 독점하는 세도정치를 낳았다. 세도정치는 제23대 순조 즉위 이후부터 본격화되어 제25대 철종 말기까지 약 60여 년간 안동 김씨에 이어, 풍양 조씨가 나라를 좌지우지했다. 이 무렵 세도가들은 시대 변화와 백성들의 개혁 요구를 철저히 외면한 채, 오로지 자신들의 지위와 권력, 재물, 토지를 늘리는 데만 골몰했다. 이 시대 삼정(三政)의 문란은 극도에 이르러 마침내 민심을 이반케 했다.

전정(田政)의 경우, 무려 30여 종에 이르는 각종 세금도 부족하여 탐관오리들은 그들의 식사비, 여비, 가마 수리비, 감사의 유흥비, 지방 양반들의 족보 발간 비용, 서원의 제사 비용 등 온갖 명목으로 백성들의 고혈을 짰다.

군정(軍政)의 문란상을 보면 '백골징포(白骨徵布)'라 하여 죽은 자의 군포(軍布, 병역을 면제해 주는 대신으로 받아들이던 베)를 자손에게 물리는가 하면, '인징(隣徵)'이라 하여 도망자의 군포를 이웃에게, '족징(族徵)'이라 하여 도망자의 군포를 친척에게까지 물리고, '황구첨정(黃口簽丁)'이라 하여 갓난아이까지 군적에 올리고 군포를 물렸다.

환정(還政), 곧 환곡(還穀)은 본래 백성들의 구휼(救恤)책으로 나라에 기근이 들거나 춘궁기 때 관청에서 곡식을 백성들에게 빌려 주고 가을 추수 때 이를 돌려받는 제도로 이자를 붙이지 못하게 되어 있었다. 하지만 환곡은 관청의 고리대로 변질되어 관리 아전들의 축재수단으로 전락했다. 게다가 세도 정치가들은 나라의 요직을 독식하자 백성들의 원한은 더욱 하늘을 찔렀다.

이런 가운데 18세기 말부터 조선의 연근해에는 낯선 모양의 배들이 하나둘 나타나기 시작했다. 그때 사람들은 이 배를 '이양선(異樣船, 모양이 다른 배)'이라고 불렀다. 이 이양선은 영국·프랑스·독일·미국 등 서구 열강의 군함이거나 무장 상선이었다. 이 이양선의 조선 연근해 출현은 이른바 서세동점(西勢東漸, 서양의 세력이 동쪽으로 점점 밀려옴)의 '쓰나미' 현상의 시작이었다. 마침내 조선반도에는 검은 먹구름이 잔뜩 몰려왔다. 그러나 조선 정부는 이 이양선의 실체도, 지구 반대편 서양 사람들은 어떻게 살아가는지도 전혀 몰랐다.

조선 정부는 이양선에 장착된 대포의 위력은 모른 채, 나라의 문만 걸어 잠그면 그들이 순순히 물러갈 줄 알았다. 당시 고종을 대신하여 섭정했던 대원군은 외세의 침투를 막고자 국방을 강화한 채, 서구 열강의 통상을 거절하고 서양 상품의 유입을 엄금했다. 또한 1866년 대원군은 천주교 전래를 대대로 탄압하는 한편 "서양 오랑캐가 침범함에 싸우지 않음은 곧 화의(和議)하는 것이요, 화의를 주장함은 나라를 파는 것이다"라는 척화비를 전국 각지에 세우고, 서양의 수교를 단호히 거부했다. 하지만 그것은 서양 문물, 특히 대포의 위력을 모르는 하룻강아지의 만용이었다.

서구 열강들은 18세기부터 시민혁명으로 공화제 국가를 만들고, 산업혁명으로 부국강병을 이루었다. 스페인과 포르투갈에 이어 영국, 프랑스를 비롯한 이들 열강들은 자원의 확보와 상품의 수출을 위해 식민지가 필요했다. 이들은 무력을 앞세워 약소국가를 침략하여 영토를 넓히는 제국주의를 강화하면서 아시아, 아프리카, 남미 등의 대륙에서 식민지 쟁탈전을 벌였다. 아시아에서 유일하게 서구의 문물을 재빨리 받아들인 일본은 곧장 부국강병을 이루어 서구 열강과 어깨를 나란히 하는 제국주의 반열에 오르게 되었다. 그리하여 일본이 식민지 영토 확보에 가장 먼저 눈독을 들인 나라는 바로 바다 건너 이웃인 조선이었다.

1875년 일본은 운요호를 앞세워 조선을 위협하여 이듬해 강화도조약을 체결하고는 침략의 발판을 마련했다. 그런데도 조선 지도층은 19세기 세계 조류의 큰 흐름을 제대로 읽지 못한 채 변화와 내부 개혁을 무시하고, 나라의 문을 안으로 꽁꽁 닫고는 정권 유지와 백성 수탈에만 여념이 없었다. 이에 전국 곳곳에서 탐관오리의 수탈로 도탄에 빠진 백성들이 삼남지역 중심으로 민란을 일으켰다. 그러자 조선 정부는 이를 진압치 못하고 마침내 청국 군대를 끌어들였다. 그런데 호시탐탐 기회를 노리던 불청객 일본군은 청국보다 더 많은 군대를 조선에 보내 서울을 장악한 뒤 청국군을 공격하여 마침내 청일전쟁을 일으켰다.

서구 열강들의 예상과는 달리 청일전쟁은 일본의 일방적인 승리로 아주 싱겁게 끝났다. 일본은 청일전쟁의 승리로 청국 세력을 조선에서 몰아내는 데는 성공했지만 복병 러시아가 슬그머니 견제에 나섰다. 그러자 일본은 그간 조선에서 확보한 지위마저 잃게 될 것을 우려하여 러시아 세력을 등에 업은 명성황후를 시해하는 을미사변을 일으켰다. 이에 고종이 러시아 공사관에 신변 보호를 구하는 기상천외의 아관파천을 단행하자 일본은 러시아와 협상을 통해 사태를 수습하려 했다.

그런 가운데 러시아가 의화단사건으로 만주를 점령하자, 1903년에 일본은 러시아에게 조선을 자기네 보호국으로 하는 것을 인정하라고 요구했다. 하지만 러시아가 이를 거절하자, 일본은 러시아와 전쟁을 결심하고 1904년 중립을 선언한 조선에 대규모의 군대를 상륙시켜 서울을 점령했다. 조선 정부는 일본 점령군의 압력에 굴복하여 이해 2월 23일 경술국치의 단초가 되는 '한일의정서' 조인을 체결했다.

일본은 1894년의 청일전쟁에 이어 1904년의 러일전쟁에서도 승리했다. 일본은 미국이 중재하는 포츠머스강화조약에서 러시아에게 조선에 대한 일본의 지배를 인정케 했다. 러일전쟁 후 일본은 미국과 사이좋게 '카츠라·태프트 비밀협약'을 맺었다. 그 골자는 "일본은 미국의 필리핀 지배를 인정하는 대신, 미국은 일본의 한반도 지배를 승인한다"는 것이었다.

이러한 일본의 조선 침략 대외 정지작업이 끝나자, 곧바로 일왕의 특사 이토 히로부미는 서울로 건너왔다. 그는 무력을 앞세운 위협과 회유로 1905년 11월 조선의 외교권을 박탈하는 '한일협약', 이른바 을사늑약을 체결시켰다. 이에 격분하여 전국 각지에서 의병운동이 일어나는 가운데 고종 황제는 이 협약은 강제된 것으로 효력이 없다는 친서를 각국 원수들에게 보냈다.

조선통감 이토 히로부미는 고종 황제가 1907년 헤이그 평화회의에 특사를 보낸 데 대해 그 책임을 물어 퇴위를 강요하고, 대한제국의 군대를 해산시켰다. 이와 동시에 '한일신협약' 곧 정미7조약을 강제로 체결하여 일본은 조선 내정도 그들 손아귀에 넣었다.

조선은 1904년 2월부터 한일의정서, 한일협약, 한일협상조약(을사조약), 한일신협약(정미7조약) 등 네 차례의 강압적인 조약으로 국권을 송두리째 잃어버렸다. 그러다가 일본 군경이 삼엄하게 에워싼 가운데 1910년 8월 22일에 대한제국 내각총리대신 이완용과 조선통감 데라우치 마사다케(寺內正毅) 사이에 8개조의 '한국병합에 관한 조약'이 체결되고, 일주일 뒤인 1910년 8월 29일 한일병합이 공포되었다.

조선의 마지막 날인 1910년 8월 29일은 매우 평온했다. 늦더위가 기승을 부리는 가운데 마침내 경복궁 근정전 정문 앞에는 이른 아침부터 대형 일장기 두 개가 나란히 게양됐다. 이날로 한국 황제폐하는 한국 전부에 관한 일체의 통치권을 완전하고도 영구히 일본국 황제에게 건네주었다. 오백 년 왕조의 망국 일치고는 온 나라가 너무 조용했다. 다만 경복궁 일대의 매미들만은 가는 여름을 아쉬워하듯 울부짖었다. 이날부터 조선인들은 나라 잃은 망국인이 되는 동시에 식민지 백성으로 전대미문의 일제강점기를 맞았다.

순국의 여진

김해에 살던 허돈(許暾)은 족친 네 가구와 함께 구미 임은동에 세거한 이후 3, 4대를 내려오는 동안 10여 가구로 불어났다. 이들은 대부분 낙동강 임은동 언저리에 거주하며 '임은 허씨' 집성촌을 이루었다. 그래서 이 마을 사람들은 대부분이 임은 허씨로 한 집안 일가들이었다.

1908년 10월 21일, 13도창의군 군사장 허위가 경성감옥 형장에서 교수형으로 순국했다. 그러자 임은 허씨는 집안의 대들보가 쓰러진 격이었다. 게다가 이태 후 나라조차도 망하자 쓰러진 집안에 설상가상으로 기왓장조차 산산조각이 난 셈이었다. 하지만 허위의 순국으로 임은 허씨 집안은 마침내 항일 명문가로 발돋움케 되었다.

허위의 맏형 방산 허훈은 망국 이전부터 일찍이 경북 청송 진보에서 창의하는 등, 아우 왕산과 성산에게 군자금으로 3천여 두락(마지기)을 제공하면서 후견인 역할을 했다. 허위의 셋째 형 성산 허겸(許蒹)은 아우 왕산과 함께 의병활동을 맹렬히 벌였다. 그는 오적척살사건[1]과 을사늑약 반대 상소로 투옥당하기도 했다.

---

1. 을사조약의 체결에 가담한 외부대신 박제순, 내부대신 이지용, 군부대신 이근택, 학부대신 이완용, 농상공부대신 권중현 등을 죽이고자 한 사건.

허겸은 망국 후 경북 안동의 김동삼·이상룡·유인식(柳寅植) 등과 같이 만주로 망명하여 동포들의 자치기관인 부민단(扶民團)의 초대 단장으로 광복운동에 앞장섰다. 또 사촌형 범산(凡山) 허형(許衡)과 그의 두 아들 허발(許坺)·허규(許珪)도 만주로 망명하여 항일운동에 앞장서 조국광복에 밑거름이 되었다. 이러하듯 임은 허씨 일문은 항일 집안으로 똘똘 뭉쳤다.

금오산 남쪽기슭의 임은동은 마을 앞으로 낙동강이 굽이굽이 흘렀다. 이 마을 아이들은 사시사철 낙동강 강둑이나 모래톱에서 날이 저물도록 웃음꽃을 피우며 뛰어놀았다. 하지만 정미년(1907년) 헤이그 밀사사건으로 고종 황제가 강제 폐위당하고, 대한제국 군대가 해산되자 허위는 창의의 깃발을 드높였다. 그러자 일본 헌병이나 경찰들은 걸핏하면 이 동네에 나타나 의병대장 허위를 잡으려고 혈안이 되었다. 그때부터 이 평화롭던 강마을에는 그만 웃음소리가 사라졌다. 그 무렵은 어찌나 일본 헌병이나 순사가 무서웠든지, 우는 아이들조차도 "일본 순사 온다"는 말에 울음이 단박에 그칠 정도였다.

1908년 허위가 경성감옥 형장에서 순국하자 임은 마을은 모닥불에 찬물을 끼얹듯 적막강산이었다. 허위의 순국 이후, 일본 순사들은 임은 허씨들을 마구잡이로 잡아들이는 가운데 왕산의 사촌아우 허민(許墄)은 일본의 간계로 독살되었다는 소문이 나돌았다. 그는 성균관 참봉으로 창경궁의 명정전(明政殿) 현판을 썼을 만큼 명필이었다.

이러한 일제 군경과 밀정들의 등쌀을 더 이상 견딜 수 없자 허겸은 아우 허위의 유족과 함께 가족단(家族團)을 만들어 이끌고 만주로 망명을 결심했다. 여기에는 신민회 독립지사들의 결의에 따라 광복의 후일을 대비코자 하는 원대한 포부도 작용했다.

1905년 을사늑약으로 일본이 조선 침략의 마각을 드러내자 신민회(新民會)를 중심으로 한 애국독립지사들은 서북간도와 연해주 등지로 망명하여 해외독립기지를 건설키로 했다. 1910년 마침내 일본이 조선을 강점하자 신민회 독립지사들은 이 일에 적극 앞장섰다. 이 독립지사들은 이상설·이동녕·이시영·안창호·이갑·박용만·박은식·신채호 등이다.
 이들은 서간도에 다수의 인사들을 이주시켜 촌락을 만들어 새로운 영토를 확보한 뒤 학교와 교회를 세우고, 나아가 무관학교를 세워 장차 독립전쟁을 일으켜 국권을 회복한다는 원대한 포부를 담고 있었다. 그 첫 이주 대상자는 유유상종으로 의병 및 독립지사 가족들이었다. 이에 이듬해 정초부터 서울의 이회영(李會榮), 안동의 이상룡·김동삼·구미의 허위 유족 등이 수십 명의 가족단을 꾸려 가장 먼저 서간도로 떠났다.
 구미의 허위와 허겸 두 가족들이 야반도주하다시피 만주로 떠난 이후에도 일본 군경들은 임은동에 남아 있는 허씨 일가들에 대한 탄압을 지속했다. 그 시절 일본 순사들은 번쩍거리는 긴 칼을 차고, 한복 차림의 조선인 보조원을 앞장세워 온 동네를 휘젓고 다녔다. 이들이 동네에 나타나면 어른 아이 할 것 없이 모두 무서워 벌벌 떨며 숨기에 바빴다. 마을 사람들은 안방 다락에도 숨기도 하고, 집 뒤꼍 대나무 밭에도 숨었다. 미처 숨지 못한 어린아이들은 방안 이불 속에라도 숨었다.
 일본 헌병이나 순사만 마을 사람들을 괴롭히는 게 아니었다. 같은 조선 사람 가운데도 일본 군경에게 빌붙어 사는 밀정들은 늘 허위 일가들을 감시했다. 그런 감시에 조금이라도 이상을 보인 집안사람들은 눈에 보이는 족족 헌병분견소나 경찰서로 붙잡혀 갔다. 허씨 일가들은 그들에게 한번 붙잡혀 가면 몇 날, 때로는 한 달 이상 감금되었다가 나오기도 했다. 그러자 임은동에 남아 있는 임은 허씨 일가들은 마음속으로 그 언젠가는 고향을 등지고 서간도로 떠나기로 작심했다.

허필의 둘째 아들 허형식은 어려서부터 체구도 크고 튼튼한 체질로 활달한 성품이었다. 하지만 그는 학업을 게을리 하여 부모의 속을 무던히 썩였다. 아버지나 어머니는 공부에 태만한 아들 문제로 큰 걱정을 했다. 그러면 집안 어른들은 "초나라 항우는 무식해도 영웅이 되었다"라고 하면서 무장은 자기 이름 석 자만 쓸 줄 알면 된다고 위로했다. 국난 때는 문약한 선비보다 강건한 무장이 오히려 나라를 구하는 큰 인물이 될 것이라고도 격려했다. 하지만 부모는 그런 말에도 마음은 편치 않았다.

허필은 구미에서 꽤 많은 토지에다가 한약방까지 운영하여 비교적 살림이 넉넉했다. 그래서 그의 행랑채에는 마 서방이라는 머슴 겸 하인을 두고 있었다. 마 서방 마칠봉은 부인과 2남1녀의 자녀를 두었는데, 부인은 이웃마을 출신인 사곡댁이요, 맏아들은 삼식, 둘째 아들은 삼돌, 딸은 삼옥이었다. 형식은 어린 시절 자기와 동갑인 삼돌과 두 살 위인 삼옥, 그리고 삼옥과 동갑인 큰집(허발) 은(銀) 조카, 그리고 큰집 종 삼월 등과 거의 날마다 허위 당숙의 집 마당이나 뒤뜰 대숲으로 가서 소꿉놀이를 했다.

허위 가족들은 망국 이듬해인 1911년 서간도로 모두 떠났기에 그즈음은 빈 집이었다. 그 집은 큰 기와집으로 뒤뜰에는 대나무가 무성했고, 집안 곳곳에는 감나무, 가죽나무, 구기자나무, 대추나무, 팽나무 등 여러 유실수와 꽃나무도 많았다. 형식의 큰집 허규 형은 그 무렵부터 항일운동에 가담하여 늘 일제 군경에게 쫓기는 몸이었다. 그는 집안 아이들이 왕산댁 마당이나 뒤뜰에서 놀면 늘 당부했다.

"순사가 와서 나를 찾으면 니들은 모른다고 해라."

그런 뒤 허규는 대밭으로 들어가 숨어 지내면서 글을 읽었다. 고향에 남아 있던 임은 허씨 일가들은 일제의 감시와 등쌀에 더 이상 살기 힘들게 되었다. 그런 차에 만주로 갔던 성산 허겸이 독립자금을 마련코자 귀국 길에 몰래 고향에 들렀다. 그 참에 임은동에 남은 일가들은 한밤중에 왕산댁에 모여 논의한 끝에 집안일을 일가 허헌(許憲) 도사(都事)에게 맡기고 모두 만주로 망명하기로 작정했다.

1915년 설을 쇤 후 임은동에 남아 있는 임은 허씨 일가들은 만주로 떠나고자 미리미리 짐을 쌌다. 그런 뒤 일가들은 서로 집을 바꿔 가며 살았다. 일본 순사들을 피하고자 그런 꾀를 썼다. 어른들은 아이들 몰래 밤중이면 이웃 마을을 가듯이 한집에 모여서 만주로 망명 갈 일을 쑤군댔다. 어른들은 아이들이 눈치 채지 못하게 한밤중에 몰래 얘기를 나눴지만 머리 굵은 아이들은 그런 어른들의 음모를 눈치 빠르게 알아차렸다.

그 무렵 허씨네 종들과 머슴들조차도 덩달아 들떠 지냈다. 그들은 주인을 따라 만주로 갈 것인지를 두고 여러 날 쑤군거리며 밤잠을 설쳤다. 어느 날 밤, 허필 행랑채 마칠봉 내외도 석유 등잔불 밑에서 만주행 문제를 의논하고 있었다. 그때 자는 줄 알고 있었던 삼옥은 슬며시 일어나 아버지 어머니 얘기에 끼어들었다.

"아부지, 어무이, 우리도 만주로 갑시다예."

두 내외는 그 소리에 깜짝 놀랐다. 마 서방 부인 사곡댁 지말순은 두 눈을 부릅뜨며 딸에게 말했다.

"니 그 얘기 어데서 들었노?"

"큰집 은이 아씨님한테 들었어예. 그리고 형식 되련님도 그랍디다. 삼옥이 너도 우리와 같이 가자고예."

"니 이 말 누구한테 하면 큰일 난데이. 왜놈 순사나 그 끄나풀 밀정들이 들으면 모두 만주에 가지도 못하고 경찰서로 몽땅 다 붙잡혀 간데이."

삼옥은 대답 대신에 고개를 끄떡였다.

"마, 우리같이 천한 것들은 어딜 가도 마찬가지 아이겠나? 왜놈 세상이 된다 캐도 설마 글마들이 조선 사람을 잡아먹지는 않을 끼다."

마칠봉은 왠지 살던 정든 고장을 떠나고 싶은 생각이 없었다. 그래서 그렇게 한마디 뱉었다. 하지만 사곡댁은 왠지 만주로 가고 싶어 넌지시 영감의 마음을 떠보았다.

"만주는 땅이 우예나(어찌나) 넓은지, 하루 종일 걸어도 산이 하나 보이지 않는다 카고, 거기 가면 양반 상놈도 저절로 없어진다 캅디다."

"마, 씰데없는 소리하지 마라. 개꼬리 삼년 묵힌다고 황모 되나? 마, 우리가 거기 간다고 하루아침에 양반 안 된다."

그때 삼옥은 이불 속에서 고개를 내밀며 아버지에게 하소연했다.

"형식 되련님이 소꿉놀이 때 지 보고 그랍디다. 나중에 만주에 가서 '니캉 내캉 진짜 신랑각시하자' 고예."

"이놈의 가시나, 진작부터 오를 수 없는 나무는 아예 쳐다보지도 말아라."

그 말에 사곡댁이 깜짝 놀라며 딸을 꾸짖었다. 그러면서도 사곡댁은 속으로 그런 세상이 오면 얼마나 좋을까 하는 그런 바람도 있었다.

"지는 이미 되련님한테 약속했어예."

"우야꼬? 야가 벌씨루 무신 일을 저지른 모양이네."

"되련님은 지 신랑이 되고, 지는 되련님 각시가 될 낍니다."

잠자코 듣기만 하던 마칠봉도 그 소리에 눈을 부라리며 호통을 쳤다.

"이놈의 가시나, 입 닫고 어서 자지 못해!"
"예."
삼옥은 볼멘소리로 대꾸한 뒤 얼른 이불 속으로 얼굴을 파묻었다. 삼옥은 어른들이 자기와 형식 도련님은 신랑각시가 될 수 없다는 말에 도저히 이해가 안 되었다. 그래서 어느 날 등잔불 아래서 버선을 꿰매는 어머니에게 그 까닭을 물었다.
"어무이, 지는 왜 형식 되련님의 각시가 될 수 없어예?"
"형식 되련님은 지체 높은 양반집이고, 우리는 상것으로 태어난 종이라 그렇다."
"사람이라면 다 똑같은 거지, 지체 높은 양반은 뭐고, 종은 뭐라예."
"마, 옛날부터 그런 기 있다."
사곡댁은 삼옥이 자꾸 따지자 그만 말이 막힌 나머지 버럭 소리를 질렀다. 그러자 삼옥은 훌쩍거렸다. 그러자 사곡댁은 삼옥을 달래며 말했다.
"마, 시끄럽다. 쪼매 기다려 봐라. 시상이 하도 시끄러운 게 무신 일이 있을 것 같데이."
"알았어예."
삼옥은 솟아오르는 눈물을 저고리 소매에 문지르며 울음을 삼켰다.
"이 댁 행랑채에서 우리 식구가 이나마 편케 사는데, 니가 들어 지발(제발) 사달을 내지 말거라."
그 이튿날 삼옥은 소꿉놀이에 가지 않았다. 그러자 형식이 밖에서 삼옥이를 불렀다. 삼옥은 슬며시 형식 도련님을 따라 왕산댁 빈 집으로 갔다.
"내 오늘 되련님에게 물어볼 게 있어예."

"그래? 뭔 말이고."

삼옥은 언저리를 살피며 도무지 입을 열지 않았다. 그러자 형식은 삼옥의 손을 끌고 대나무 숲으로 갔다. 예삿날과는 달리 삼옥은 앙탈하지 않고 순순히 형식을 따라갔다.

"지하고 되련님은 신랑각시가 될 수 없다 캅디다예."

"누가?"

"우리 어무이가 그럽디다예."

"그래서 우리 따라 만주에 같이 가자고 그런 게 아이가? 거기 가면 양반도 상놈도 없는 모두 똑같은 백성이 된다 카더라. 큰집 성산 아제가 그러던데 우리 조선이 왜놈에게 망한 것도 바로 양반 상놈 그런 것 때문이라 카더라. 마, 서양 코쟁이들은 일찌감치 그런 걸 다 버렸기에 온 백성들이 합심해 힘이 억시기 센 나라가 되었다 카더라."

"그게 참말입니까예?"

"성산 아제가 나한테 거짓말하겠나? 서양 코쟁이들은 양반 상놈도, 남자 여자도 구별치 않는, 다 똑같은 사람으로 살기 때문에 벌씨로 부자나라가 되었다 카더라. 그라면서 우리도 이제 만주에 가면 그래야 된다 카더라."

형식은 그 말을 한 뒤 삼옥을 꼭 껴안았다.

"되련님, 지도 아부지 어무이를 졸라서 꼭 따라갈게예."

삼옥은 그 말을 마치고는 눈을 꼭 감은 채 형식 도련님 품에 안겼다.

그날 밤 사곡댁은 호롱불 밑에서 버선을 뒤집으면서 마 서방에게 오금을 박았다.

"당신은 조선 땅에서 왜놈 종노릇하며 혼자 잘 사이소. 내는 삼옥이와 마님 따라 만주에 가서 하루라도 사람답게 살라요. 그놈의 상놈에 종노

롯 이제 지긋지긋하지도 않소."

"옛말에 '타고난 팔자는 개도 주지 못한다' 캤는데 누구 맘대로."

"마, 그런께로 당신은 혼자 조선 땅에 남아 앞으로 왜놈 종노릇하며 한 평생 잘 사이소. 난 만주에 가서 팔자 고칠랍니다. 사내가 기집 새끼들 팔자 고쳐 줄 생각은 않고, 밤낮 남의 집 종질만 할라카요? 그것도 모자라 이제는 왜놈 종살이까지…."

마 서방은 그 말을 못 들은 척 이따금 천장을 힐끔힐끔 쳐다보며 짧은 담뱃대만 빡빡 빨았다.

"마, 자자."

"이제부턴 윗목에 가서 혼자 자이소. 내 곁에는 아예 오지도 말고."

"마, 알았다. 내가 어찌 임자 품을 이자뿌리고 살겠나."

마 서방은 사곡댁을 이불 속으로 와락 끌어들인 뒤 입으로 '후' 불어 등잔불을 껐다.

"아직 아이들 자지도 않았구만."

잠시 후 마 서방은 사곡댁 귓불에 대고 소곤거렸다.

"내가 이렇게 쫀득한 인절미 절구통 같은 보물단지를 눈 멀겋게 뜨고 우예 혼자 떠나보내겠노."

"머시라꼬?"

"마, 내도 갈 끼다."

"무신 사내가 변덕이 죽 끓듯 하요?"

"니가 좋아서 안 그러나."

마 서방은 다시 한 번 사곡댁을 꼭 껴안았다. 춘옥은 그 모든 소리를 숨죽인 채 어머니의 베개송사를 마음속으로 응원하며 자기도 만주에 갈 꿈에 잔뜩 부풀었다.

안채 허필 내외도 만주 이야기로 잠을 이루지 못했다. 이웃 큰집 일창 허발 내외도, 다른 임은 허씨들도, 그즈음은 임은동 마을 사람들은 모두 잠을 이루지 못하고, 미지의 땅 만주 얘기로 밤 깊은 줄 몰랐다.

압록강이란 큰 강만 건너면 거기가 만주 땅인데, 만주에는 빼앗긴 나라를 찾으려는 조선 독립군 청년들이 몰려들어 홍길동처럼 동에 번쩍, 서에 번쩍 활약이 대단하다는 둥, 만주 땅은 넓고도 기름져서 아무 데나 메밀을 '미친년 널뛰듯이' 뿌리기만 해도 가을이면 한 마당 가득히 추수를 한다는 둥, 주로 허겸이 들려준 만주에 대한 희망적이고 긍정적인 이야기들로 꽃을 피웠다.

압록강을 건너다

그해(1915년) 2월 중순, 날이 풀리자 먼저 만주로 떠난 허겸은 작년 가을에 이어 고향으로 몰래 왔다. 이번에는 임은동에 남은 허씨 일가들을 만주로 인솔코자 온 것이다. 그때 임은동 허씨 문중에서 만주로 떠나기로 작정한 가구는 애초에는 여섯 집이었는데, 마 서방네도 따라 나서자 모두 일곱 가구로 늘어났다. 마 서방은 딸 삼옥이 죽어라고 가겠다고 나서는 데다가 사곡댁조차 밤마다 베개송사를 하는 바람에 그만 못 이긴 체하며 만주행 대열에 합류했다.

3월 초순이 되자 낙동강변 언저리 구미 광평 들판에 엎드려 일하는 사람들의 모습이 가뭄에 콩 나듯이 드문드문 늘어났다. 만주로 떠나기로 작정한 허씨들은 괴나리봇짐을 싸들고 그즈음 비어 있었던 왕산댁에 모여 몇 날을 같이 지냈다. 3월 초여드렛날 밤, 왕산댁에 모인 일가들은 허겸의 인솔에 따라 저마다 괴나리봇짐을 지고 한밤중에 집을 나섰다. 모두들 일본 순사의 눈길을 피하고자 꼭 빚지고 야반도주하는 꼴이었다.

허씨 망명객들은 임은동을 떠나 금오산 뒤쪽 부상역[2]으로 갔다. 그동안 동고동락했던 마 서방네를 제외한 남은 종들은 주인과 함께 가지 못하는 아쉬움을 달래며 부상역까지 짐을 날라다 주었다. 떠나는 사람과 남은 사람들은 서로 얽혀 좋은 세상이 오면 다시 만나자는 눈물의 작별인사를 나눴다. 그 좋은 세월은 언제 올지 아무도 모르는 기약 없는 이별이었다. 형식의 큰집 종 삼월이는 만주로 따라가지 못하자 플랫폼에서 데굴데굴 구르며 울부짖었지만 끝내 기차에는 오르지 못했다. 삼월이 아버지 천서방은 요지부동이었다. 그에게는 여든이 넘는 노모가 있었기 때문이다.

허겸을 제외한 나머지 망명객들은 모두 생전 처음 기차를 탔다. 당시 기관차는 모두 증기기관차로 달릴 때도 '칙칙 폭폭' 소리와 함께 증기를 마구 뿜었다. 허씨 망명객들(이하 허씨 일행)이 기차에 오르자 칼을 찬 일본 순사들이 객차를 지나다니면서 승객들을 감시했고, 금테 모자를 쓴 철도원들은 한 의자에 두 사람씩 앉게 했다. 일본 순사들은 무서웠지만 철도원들은 친절하게 승객을 대하며 아이들에게 '오화당'이라는 알사탕을 나눠주었다. 그 오화당 알사탕은 오색으로 무늬가 진 게 무척 신기했다. 아이들은 오화당을 처음 보는 것이라 어떻게 먹는지도 몰랐다. 그러자 철도원들은 아이들에게 천천히 빨아 먹는 방법을 친절히 가르쳐 주었다.

허씨 일행이 의자에 앉아 한잠 자고 나자 곧 서울 남대문역에 닿았다. 거기에서 또 다른 가족단이 합류했다. 그러자 일행은 모두 70여 명으로 불어났다. 그들은 남대문역에서 기차를 갈아타고 한참을 더 달린 끝에

---

2. 부상역: 당시의 경부선은 지금과 달리 약목-구미-김천으로 연결되지 않고, 약목-부상-김천으로 연결됐다. 부상역은 현재 김천시 남면과 칠곡군 북삼읍 경계에 있었다.

평양, 정주, 선천을 거쳐 신의주역에 닿았다. 그들 가족단이 신의주역을 빠져나오는데 비가 주룩주룩 쏟아졌다. 그 궂은비는 험난한 망명길의 앞날을 말해 주는 듯했다.

허씨 일행이 신의주역에서 궂은비를 주룩주룩 맞으며 찾아간 곳은 밀양 출신 손일민 씨가 경영하는 여관이었다. 손씨는 밀양 갑부인데, 만주로 가는 사람들의 뒤를 보살펴 주기 위해 그 무렵 신의주에서 여관을 하고 있었다. 대한제국 시절에 '병사(兵使)' 벼슬을 한 탓으로 '손 병사 집'이라고 했다. 허씨 일행은 오랜 여행에다가 비까지 맞아 옷차림이 구질구질하고 우중충했다. 하지만 그 집 부인이 친절히 맞아 주고 불편한 곳은 손수 보살펴 주었기에 일행은 그나마 청승스러운 마음을 지울 수 있었다.

어른들은 그 여관에서 묵는 이틀 동안 만주로 갈 마지막 준비를 했다. 길 안내자 허겸은 조중 국경일대는 일본 군경의 삼엄한 경비 때문에 기차로 국경 압록강 철교를 넘어 만주 안동(安東. 현, 단둥)으로 가는 것은 매우 위험하다고 걱정했다. 그러면서 당신이 앞장서서 일행을 압록강 하류 신의주에서 압록강 중류 통화까지는 돛단배로 가는 수로를 택했다.

허겸은 우선 일행이 압록강을 거슬러 올라갈 배 네 척을 구하고, 밥반찬으로 소금 친 갈치도 몇 상자 샀다. 이 소금 친 갈치는 훗날 망명객들이 만주에서 아주 요긴하게 먹었다. 갈치보다 소금을 더 요긴하게 잘 먹었다. 만주는 내륙이라 소금이 매우 귀했기 때문이다.

배는 돛단배였고, 사공은 그곳 지리를 잘 아는 중국인들이었다. 현지인들조차도 조선 망명객들은 육로로 가는 것보다 배를 타고 압록강을 거슬러 가는 것이 훨씬 수월하고 안전하다고 수로를 권했다. 아마도 조선 사람은 기차를 타고 압록강을 건너 안동으로 가면 일본 헌병의 검문으로 만주도 가지 못한 채 강제로 귀향 조치가 내려지기 때문이다. 하지만 배를 타고 강에 떠 있으면 일본 순사와 마주칠 일은 거의 없다고 했다.

압록강은 수심이 깊어 '물빛이 오리 머리 빛과 같다'고 하여 붙어진 이름이다. 그 이름처럼 강물은 쪽빛으로 짙었다. 이 강은 백두산 남동쪽에서 발원하여 조선과 중국의 국경을 이루며 서해로 흘러가는데, 그 길이가 790여 킬로미터로 우리나라에서 가장 긴 강이다. 이 강은 두만강과 함께 눈물의 강이요, 단장의 강이었다. 근세 이후 조선 백성들은 괴나리봇짐을 진 채 정든 고향을 등지고 만주로 쫓겨 가면서 이 강물에 눈물을 뿌렸기 때문이다.

일제강점기 조선인들의 망명길은 일본 군경의 검문에 지레 겁을 먹고 기차로 압록강 철교를 건너지 못했다. 그들은 겨울철에 강이 얼었을 때는 몰래 강물 위를 걸어서 건넜고, 강이 풀린 뒤에는 슬그머니 돛단배나 나룻배를 타고 만주로 도강했다.

조선의 망명객들은 이래저래 천덕꾸러기였다. 고향을 떠나기 전에는 일본 군경에게 '조센징'으로 괄시를 당했고, 만주로 가서는 현지인들에게 '꺼우리(고려인, 조선인)'라는 말로 멸시를 당했다. 나라를 잃은 망명객들은 어딜 가나 '상갓집 개 팔자'만도 못했다.

고향을 떠난 임은 허씨 망명객 일행은 마침내 압록강 어귀 신의주 포구에서 돛단배를 구해 탔다. 다행히 출발 초기에는 날씨가 좋아 돛단배는 바람을 타고 순조롭게 잘 나갔다. 하지만 해마다 삼사월 봄은 가뭄이 몹시 심한 탓으로 상류로 거슬러 갈수록 압록강 강물이 부쩍 줄어들었다. 그래서 물길이 얕은 곳은 돛단배가 순조롭게 떠가기가 어려웠다. 그런 곳에 닿으면 사람들은 배에서 내렸다. 뱃사공들과 일행 중 젊은 청년들은 힘을 합쳐 배에다 줄을 매어 상류로 끌기도 했다.

허씨 일행은 신의주를 출발한 지 보름 동안 압록강을 거슬러 올라갔다. 가다가 물이 얕은 곳에서는 배를 강가 말뚝에 묶어 두고 쉬어 가며 그때를 이용하여 밥도 해 먹었다. 돛단배 안은 취사기구도, 굴뚝도 있었다. 날씨가 좋은 날은 아이들도 뱃전에서 모래톱으로 나와 모처럼 마음껏 뛰놀았다.

일행 가운데 오정현이라는 이가 있었다. 그는 서울 출신으로 홀로 독립운동을 하고자 만주로 가는 길이었는데, 허씨 일행과 합류했다. 그는 아이들을 무척 좋아했다. 배가 강가에 닿을 때면 그는 아이들의 손을 일일이 붙잡아 배에서 내려줄 뿐만 아니라, 모래톱에서 함께 놀아 주기도 했다.

허씨 일행이 압록강을 한참 거슬러 올라갈 즈음 그새 세월은 흘러 음력 삼월 그믐께로 강 양쪽 산기슭에는 진달래가 산에 불이 타오르듯 한창 만발했다. 오정현 씨는 돛단배가 강가에 머물면 아이들을 산기슭으로 데려갔다. 그러면 아이들은 그곳에서 진달래꽃을 듬뿍 따서 꽃다발을 만들거나 입술이 보랏빛이 되도록 꽃잎을 따먹곤 했다. 허형식은 진달래꽃을 부지런히 따다가 삼옥이와 조카 은에게 건네주었다. 그러면 그들은 입술이 보랏빛으로 변하도록 진달래 꽃잎을 따 먹었다. 그들은 임은동에서 살 때 금오산으로 가서 진달래 꽃잎을 따다가 화전 부쳐 먹던 얘기도 했다.

허씨 일행은 여러 날 배 안에서 밥을 해 먹었는데 날마다 반찬은 소금에 절인 갈치와 젓갈뿐이었다. 그러자 그 반찬을 보면 먼저 배 속에서부터 비린내가 났다.

어느 하루 일행은 평안도 쪽으로 배를 대고 자갈밭에 쉬는데 평안도 여자들이 봄나물을 강물에 씻고 있었다. 허형식의 큰집 형수가 그 나물을 사려고 하자 그들은 인심 좋게 나물 한 바구니를 거저 줘서 그걸 삶아 소금에 무쳐 먹었다. 그러자 일행은 입안뿐 아니라 배 속까지도 개운했다.

허씨 일행의 망명길은 날마다 계속되었다. 압록강을 거슬러 올라가는 지루한 뱃길이었다. 돛단배에는 방이 두 개 있었는데, 승객이 많아 방 안은 늘 복잡했다. 그래서 아이들은 잠자는 시간이 아닌 때는 뱃전에서 놀았다. 봄이었지만 해가 중천에 떠오르는 한낮이면 햇볕으로 머리나 등이 따가웠다. 그래서 수건이나 옷으로 그곳을 덮곤 했다. 비가 오는 날은 하는 수 없이 방안으로 들어갔다. 그럴 때는 선실 위의 뚜껑을 닫았기에 방 안이 어두컴컴했다.

돛단배는 바람이 불면 잘 가다가도, 바람이 멎으면 강을 거슬러 올라가지 못했다. 그럴 때면 사공들은 배를 강둑에 묶어두고 다시 바람이 불기를 무작정 기다렸다. 그 시간 남자들은 강가에서 시를 읊었고, 여자들은 빨래를 했다. 그때 아이들은 모래톱에서 소꿉놀이를 하거나 강가에서 피라미를 잡았다. 일행이 강가에 머물 때면 언저리 만주인들은 조선인들을 보고자 몰려왔다. 망명객들과 만주인들은 서로 상대를 구경하는 셈이었다.

만주인들은 대체로 깨끗하지 못했다. 여자들은 머리에 철사를 구부려 만든 '머리틀'을 올려놓고 머리카락을 그 위에 덮어 머리 모양을 한껏 커 보이게 했다. 그들은 세수도 제대로 하지 않았는지, 귀와 목 뒤에는 때가 꾀죄죄하게 많았다. 그런데도 그들은 얼굴 화장만은 짙게 했는데 그게 정말 보기에 흉했다.

특히 만주 여인 얼굴에 가루분을 하얗게 발라 놓은 걸 처음 봤을 때는 마치 이야기로만 듣던 귀신을 보는 듯했다. 만주 남자들은 어른 아이 할 것 없이 머리꼭대기에 밥그릇 뚜껑만큼 머리칼을 둥그렇게 남겨놓고 나머지는 모두 빙 둘러 깎았다. 그리고 그들은 남겨 놓은 머리칼을 길게 땋아 마치 풍물놀이 때 상모 꼬리처럼 어깨 뒤로 늘어뜨리고 다녔다.

낮은 돛단배가 압록강을 쉬엄쉬엄 거슬러 올라갔다. 하지만 밤이 되면 인가가 있는 근처 강가 말뚝에 배를 매어놓고 날이 새기를 기다렸다. 그럴 때 아이들은 강물 위에서 지내는 밤이 무척 무서웠다. 강 양편 산기슭에서 나는 짐승들의 울음소리도 두려웠고, 한밤중의 강물 흐르는 소리는 어찌나 사납고 큰지 엄청 무서웠다. 그래서 날이 저물면 아이들은 돛단배 방 안 이불 속으로 재빨리 몸을 숨겼다.

허씨 일행이 압록강을 얼마쯤 거슬러 올라가니 절벽 위에 관왕묘(關王廟)가 나타났다. 뱃사공도 쉴 겸 일행은 배에서 내려 그곳으로 올라갔다. 관왕묘는 바위 사이의 큰 건물로 관왕을 비롯하여 『삼국지』에 나오는 유비, 장비 등 팔척장신의 커다란 상이 모셔져 있었다. 만주인들은 관왕묘에서 장수와 복을 빌고 있었다.

허씨 일행이 신의주에서 통화로 가는 압록강 수로여행은 참으로 멀고 고생스러웠다. 먼저 만주로 간 한양(서울)의 이회영, 경북 안동의 이상룡·김동삼 가족단은 중국 안동(단둥)에서 마차로 간 그 육로가 무척 고생스러웠다고 했다. 아무튼 일제를 피해 만주로 가는 망명길은 수로든, 육로든 수월한 길은 없었다. 그저 나라 잃은 망국인들은 어딜 가나 천덕꾸러기로 고생바가지였다.

중국 뱃사공들은 배 안의 방 한 칸에 따로 살림을 차리고 살았다. 그들은 뱃삯을 받아 돈을 버는 한편, 또 선객들을 상대로 생선이나 젓갈류를 팔아 부수입을 올렸다. 일행은 어쩔 수 없이 몇 날 며칠 똑같은 반찬을 그들에게 사먹는 게 고역 중에 고역이었다. 허씨 일행의 압록강을 거슬러 올라가는 수로 망명길은 하루하루 그렇게 고통의 연속이었다.

허씨 일행을 태운 돛단배가 신의주에서 출항한 지 보름 만에 마침내 닿은 곳은 지린성 통화현 화전(花甸)이었다. 그동안 같은 배를 타고 왔던 오정현 씨는 거기서 작별했다. 그는 거기서 곧장 상하이로 간다고 했다. 그새 망명객 일행은 서로 정이 듬뿍 들어 어른 아이 없이 모두 눈물을 주룩주룩 흘리며 그를 전송하며 앞날을 빌었다.

제3장
망명생활

수토병

지린성 통화현 화전부터는 육로였다. 허씨 일행은 현지인으로부터 말 스무 필을 임대했다. 겨우내 얼었던 만주 땅이 그새 죄다 녹아 마차로는 도저히 갈 수 없었기 때문이다. 만주 흙은 매우 차지기 때문에 발을 땅에 디디면 진흙이 신발에 찰떡같이 달라붙어 도무지 걸음을 뗄 수조차 없었다. 그런 땅을 '늪 땅'이라고 했다.

겨울은 강추위로 날씨가 매섭지만 그래도 땅은 꽁꽁 얼기 때문에 마차로 다닐 수 있었다. 하지만 나머지 계절은 땅이 무척 차졌기 때문에 마차가 다닐 수 없어 대신 말을 이용했다. 만주의 말은 조선말보다 몸집이 무척 컸다. 그 말에 짐을 잔뜩 싣고, 짐 위에는 다시 노약자를 태웠다. 허형식은 어렸기에 이따금 말을 탈 수 있었다. 그는 화전을 떠나 말 위에 앉아 가기도, 때로는 늪 땅을 걸어서 갔다. 아무튼 망명길은 지루하고 매우 힘들었다.

우리나라 속담에 '듣기 좋은 육자배기도 한두 번'이라고 하더니, 말 타기도 마찬가지였다. 하지만 만주의 진흙 길 늪 땅을 걷는 것은 엄청난 고역으로, 말을 타고 가는 일은 그나마 호사였다. 긴 육로여행에 일행은 모두가 지쳤는지 길을 가면서 아무도 말하는 이가 없었다. 말을 타고 가는 노인이나 아이들도, 진흙 길을 걷는 어른들도…. 모두들 마음속으로 앞날에 대한 불안감과 정든 고향 땅에서 일제에게 쫓겨날 수밖에 없었던 망국민의 분노를 말없이 삭였다. 그럴 때마다 어른들도, 아이들도 하늘을 쳐다보며 눈물을 삼켰다. 그 눈물 속에는 이역 땅에서 더욱 굳세게 살겠다는 다짐도 함께 담겨 있었다.

허씨 일행은 때때로 첩첩 산중을 지나기도 하고, 끝없이 넓은 벌판을 지나기도 했다. 스무 필의 말이 끄는 이동 행렬은 일백여 미터나 될 정도로 길었다. 긴 봄날이 저물면 일행은 길가의 여관을 찾아갔다. 어른들은 여관에서 주인과 말이 통하지 않으면 붓으로 한자를 써서 필담으로 의사를 주고받았다. 어른들이 글을 써 보이면 만주인들은 그것을 보고 고개를 끄덕였다. 그나마 현지 만주인들과 필담으로 소통이 되어 다행이었다.

날마다 저물녘에 든 만주 여관방은 마치 기다란 무덤 속같이 대부분 지저분했다. 이부자리도 죄다 퀴퀴한 냄새에다가 몹시 더러웠다. 하지만 일행은 긴 여로 끝이라 워낙 지치고 시장했기에 저녁밥만 먹으면 곧장 식곤증으로 옷을 그대로 입은 채 여관방에서 이내 곯아떨어졌다.

만주인 마부들은 첫닭만 울면 영락없이 일어나 다시 떠나기를 재촉했다. 아마도 그들은 그런 생활이 매우 익숙한 탓인지 피로한 기색도 별로 보이지 않았다. 일행은 비가 내려도 아랑곳하지 않고 그대로 흠뻑 맞으며 떠났다. 비는 반갑지 않은 손으로, 비만 내리면 곧 길바닥이 더욱 곤죽으로 변해 말도 사람도 모두 곤혹을 치렀다.

그 무렵까지도 만주인들은 쌀밥을 몰랐다. 일행은 통화로 가는 도중,

만주 주막 밥집에 들리면 거의 서속이나 강냉이 죽을 주었다. 그 죽조차 재료들이 모두 오래된 것인 듯, 냄새가 아주 고약했다. 게다가 죽은 매우 묽었기에 억지로 한 사발 가득히 배불리 먹어도 잠시뿐으로 곧 배가 고팠다.

만주인들은 음식을 주로 돼지기름으로 요리했다. 그런데 그 기름은 대체로 오래되고 부패한 것들로 비위가 몹시 상해 도저히 먹을 수가 없었다. 일행은 먼 길에 몸과 마음이 몹시 지쳤다. 게다가 삼시 세끼 제대로 먹지도 못하니 저마다 눈이 움푹 들어가는 등, 몰골이 몹시 상했다. 어느 하루 허형식 어머니 성주댁은 여관 주인에게 장을 얻어 왔다. 형식은 그 장 속에 건더기 같은 게 보여 그것이 짐짓 풋고추를 박아 놓은 걸로 알고 덥석 집어 입안에 넣다가 기절을 하고 도로 뱉었다. 그것은 고추 꼬투리가 아니라 쥐꼬리였다.

어른들은 말을 타지도 못하고 계속 먼 길을 걸어 발등이 붓거나 발바닥이 부르트는 등, 이만저만 고생이 아니었다. 한편 말 위에 앉아 가는 사람도 그리 편치만은 않았다. 비탈길을 오르내릴 때 깜빡 졸다가 말 위에서 떨어져 낙상하기 마련이었다. 형식의 큰어머니는 오르막길에서 그만 말에서 떨어져 낙상했다. 하지만 갈 길이 바빴기에 제대로 치료도 못한 채 그대로 떠났다.

허씨 일행은 압록강을 거슬러 오르는 수로도 지겨웠지만 해동한 진흙길을 걸어가는 육로는 그보다 더 힘들었다. 그야말로 "풍파에 놀란 사공 배 팔아 말을 사니 구절양장이 물도곤 어렵다"는 옛 시조 그대로였다.

화전에서 통화로 가는 육로여행은 쉼 없이 계속되었고, 사람들은 날로 기진맥진 지쳐 갔다. 도중에 비가 오면 신발에 달라붙는 진흙 때문에 몇 배나 더 힘들었다. 말 타기에 지친 아이들은 나중에는 아예 신발을 벗어들고 맨발로 빗길을 걸어갔다. 그렇게 허씨 일행은 신의주를 떠난 지 한 달여 수로와 육로를 힘들게 간 끝에 마침내 목적지인 통화현 다취원(현, 지린성 통화현 대천원)이란 곳에 다다랐다.

다취원은 일찍이 독립지사들이 해외독립운동 기지로 삼은 유하현 삼원포로 가는 길목이었다. 그동안 말을 끌고 온 만주 마부들은 그곳이 자기들과 계약한 종착지라고 짐을 푼 뒤 미리 계약 돈을 받고는 곧장 떠나 버렸다. 그곳 일대에는 경술국치 이듬해 본국에서 건너온 애국지사들이 옹기종기 몇 집이 모여 살고 있었다. 그들은 허씨 일행을 매우 반갑게 맞아 주었다. 그네들은 그 무렵 조선에서 망명을 오거나 중대 임무를 띠고 오는 사람들을 최종 정착지까지 안내해 주는 역할을 하고 있었다.

허씨 일행은 첫날 경북 봉화사람 김수녕 댁에 머물렀다. 김수녕은 경북 봉화군 물야면 북지리 사람으로 젊은 날 한때는 내외가 문경새재 아래서 객줏집을 했다. 김수녕은 가난하고 배우지는 못했으나 의협심이 남달랐다. 그는 신돌석 의병진에 합류하여 의병으로 활약하다가 일군에게 체포되어 감옥살이를 했다. 김수녕은 용감하게 감옥에서 구사일생으로 탈출하여 숨어 지내다가 경술국치 후 안동 유림들의 망명길에 따라 나섰다. 그는 부인 권상임과 맏딸 점숙과 둘째 딸 순례를 두고 있었다. 그들 내외는 만주에 와서도 조선에서처럼 다취원에서 여관업과 농사일을 하고 있었다.

임은 허씨들은 고향 집을 떠난 이후 그 댁에서 처음 제대로 조선식 밥을 먹었다. 그날 밥은 꿀맛으로 이구동성 난생 가장 맛있는 밥상이었다. 거기서 허씨 일행은 며칠 더 묵으며 생기를 되찾은 뒤 다시 왕산 가족이 머물고 있는 다황거우(현, 지린성 통화현 대황구)라는 곳으로 찾아갔다. 왕산댁은 고향 구미 임은동에서는 고래 등 같은 기와집에서 여러 종을 두고 떵떵거리며 살았는데, 만주 땅에서 사는 모습을 보니 초라하기 그지없었다. 많은 식구들은 산비탈 토굴 같은 데서 방 두 칸을 겨우 마련하여 빼곡히 무리지어 살고 있었다.

허씨 일가들은 4년 만에 이역 땅에서 다시 왕산 유족들을 만나자 서로 붙잡고 말없이 한동안 울기만 했다. 그 울음은 이내 통곡으로 변했다. 그 통곡은 일본에 대한 분노의 울음소리이기도, 못난 조상에 대한 원망의 울음소리이기도 했다. 왕산댁은 조선에 두고 온 아들 준(埈)과 장녀, 그리고 외손녀를 그때 만나자 잃어버린 식구를 다시 만난 반가움과 그동안 느꼈던 혈육에 대한 그리움의 아픔에 목 놓아 울었다.

허씨 일행은 왕산 당숙 댁이 만주에서 그렇게까지 궁벽하게 사는 줄은 몰랐다. 왕산댁만 아니었다. 나중에 보니까 서울에서 살다온 삼한 갑족 우당 이회영 형제들도, 안동 임청각에서 살다 온 석주 이상룡 집안도, 안동 임하면 의성 김씨 종가 마을에 살았던 일송 김동삼 가족단도 모두 '오십보백보'로 매우 군색했다. 그렇게 가난하고 초라하게 사는 것은 당시 만주로 망명을 온 대부분 동포들의 실상이었다. 하지만 그런 궁벽한 삶 속에서도 그분들은 서릿발 같은 기개만은 잃지 않았다. 그게 당시 독립지사와 그 가족들의 긍지요, 자존심이었다.

허씨 일행은 우선 현지에 적응코자 다황거우 왕산댁에 짐을 풀었다. 큰집 허발과 작은집 허필은 왕산댁 옆방에다 잇대어 방을 대여섯 칸 더 달아냈다. 마 서방을 비롯한 남은 일행은 그 이웃에다 임시로 움집을 짓고 살았다. 다행히 날이 풀려 점차 따뜻해지자 홑이불만 덮어도 견딜 만했다. 그때부터 허씨 일행의 만주 망명생활은 본격 시작되었다. 집집마다 가족들이 모두 나서서 산을 개간하여 화전(火田)을 일궜다.

화전 농사는 먼저 언저리 산의 울창한 나무들은 벤 뒤 그곳에다 불을 질렀다. 그 나무들이 다 타고 나면 재가 수북했다. 게다가 땅바닥에는 오래 묵은 나뭇잎들이 수북이 쌓여 있었기에 거름은 매우 좋았다. 반거들충이 농사꾼들은 산비탈 높은 곳에서 곡괭이를 끌고 쭉 긁어 내려오면 고랑이 생겼다. 그 두둑에 옥수수, 콩, 조, 등의 씨앗을 뿌리고 감자를 심었다. 만주 땅은 조선에서와는 달리 씨앗을 뿌린 뒤 두둑을 꼭꼭 밟지 않으면 싹이 나다가 모두 쓰러졌다. 그래서 씨앗을 심은 뒤 다시 발로 꼭꼭 밟아 주었다.

임은 허씨 일족들은 고향에서는 양반이라 하여 호미 한 번 제대로 잡아 보지 않았다. 그런 이들이 만주로 망명을 와서 생전 처음 화전 농사를 지으려고 하니까 잘될 리가 없었다. 다행히 허필네는 바로 이웃에 사는 마 서방이 와서 일일이 농사일을 도와주기에 그나마 다행이었다.

임은 허씨 집안에서는 일찍이 갑오경장 직후부터 노비문서를 모두 불태우고 주종관계를 모두 청산했다. 하지만 마 서방은 허필네 집을 떠나지 않고, 전과 다름이 없이 허필 가족과 일가들을 지극 정성으로 보살펴 주며 한집에서 살았다. 허필은 그런 덕을 만주에 와서 단단히 보고 있었다.

아이들은 장정들이 나무를 베거나 밭일을 하면 바가지로 물을 떠다 나르거나 새참 같은 걸 날랐다. 또 언저리 산에 지천인 잔대, 더덕, 도라지 같은 나물을 캐서 밥반찬을 만들었다. 만주 사람들은 그런 산나물을 먹지 않았다. 그래서 조선인들은 만주 땅에 와서 잔대와 더덕은 실컷 먹었다. 조선 망명객들은 식수로 도랑물을 먹었다. 그런데 만주의 도랑물은 대체로 맑지 않았다. 그것은 만주 산들은 높지 않고 평야가 많아 계곡물의 흐름이 빠르지 않기에 대체로 물이 뿌옇게 흘렀다.

그해(1915년) 6월부터 날씨가 더워지자 다황거우에 머물고 있는 조선 이주자들은 모두가 시름시름 앓기 시작했다. 그 병명은 '수토병' 또는 '만주열'이라고 했다. 아마도 먹는 물 때문에 생긴 일종의 풍토병이었다. 여름 석 달 내내 그 병은 마을을 떠나지 않았다. 그 수토병으로 대부분 조선 이주자들은 한두 차례 된통 앓았다. 허필 집에서는 형식과 그의 형 보(堡)와 부인이, 형식의 큰집은 은(銀) 조카와 형수가 두어 달 앓았다.

모두들 그 병을 어찌나 독하게 앓았던지 아이들조차도 머리카락이 빠져 새대가리처럼 까칠했다. 조선 이주자들은 그 병으로 시름시름 앓다가 집집마다 한두 사람씩 숨을 거뒀다. 수륙만리 온갖 고생 끝에 찾아온 새로운 삶터 만주 땅에서 댓바람에 겪는 일이라 모두 할 말을 잃었다. 좀 더 나은 세상에서 사람답게 살아 보겠다고 괴나리봇짐을 지고 이주해 온 이역 땅에서 된통 고생만 하고 죽어가자 사람들은 울음조차 잊어버렸다.

그해 가을, 힘들게 개간하여 농사지었던 곡식을 추수하자 낟알은 형편없었다. 그러자 겨울이 오기도 전에 집집마다 모두 양식이 떨어졌다. 당장 겨울 양식이 걱정이었다. 그래서 이주자들은 고국에서 가져온 옷감들을 꺼내 만주 사람들에게 팔아 조나 옥수수를 샀다. 그 곡식으로 양식을 늘이고자 멀건 죽을 쑤어 끼니를 이어갔다. 이주자들은 옷가지가 떨어지자 다음에는 은가락지, 은비녀 같은 패물들을 처분하여 양식을 샀다.

허씨 일행은 첫 해 통화현 다황거우에서 죽도록 고생만 했다. 이듬해 좀 더 나은 곳으로 찾아간 곳은 거기서 오십 리 떨어진 진두허(현, 지린성 통화현 금두)였다. 그곳에서 허씨 일행을 비롯한 이주자들은 중국인들의 토지를 소작할 수 있었다. 중국인 지주의 땅을 소작하면 지주는 우선 살 집과 1년 농사지으며 먹을 수 있는 양식과 약간의 영농비, 그리고 채소를 갈아먹을 수 있는 조그마한 텃밭을 빌려 주었다. 그때 이주자들은 당장 먹을 것이 없었기 때문에 그 정도의 대우에도 감지덕지했다.

허씨 일행은 중국인 지주가 마련해 준 걸로 먹고살면서 그해 농사를 지어 추수한 뒤 그들이 미리 준 양식과 소작료를 모두 갚았다. 이주자들이 소작료를 갚을 때는 땅의 질에 따라 달랐다. 처음 황무지를 개간한 첫 해는 대체로 지주와 소작인의 비율이 1대 9, 이듬해는 2대 8, 3대 7, 등 해마다 점차 올라가다가 개간이 완전히 끝나면 5대 5로 나눴다. 초기의 중국인들은 대체로 인심이 좋았다. 하지만 그들은 조선에서 온 이주민들이 잇달아 미어지게 들어오자 매우 영악해져 소작 조건은 점차 나빠졌다. 그러자 동포들의 삶은 날이 갈수록 더욱 힘들어졌다.

애초 동북의 중국인들은 쌀을 주식으로 하지 않았기 때문에 만주 벌판에는 수전(水田), 곧 논이 없었다. 만주 땅에는 조선 이주민들이 황무지를 개간하여 비로소 벼농사가 시작되었다. 그러자 토착 중국인조차도 식생활에 큰 변화가 일어났다. 그들도 조나 옥수수 대신 점차 쌀을 먹기 시작했다. 조선 이주자들의 만주 벌판 개간은 '이밥(쌀밥)은 뼈 밥'이라고 할 만큼 뼈저린 조선인들의 피눈물 나는 노동으로 이루어졌다. 초봄이 되면 그때까지 얼음이 미처 녹지 않아 서걱서걱하는 물에 들어가 수로를 내고 논을 만든 다음 모를 냈다. 조선 이주자들의 만주의 수전 개척사는 곧 조선족 이주사이기도 했다.

드넓은 황무지 만주 땅에는 울로초, 또는 울로덩이라고 하는 풀들이 맷방석만큼 잔뜩 엉켜 있었다. 그 뿌리는 둥근 밥상 모양이었는데 매우 단단히 엉켜 있어 그것을 캐내기가 무척 힘들었다. 또 그 위로 나무들이 자랐는데 그 뿌리가 땅속 깊이 내려 있었다. 이주 농민들은 논을 만들고자 그 뿌리를 말끔히 뽑아 땅을 고르고, 거기다가 물길을 댔다. 그 당시에는 마땅한 연장도 없는 데다가 대체로 이주자들은 그때까지 일이 손에 익지 않아 그런 일들이 무척 힘들었다. 게다가 세 끼 밥조차 제대로 배불리 먹지 못한 처지라 늘 허기져 있었다.

허형식 가족도 다른 이주민과 마찬가지로 중국인 지주의 땅을 얻어 소작을 했다. 가족 모두 황무지 개간에 나섰다. 허형식 아버지 허필은 의원으로 지내다가 만주에 와서 평생 처음 소를 몰고 땅을 갈았다. 허필은 소를 다루는 솜씨가 서툴러 아들 형식이나 부인 성주댁이 소고삐를 잡고 앞에서 끌었다. 그렇게 힘든 황무지를 개간했으나 만주의 토질은 푸석푸석하여 볍씨가 제대로 뿌리를 내리지 못했다. 그래서 농사꾼들은 볍씨를 뿌린 뒤에도 이따금 맨발로 일일이 꼭꼭 못자리를 밟아야 했다. 그해 가을 소출은 좋지 않았으나 그래도 볍씨를 뿌렸기에 벼를 수확할 수 있었다. 그러자 이주민들은 강냉이 죽 대신에 그나마 쌀죽을 끓여 먹을 수 있었다. 그때 이주민들의 기쁨이란 이루 말할 수가 없었다.

삼원포

만주의 겨울은 엄청 추웠다. 매우 추운 날은 아예 공기의 느낌이 달랐다. 바깥 공기는 닿기만 해도 살을 에는 것 같이 아팠다. 어떤 날은 온 천지가 눈서리로 자욱하여 아무것도 보이지 않았다. 하늘과 땅 사이에 오직 찬 공기와 바람소리만 요란했다. 겨울철 바깥 기온은 예삿날에도 섭씨 영하 30-40도로 내려갔다. 이주민들은 입은 옷도 시원찮기에 바깥으로 나들이를 하고 돌아오면 온몸이 빳빳할 만큼 얼었다. 곧장 방 안에 들어와 목을 녹이면 귓바퀴에서 진물이 줄줄 흘러내렸다. 발도 얼어 아리고 아팠다. 허필은 한약재를 갈아 가루로 만들어 이주민들의 아픈 부위에 발라 주었다. 그 동상은 한 달 정도 지나야 겨우 나았다. 그래서 겨울철에 조선 이주민들은 겨울잠을 자는 곰처럼 대부분 집안에서만 지냈다.

조선 이주민들이 황무지를 수전으로 개간하자마자 중국인 지주들은 그때부터 농간을 부리기 시작했다. 마치 '길 닦아 놓으니까 미친년이 먼저 지나가는' 격이었다. 하지만 조선 이주민들은 속수무책으로 현지 지주들에게 그냥 당할 수밖에 없었다.

그 무렵은 1914년 제1차 세계대전이 발발한 이후로 세계 식량시장에서 쌀값은 폭등했다. 그러자 중국인 지주들은 조선 이주민들을 대대적으로 끌어들였다. 그들은 조선인 이주민에게 계속 황무지나 진펄, 또는 밭을 수전으로 개간케 했다. 그리고는 그 소작료를 점차 올려 조선인 소작농사꾼들을 울렸다. 세계적인 곡가 상승에 계산이 빠른 일본 자본가들은 속속 동북으로 침투하기 시작했다. 그들은 동북의 쌀을 세계시장에 내다 팔려고 현지인들로부터 토지를 헐값으로 사들였다. 그런 뒤 농장을 만들어 조선 농민들을 고용한 뒤, 신흥 지주 노릇하는 일들이 만주 전역에 들불같이 번졌다. 조선 농사꾼들은 조선에서도, 만주에서도, 그저 일본인들의 소작인으로 그들의 좋은 먹잇감이 되고 있었다.

허필은 큰집 왕산댁 옆방에 살다가 새로 집을 지었다. 임시로 통나무를 우물 정(井)자로 쌓고, 그 지붕은 돌이끼로 덮는 틈방집이었다.

어느 봄날 허필이 진흙을 개어 틈방집 틈새를 메우고 있는데 마적 수십 명이 갑자기 마을을 덮쳤다. 그들은 사나운 말을 탄 채 장총을 휘두르며 때로는 총구를 하늘을 향해 '펑펑' 마구 총을 쏘아 겁을 잔뜩 준 뒤, 조선 이주민을 골라 약탈하기 시작했다. 그들은 조선인 집을 찾아내는 족족 집안으로 마구 들어가 남아있는 양식을 모조리 자루에 담아 갔다. 마적 두목이라는 자는 허형식 집으로 말을 타고 들어와서 마침 사다리 위에서 흙은 바르고 있던 허필을 끌어내린 뒤 몸을 밧줄로 꽁꽁 묶은 뒤 장대 위에 매달았다. 그런 뒤 뭐라고 중국말로 호통을 쳤다. 이웃에 사는 조선말을 아는 현지인이 통역을 했다.

"너희 꺼우리(조선)놈들은 왜 함부로 남의 땅에 들어와 끝내 일본 놈까지 끌어들여 우리나라를 위협하느냐? 일본인 앞잡이인 너희 꺼우리들을 우리가 모조리 죽여 버리겠다."

허필은 무조건 두 손을 모아 싹싹 빌었다.

"세상만사 다 금전 농간이다."

마적들은 그런 말을 지껄인 뒤 장총 총구를 허필에게 겨누었다. 그 광경을 바라보며 울부짖던 허필의 아내 성주댁은 안방 고리짝에 깊이 숨겨놓은 돈과 은비녀 등을 꺼내 마적 두목에게 송두리째 바치며 두 손을 모아 싹싹 빌었다. 그제야 마적 두목은 돈과 비녀를 몽땅 챙긴 뒤 하늘을 향해 총을 두어 번 더 쏜 뒤 그들 무리를 이끌고 사라지며 소리쳤다.

"너희 꺼우리놈들! 이 마을에서 열흘 내로 떠나지 않으면 아예 씨를 말려 버리겠다."

중국의 마적 역사는 자그마치 2천 년이나 된다. 마적들이 마구 날뛰는 시기는 대체로 왕조 말기로 왕권이 쇠약하거나 정치가 부패하고 사회가 불안정할 때였다. 근세에 와서는 청조 말에서 1940년대까지 화북·동북 일대에는 마적단들의 군웅할거 시대였다. 원래 마적들은 그 지방의 악덕 관리나 다른 지방의 군벌들의 착취와 약탈행위로부터 주민을 지켰다. 하지만 이들이 다른 지역을 침입할 때는 도둑의 무리로 약탈과 폭행을 일삼았다.

만주의 3대 명물은 '대두(大豆, 콩)' '고량(高粱, 수수)' '마적(馬賊)'이다. 이 마적들은 험산준령 천고의 밀림 속에 본거지를 두고, 수수밭이 무성한 때면 본거지를 벗어나 말을 타고 사방으로 쏘다니면서 약탈을 일삼았다. 마적(馬賊)이란 '말 탄 도둑'이란 뜻이지만, 단순한 도적만은 아니었다. 마적은 때로는 항일투사였고, 때로는 독립군이나 조선인 이주민을 괴롭히는 암적 존재이기도 했다. 이들은 만주 벌판을 말을 타고 주름잡으면서 재물과 인질을 노렸고, 때로는 정권을 잡기도 했다. 한때 중화민국 대원수로 만주 전역을 호령한 장쭤린(張作霖)도 마적단 두목 출신이었다.

허씨 일행은 마적들의 습격으로 황당한 일을 겪자 그만 그곳에서 더이상 살기가 싫어졌다. 게다가 수토병으로 마 서방네 둘째 아들 삼돌, 허겸의 처조카 송씨 등은 여러 날 앓다가 끝내 세상을 떠났다. 그러자 모두 마음이 들썽거렸다. 허씨 일행은 여기저기 수소문한 끝에 유하현 삼원포에는 독립지사 가족들이 많이 몰려 살고 있다고 하기에 그곳으로 가고자 다시 괴나리봇짐을 쌌다.

중국 동북지방 지린성 유하현 삼원포는 우리나라 국외 독립운동의 발상지다. 1910년대 이곳 삼원포 일대에는 경학사, 부민단, 신흥강습소(후 신흥무관학교), 서로군정서, 백서농장 등이 세워져 독립운동을 맹렬히 펼쳤던 곳이다. '삼원포(三源浦)'는 남산(藍山)·홍석진·마록구 등 세 지역에서 흘러온 물이 합쳐진 곳이라 붙여진 지명으로, 예로부터 물이 흔하면 으레 벼농사에 아주 적합한 곳이다. 이런 좋은 여건의 지역에 '독립운동 해외기지화' 문제는 을사늑약 이후 독립지도자들 사이에 자주 논의되었다. 1910년 9월 초순, 신민회 대표로 서간도 지역을 현지 답사한 이동녕·이회영 등의 제의에 따라, 그해 12월 신민회 전국 간부회의에서 장시간 논의 끝에 지린성 유하현 삼원포를 해외 독립기지로 정했다.

1911년 1월 서울의 이회영 가족단 60여 명을 비롯하여, 안동의 유림 이상룡·김대락·김동삼의 가족단, 선산 구미의 허위 가족단 등 항일 가족단이 잇따라 이 일대에 정착케 되었다. 이들 망명객들은 삼원포 추가가 일대에 속속 도착하여 조선인 부락을 이루자 현지인들은 바짝 긴장하며 의혹이 커졌다. 그들은 조선 망명 이주민에게 가옥과 토지 매매는 물론 임대조차도 거부하고, 생필품 곧 양식 거래도 끊으며 그 실상을 유하현 정부에다 고발했다.

"이전의 조선인들은 남부여대로 산전박토나 화전을 일궈 감자나 심어 겨우 연명했는데, 이번에 오는 조선인들은 마차 수십 대나 말 수십 필에 살림을 가득 실어 오는 걸 보면, 이들은 반드시 일본과 야합하여 우리 중국을 치러 온 게 분명하니 빨리 조선인들을 몰아내 주시오."

현지인의 고발에 따라 청국 관리와 군경들은 마을에 들이닥쳐 조선 이주민의 집을 일일이 조사하고 "너희 나라로 도로 돌아가라"라고 윽박 질렀다. 그런 뒤 각지에 군사를 주둔시켜 수비케 하고, 현지인에게 절대로 집을 빌려 주지 못하게 하여 조선 망명객들은 한동안 노숙하는 어려움을 겪기도 했다. 이에 이회영, 이상룡 등 독립지도자들은 중화민국 국회와 봉천성 유하현 지사에 진정하여 조선 망명객들의 거주를 허용해 줄 것과 중국 민적(民籍)에 들어갈 수 있도록 간곡히 청원했다.

참으로 다행히 이회영 집안과 총리대신 위안스카이(袁世凱)는 선대부터 깊은 세교가 있었다. 곧 이회영의 아버지가 고종 때 판서를 지낸 이유승(李裕承)으로, 위안스카이가 조선에 총리교섭통상대신으로 부임 당시 유대가 돈독했다. 이에 이회영은 총리대신 위안스카이를 찾아가 협조를 구하고, 이상룡은 유하현 지사에게 간곡히 청원한 끝에 동포들의 입적과 토지 매매 문제가 원활히 해결되었다. 이로써 독립지도자들은 통화, 회인, 단동 지방에 여관을 설치하여 동지들의 활동과 국내에서 뒤따라오는 망명객들의 이주를 도울 수 있었다.

이상룡은 남의 땅에 이주해 온 이상 토착민과 이질감을 없애고자, 솔선수범 먼저 당신이 상투를 자르고 청국 옷차림으로 고쳐 입고 이름마저도 상희(相羲)에서 상룡(相龍)으로 바꿨다. 그러자 동포들 가운데는 이런 처사를 매우 못마땅하게 여기는 이도 있었다. 이에 이상룡은 "큰일을 경영함에 어찌 소절(小節)에 구애될 수 있겠는가?"라고 동포에게 애소하여 그들을 간곡히 설득시켰다.

삼원포에 정착한 독립지도자들은 가장 먼저 중국어강습소를 차렸다. 우리 동포들이 중국 땅에 살기 위해서는 먼저 언어의 장벽을 무너뜨리는 게 가장 급한 일이었기 때문이다. 그리하여 먼저 중국어를 배운 이들을 동포들이 사는 곳으로 보내어 그들을 가르치면서 하루 빨리 토착민과 융화케 했다.

1911년 4월, 마침내 유하현 삼원포 추가가의 대고산에서 동포 3백여 명이 참석한 가운데 경학사(耕學社) 창설대회를 열었다. 망명 독립지도자들은 이동녕(李東寧)을 임시의장으로 선출하여 다음 5개항을 의결했다.

첫째, 민단 자치기관의 성격을 띤 경학사를 조직한다.

둘째, 전통 도의에 입각한 질서와 풍기를 확립한다.

셋째, 개농(皆農)주의에 입각한 생계 방도를 세운다.

넷째, 학교를 설립하여 주경야독의 신념을 고취한다.

다섯째, 기성군인과 군관을 재훈련하여 기간 장교로 삼고, 애국청년을 수용하여 국가의 동량 인재를 육성한다.

이 결의에 따라 독립지도자들은 경학사를 조직하고, 사장에는 이상룡, 내무부장 이회영, 농무부장 장유순, 재무부장 이동녕, 교무부장 유인식을 추대했다. 이날 대고산 군중대회에서 이상룡은 경학사 창립 취지서를 낭독했다.

… 아아! 슬프다 한민족이여, 사랑해야 할 것은 한국이로다. 땅이 없으면 무엇을 먹고 살며, 나라가 없으면 어디서 살겠는가? 내 몸이 죽으면 어느 산에서 묻힐 것이며, 우리 아이가 자라면 어느 집에서 살게 하겠는가? … 차라리 칼을 빼서 자결하고 싶어도, 내 몸 죽여 도리어 적을 기쁘게 할 염려가 있다. 곡기를 끊어 굶어 죽고 싶어도, 나라를 팔아먹고 이름만 사게 되는 일이니 어찌 차마 하겠는가? 눈물을 흘리며 하늘 끝까지 치욕을 받을 것인가, 그렇지 않으면 힘을 길러 끝내 결과를 보겠는가? … 이에 남만주 땅에다 여러 사람의 뜨거운 마음을 합하여 하나의 단체를 조직하니 이름을 '경학사'라 한다. … 끓는 솥의 고기가 아무리 파닥거린들 무슨 희망이 있으며, 화롯가의 제비는 아무리 외친들 얼마나 시간이 있으랴.
오라, 오라! 우리 집단을 보전하는 것이 곧 우리 민족을 보전하는 것이요, 우리 경학사를 사랑하는 것이 곧 우리나라를 사랑하는 것이라. 오라! 오라! 기러기 떼 지어 날고 서풍은 날을 재촉하는 듯하지만, 금계(金鷄)가 한 번 울어 대면 곧 동녘 하늘이 밝아올 것이다.

경학사는 조선 민족의 독립을 최고 목표로 삼아 농업을 장려하고, 자제들에게 민족교육을 실시하고자 유하현 삼원포에 세운 최초의 동포 자치기관이었다. 또한 경학사에서는 청년들에게 군사교육을 실시하기 위해 먼저 신흥강습소(新興講習所)를 세웠다. 이를 신흥학교라고도 했다.
최초 신흥강습소는 추가가 마을의 옥수수 저장창고에서 시작했다. 학교 이름을 '신흥(新興)'이라고 붙인 것은 신민회의 '신(新)'자와 구국투쟁이 '흥기(興起)'하라는 의미의 '흥(興)'자를 합했기 때문이다. 학교라 하지 않고 강습소라고 한 것은 중국 당국과 일제 관헌들, 그리고 토착민들에 대한 의혹을 가능한 피하려는 고육지책이었다.

허씨 일행은 진두허에서 삼원포 추가가로 이주하자, 그 무렵 허겸은 부민단 단장을 맡고 있었다. 이 '부민단(扶民團)'은 "만주 땅 부여(扶餘) 옛 터에 부여 유민이 부흥결사를 세운다"는 뜻으로, 경학사가 발전적으로 확대 개편된 민단(民團)이었다. 부민단의 주요 사업은 이주민들의 자치를 담당하고, 이주민 사회에서 발생하는 분쟁 등을 해결했다. 그러나 부민단의 궁극적 목표는 모든 조직을 효과적으로 운영하여 그 언젠가 닥칠 독립전쟁을 대비하는 데 있었다.

허씨 일행은 다행히 부민단 단장인 허겸의 주선으로 삼원포에서 그들의 거처와 생업문제가 해결되었다. 이 일대에는 먼저 이주한 이회영, 이상룡, 김동삼 등 독립지사들도 옹기종기 모여 살고 있었다.

허씨 일행은 여기서도 중국인 땅을 빌려 소작농을 하였다. 이들은 주경야독으로 낮일이 끝나면 밤에는 가까운 신흥강습소로 가서 우선 시급한 중국말부터 배웠다. 조선에서와는 달리 만주에서는 남녀노소 없이 배워야 한다고 하여, 저녁이면 이주민 모두 야학 강습소로 몰려갔다. 형식도, 삼옥도, 큰집 은도 밤이면 모두 야학당으로 갔다. 밤이면 동포 청년들은 석유등불 밑에서 목청 높여 소리를 질렀다.

"아는 것이 힘이다. 배워야 산다."

한편 이회영·이계동(李啓東, 이상룡 아우) 두 사람은 봉천성에 청원하여 토지 매매를 성사시켜 그곳에서 그리 멀지 않은 합니하에다 새로운 교사를 신축했다. 이 학교는 이회영 형제들이 조선에서 가지고 온 큰돈과 이동녕·이상룡·김대락 등 독립지도자들의 열정으로 설립되었다. 하지만 호사다마라는 말처럼 중국 현지 관헌들은 조선 망명객들을 일본의 끄나풀로 오해하여 신흥강습소에 대한 탄압이 가해졌다. 이에 경학사 사장 이상룡이 다시 유하현 지사에게 청원했다.

… 신흥학교로 말씀드리자면 이는 저희들의 중등학당입니다. (이곳에) 소학(小學)의 설립이 수십 개소를 넘다 보니 매년 졸업을 하는 사람이 통틀어 백여 인이나 됩니다. 소학을 마치면 중등교육을 받지 않을 수 없는데, 이 때문에 전대 청나라 선통 연간에 이 학교를 제2구의 추가가(鄒家街)에 설립하였고, 2년 후에 통화현 합니하(哈泥河)로 이전했다가, 올 봄에 위치가 적절치 않다는 이유로 제3구의 고산자(孤山子)로 옮겨 왔습니다. 그 성격과 역사는 이와 같습니다. 그리고 체조 한 과목은 곧 세계 만국의 소·중학당에서 통용되는 것으로, 교내의 물품과 서류는 경찰에서 이미 사람을 파견하여 조사하였으며, 구(區)의 관원 또한 친히 와서 검사하였으므로, 그 사이에 의심을 일으킬 만한 것도 없습니다. 그런데도 이제 듣기로 관령(官令)으로 장차 이 학교를 해산하고자 한다고 합니다.
… 대국이 이미 우리의 무고한 사람들을 불쌍히 여겨 토지 조세와 가옥 임대에 모두 은혜로운 조치를 취해 주셨습니다. 그런데 유독 중등교육은 허가치 않아 새로 자라나는 자제들로 하여금 지식을 계발치 못하게 한다면, 이는 공화의 선정에 흠결이 되는 것이 아니겠습니까? 삼가 바라건대 각하는 특별히 성념(盛念, 너그러운 마음)을 베푸시어 이런 사유를 간곡하게 성공서(省公署, 성의 관공서)에 아뢰어 주소서. 그리하여 우리 신흥학교가 영원히 존속을 보장받고 한인(韓人)의 자녀들이 소멸되는 것을 면하게 해주신다면 천만다행이겠습니다.[3]

신흥무관학교

이런 청원이 유하현 당국에 의해 받아들여지자 부민단은 신흥강습소의 개편을 통해서 문무 인재를 양성하는 일과 그밖에 각지에 학교를 설

---

3. 『석주 유고』 상편, 553–557쪽 축약.

립하여 민족교육을 실시하는 것이 매우 시급했다. 이리하여 일부 망명 지사들은 합니하로 이주하여 이곳을 제2의 독립운동기지로 삼고자 신흥학교를 신축했다. 학교 부지 구입과 건물은 이석영·이회영 6형제의 재정 후원과 교직원과 학생들의 노력 봉사로 1913년 5월에 낙성되었다. 초기에는 '신흥강습소', '신흥학교'라고 부르다가 1919년 5월 3일에는 정식으로 무관학교로 개편하였다.

이 신흥학교가 개교했다는 소식이 널리 알려지게 되자 국내에서도 많은 애국청년들이 이곳으로 찾아왔다. 혁명가 김산(金山, 본명 張志樂)도 이들 중 한 사람이었다. 그는 동경 유학생활을 청산하고, 일부러 서간도 유하현 합니하에 있는 신흥무관학교에 입학하기로 결심한 뒤 멀고 먼 이곳으로 찾아왔다. 그는 이 학교를 다니면서 혁명가의 꿈을 키웠다. 님 웨일즈의 『아리랑』에 그의 신흥무관학교 생도시절 얘기가 전해지고 있다.

마침내 목적지에 도착했다. 합니하에 있는 조선 독립군 군관학교 – 이 학교는 신흥학교라 불렀다. 아주 신중한 이름이 아닌가! 하지만 내가 군관학교에 들어가려고 하자 사람들은 겨우 15살밖에 안 된 꼬마였던 나를 거들떠보지도 않았다. 입학자격 최저 연령은 18살이었던 것이다. 나는 가슴이 찢어지는 것만 같아서 엉엉 울었다.

내 기나긴 순례 여행의 모든 이야기가 알려지게 되자 학교 측은 나를 예외로 대우하여 시험을 칠 수 있게 했다. 지리·수학·국어에서는 합격하였지만, 국사와 엄격한 신체검사에서는 떨어졌다. 다행히 3개월 코스에 입학하도록 허락받았고 수업료도 면제받았다. 학교는 산속에 있었으며 18개의 교실로 나뉘어 있었는데, 눈에 잘 띄지 않게 산허리를 따라 나란히 줄지어 있었다. 18살에서 30살까지의 학생들이 100명 가까이 입학했다. 학생들 말로는 이제까지 이 학교에 들어온 학생들 중에 내가 제일 어리다고 말했다.

새벽 4시에 기상하여, 저녁 9시에 취침했다. 우리들은 군대전술을 공부하였고 총기를 가지고 훈련을 받았다. 그렇지만 가장 엄격하게 요구하였던 것은 산을 재빨리 올라갈 수 있는 능력이었다. 이른바 게릴라 전술 훈련이었다. 다른 학생들은 강철과 같은 근육을 가지고 있었고 등산에는 오래전부터 단련되어 있었다. 그러나 나는 학우들의 도움을 받아야만 간신히 그들을 뒤따라갈 수 있었다. 우리는 등에다 돌을 지고 걷는 훈련을 했다. 그래서 아무것도 지지 않았을 때에는 아주 경쾌하게 달릴 수 있었다. '그날'을 위해 조선의 지세, 특히 북조선의 지리에 관해서는 주의 깊게 연구했다. 방과 후에 나는 국사를 열심히 파고들었다.

얼마간의 훈련을 받고 나자, 나도 힘든 생활을 해나갈 수 있었으며, 그러자 훈련이 즐거워졌다. 봄이면 산이 매우 아름다웠다. 희망으로 가슴이 부풀어 올랐으며 기대에 넘쳐 눈이 빛났다. 자유를 위해서라면 무슨 일인들 못할쏘냐?⁴

신흥무관학교는 그 전성기에 1기 학생수가 600여 명에까지 이르렀다. 국내에서 일제에 불만을 품은 애국청년들이 압록강·두만강을 건너오는 목표가 대부분 신흥무관학교에 입교하고자 함이었다. 신흥학교가 신흥무관학교로 발전하면서, 유하현 고산자에는 신흥무관학교 2년제 고등군사반을 두어 고급간부를 양성했고, 통화현 합니하, 칠도구, 쾌대모자 등에는 신흥무관학교 분교를 두어 초등군사반을 편성하여 3개월간의 일반훈련과 6개월간의 후보훈련을 담당케 했다.

당시 고등군사반의 초대 학장에는 이시영, 교장 이세영, 부교장 양규열, 학감 윤기섭, 훈련감 김창환, 교성대장 이청천, 교관 오광선·신팔균·이범석·김광서·성준용·원병상·박장섭·김성로·계용보, 의무감 안사영 등이 있었고, 합니하 초등군사반의 교장에는 이장녕, 학도대장 성준

---

4. 님 웨일즈, 『아리랑』, 동녘, 130–132쪽.

용, 교관 박두희·오광선·이범석·홍종락·홍종린 등이 있었다.

그 당시 신흥무관학교 3기생으로 생도반장을 지내고 졸업 후 신흥무관학교 교관을 지낸 원병상 씨는 '신흥무관학교'라는 글에서 다음과 같이 그 당시를 회고했다.

> 새벽 6시, 기상나팔 소리에 학생들은 일제히 일어나 내무반을 정돈한 다음 복장을 갖추고 각반을 찬 뒤 운동장으로 뛰어나가 인원 점호(일조점호)를 하고 보건체조를 했다. 눈바람이 살을 에는 혹한에도 아침마다 윤기섭 교감은 풀모자를 쓰고 홑옷을 입고 나와서 학생들을 지도했다. 체조가 끝나면 청소와 세면, 이어서 식사시간이었다. 주식은 열에 뜨고 좀먹은 좁쌀이라 솥뚜껑을 열면 퀴퀴한 냄새가 코를 찔렀다. 이런 열악한 환경이지만 교직원들은 보수도 없이 오직 열정으로 생도들을 가르쳤다. 생도들도 주린 배를 졸라매고 매일 맹훈련을 계속했다. 여기에는 영예도, 공명도, 불평불만도 있을 수 없었다. 오직 희생정신으로 일사보국(一死報國)의 일념뿐이었다. 식사가 끝나면 집합나팔 소리에 조례가 시작되었다. 애국가와 교가를 앞산 뒷산이 마주 울리도록 우렁차게 부르고 나면 여준 교장 선생이 단상에 올라서 두 눈에 뜨거운 눈물을 흘리며 망국의 한을 울부짖었다.

신흥학교는 설립 당시 원대한 포부와는 달리 큰 흉작으로 재정난에 봉착했다. 그 타결책으로 둔전제를 도입하여 생도들은 교육과 함께 농사나 땔나무는 직접 충당했다. 이런 중에 1919년 3월 1일 삼천리 방방곡곡에서 울려 퍼졌던 독립만세의 함성이 일제의 무력 앞에 꺾이게 되자, 무장투쟁을 통한 조국 광복 의지가 들판의 불길처럼 타올랐다.

이 무렵, 일본 육사 출신으로 현대적 군사이론을 갖춘 이청천(후, 지청천으로 개명)과 김광서 선생이 최신 병서와 군용지도를 지니고 신흥학교를 찾았다. 이들의 가담은 독립운동 진영에 백만 원군으로 감동을 주었으며, 이 소식에 신흥학교 지원자도 날로 증가하였다.

합니하에 이어 고산자에 신흥무관학교가 세워지자 허형식의 큰집 허채, 마 서방 맏아들 삼식, 이상룡 손자 병화 등이 이 학교에 다녔다. 하지만 형식은 끝내 학령 미달로 신흥무관학교를 입학치 못했다. 형식은 이따금 형들이 집에 돌아와 신흥무관학교에서 군사훈련 받던 얘기를 들려주면 무척 흥미롭게 들었다. 또 형들이 목총을 어깨에 메고 마을을 누비며 신흥무관학교 교가를 부르면 자기도 그 형들처럼 목총을 메고 신나게 교가를 따라 부르며 마을을 누볐다.

 서북으로 흑룡태원 남의 영절에
 여러 만만 헌원자손 업어 기르고
 동해 섬 중 어린것들 품에다 품어
 젖 먹여 기른 이 뉘뇨
 우리 우리 배달나라의
 우리 우리 조상들이라
 그네가슴 끓는 피가 우리핏줄에
 좔좔좔 물결치며 돈다
 장백산 밑 비단 같은 만리 낙원은
 반만년래 피로 지킨 옛집이거늘
 남의 자식 놀이터로 내어 맡기고
 종의 설움 받는 이 이 뉘뇨
 우리 우리 배달나라의
 우리 우리 자손들이라
 가슴치고 눈물 뿌려 통곡하여라
 지옥의 쇳문이 온다
 칼춤 추고 말을 달려 몸을 단련코
 새로운 지식 높은 인격정신을 길러

썩어지는 우리 민족 이끌어 내어
새 나라 세울 이 뉘뇨
우리 우리 배달 나라의
우리 우리 청년들이라
두 팔 들고 소리 질러 노래하여라
자유의 깃발이 떴다

신흥무관 생도들은 교가뿐 아니라 〈용진가〉도 자주 불렀다. 허형식은 그 노래를 따라 불렀다. 이 노래를 부르면 왠지 뜨거운 피가 가슴에 끓어올랐다.

요동만주 넓은 뜰을 쳐서 파하고
여진국을 토멸하고 개국하옵신
동명왕과 이지란의 용진법대로
우리들도 그와 같이 원수 쳐보세
나가세 전쟁장으로 나가세 전쟁장으로
검수 도산 무릅쓰고 나아갈 때에
독립군아 용감력을 더욱 분발해
삼천만 번 죽더라도 나아갑시다.
....

신흥무관학교는 초기 조선독립운동사의 정수(精髓)로 그 졸업생은 3천여 명에 이르고 있다. 이들은 1920년의 청산리전투의 주역으로 시작하여 이후 임시정부의 광복군과 의열단에 이르기까지 용맹스럽게 조국 광복을 위해 헌신했다.

해마다 국치일인 8월 29일 밤이면 이주 동포들은 대부분 조선인 학교 운동장에 모였다. 이날 동네 부인들은 단체로 떡도 하고, 부침개도 붙이고, 김치도 담그는 등 여러 가지 먹을거리를 만들어 왔다. 그날은 부민단 주최로 학교 운동장에서 국치일 기념식을 가진 뒤 연극도 했다. 연극의 주제는 주로 '나라를 빼앗긴 경술 국치일을 잊지 말자'는 내용이었다. 동포들은 그 연극을 보며 눈물을 주룩주룩 흘렸다. 그러면서 다 같이 노래를 불렀다.

> 경술년 추팔월 이십구일은
> 조국의 운명이 다한 날이니
> 가슴을 치고 통곡하여라.
> 자유의 새 운(運)이 온다.

그 노래가 끝나면 동포들은 운동장에 둘러 앉아 각자 가지고 온 음식을 이웃 동포들과 나눠 먹었다.

환위이민정책

1920년까지 만주로 온 조선 이주민들은 크게 두 부류로 나눌 수 있다. 그 첫 번째는 일본에게 나라를 빼앗긴 것을 분하게 여기며 그들과 한 하늘 아래서 살지 않겠다고 맹세한 뒤 망명코자 강을 건넜다. 그 두 번째는 남만주에는 황무지가 많다는 소문을 듣고 그 땅을 경작하여 가난을 면하고자 괴나리봇짐을 지고 압록강이나 두만강을 건너왔다. 일제는 조선을 강점한 뒤 곧 환위이민정책(換位移民政策)을 썼다. 이는 일제가 조선을 강점한 이래 일본인을 조선으로, 조선인을 중국 동북으로 이주 보낸 정책이었다. 일본은 '한일병합' 조약문이 미처 마르기도 전에 일본인들을 조선으로 대거 이주시켰다. 조선에 온 일본인들은 동양척식회사를 앞세워 조선인의 토지와 자원을 빼앗는 데 혈안이 되었다.

조선총독부는 한일병합 직후인 1910년 9월 임시토지조사국을 설치하고, 토지조사령을 공포했다. 그들은 1918년까지 토지소유 제도를 확립한다는 구실로 약 2천만 엔의 경비를 들여 토지소유권 조사와 토지가격 조사, 지형 및 지목에 대한 조사를 일제히 실시했다. 조선총독부의 토지조사사업 1차 목적은 막대한 총독부 소유지를 확보하여 식민지배의 기반을 튼튼히 함과 아울러 총독부의 지세 수입을 증가시켜 식민 지배를 재정으로 뒷받침코자 했다. 1910년 지세수입이 600여만 엔이던 것이 토지조사사업이 끝나는 1918년에는 1156만 9천여 엔으로 2배 가까이 증가했다. 이 기간 조선에서 일본인 지주는 약 10배, 일본인이 소유한 토지면적은 약 4배 증가했다.

　조선총독부의 토지조사사업으로 방대한 토지가 조선총독부, 동양척식회사, 그리고 일본인 지주에게로 넘어간 만큼 조선인들은 토지를 잃었다. 일본인들의 토지 약탈 대상은 조선인 지주보다 주로 자작농이나 소작농이었다. 일본인에게 토지를 빼앗긴 농민들은 대부분 조상 대대로 삶의 근거지인 고향을 떠날 수밖에 없었다. 이들은 대부분 괴나리봇짐에 짚신 몇 켤레, 바가지 하나 대롱대롱 매단 채 압록강과 두만강을 건넜다. 이는 일제의 식민지 경제정책으로 일본인들을 조선 땅으로 불러들임으로써 조선인들을 조선 땅 밖으로 밀어내는 환위이민정책이었다.

　부민단에서는 조선의 이주자들이 만주 봉천이나 개원, 삼성자 등에 도착했다는 연락이 오면 그들을 맞이할 준비를 했다. 그들이 현지에 도착하면 부민단에서는 누구 집은 몇 가구, 또 누구 집은 몇 가구씩 이주자들을 배당해 주었다. 이주민을 배당 받은 집은 그들이 정착할 때까지 주로 먹고 잠자는 문제를 보살펴 주었다. 그들은 한 해가 지나면 대체로 정착하기 마련인데, 그러면 그들도 다시 고향의 가난한 친지들을 불러들였다. 그러자 만주의 허허벌판은 날이 갈수록 흰옷 입은 조선 백성들로 허옇게 덮여 갔다.

 이렇게 차차 조선 이주자가 늘어나자 부민단에서는 자치규율도 새로 만들고, 학교도 새로 세웠다. 그러자 조선에서 온 이주자들은 만주 땅에다 작은 정부를 만들어 운영케 된 셈이었다. 먼저 만주 땅에 정착한 이시영, 이상룡 등 독립지도자들은 망명 이주자들에게 나라를 빼앗긴 근본 원인은 조선 백성들의 가난과 무지했기 때문이라고 산업과 교육의 중요성을 역설했다.

 이주 동포들은 이런 독립지도자들의 간절한 호소에 감동을 받은 탓인지 고국에서와는 달리 망명지에서 교육열은 매우 뜨거웠다. 마을마다 소학교를 세우고, 중학교도 드문드문 세웠다. 집이 멀거나 다른 지방에서 온 학생들은 학교 부근의 동포들이 나누어 맡아 하숙을 시켰다. 그 무렵 서간도만 해도 2백여 개의 학교가 들어섰고, 북간도에도 상당수 학교들이 세워졌다.

 부민단에서는 이렇게 여러 학교를 세워 운영하다 보니 많은 돈이 필요했다. 초기에는 독립지사들이 떠나올 때 집과 전답을 팔아 온 돈으로 충당했으나, 그 돈이 떨어지자 각 가구마다 세금을 거둬들였다. 해마다 학교가 늘어나자 그 세금도 점차 올라갔다. 그러자 이주민 가운데 특히 부녀자들은 불평이 많았다. 그래서 "고산자 장터는 범 아가리"라는 말도 나왔다. 이주자들이 가을 추수 후 고산자 장터에 가서 벼를 팔아 돈을 만지면 곧 무슨 단체나 모임에서 즉석 가두모금을 했기 때문이다. 좀 심한 아낙네들은 대놓고 퍼붓기도 했다.

 "일본 놈 보기 싫어 만주에 왔더니, 농사지어 놓으면 군자금 한다고 다 뺏어 간다."

 그러면 남정네들은 나라 위해 하는 일인데 다 같이 협조해야 한다고 부녀자들을 나무랐다.

　부민단에서는 학교를 새로 세우고, 기존의 학교를 운영하고, 대일항전을 위한 무기 구입 등에 쓴다고 늘 독립 군자금이 부족했다. 이런 독립 군자금을 모으는 일은 허겸 부민단장이 맡았다. 허겸은 독립자금을 모으고자 현지뿐 아니라, 이따금 국내에 몰래 들어와 모금했다. 그때마다 왕산의 제자인 대한광복회 박상진의 도움을 많이 받았다.

　박상진은 경북 영주의 채기중(蔡基中)과 함께 대한광복회를 조직하여 독립 군자금 모금에 많은 기여를 했다. 그 군자금 운반책은 허형식의 큰집 허규가 주로 맡았다. 허규가 군자금을 운반할 때는 간혹 큰집 길(佶) 누님의 둘째아들 원록(源祿, 시인 이육사의 본명)과 동행했다. 이원록은 그때 외삼촌 허규를 따라 베이징을 비롯한 북만주 곳곳을 둘러본 뒤 '광야' '교목' '절정' 등 많은 일제에 대한 저항시를 남겼다.

　대한광복회는 군자금을 주로 국내 부호들의 의연금으로 충당했다. 박상진은 조선 각지의 부호들을 조사해 사전에 그들에게 독립 군자금 각출 배당금 통고문을 보냈다. 그런 다음 일정 기간이 지난 뒤에 대한광복회원은 그 부호들을 몰래 찾아가 군자금을 받아오게 했다. 박상진은 일부 부호들이 말을 듣지 않자 그 시범으로 칠곡 오태동의 장승원을 처단 제1호로 지목했다. 지난날 장승원은 허위의 도움으로 경상도관찰사에 오른 인물이었다. 그때 그는 벼슬에 오른 대가로 분명히 후일 20만 원을 헌납하기로 단단히 약속했다.

　그 사실을 잘 알고 있는 박상진은 허위 순국 이후 몇 차례 사람을 보내 약속 이행을 촉구했다. 하지만 장승원은 끝내 그런 약속을 한 일이 없다고 잡아뗄 뿐 아니라, 심부름꾼을 일본 경찰에게 밀고하겠다고 협박했다. 그러자 박상진은 분노가 하늘을 찌른 나머지 장승원을 그 시범으로 처단코자 일찍부터 잔뜩 벼르고 있었다. 이런 사실을 잘 알고 있는 채기중은 강순필·유창순 동지와 함께 이를 실행에 옮겼다.

　1917년 동짓달, 달이 뜨지 않은 야음을 택해 이들은 경북 칠곡군 북삼면 오태동(현, 구미시 오태동) 장승원 집의 담을 훌쩍 뛰어넘어 내실로 갔다. 그들은 장승원을 깨운 뒤 약속한 독립자금을 내놓으라고 조용히 말했다. 하지만 장승원은 지난날 왕산과 그런 약속을 한 일이 없다고 잡아떼면서 바깥을 향해 헛기침을 하며 구조 신호를 보냈다. 이에 분개한 채기중은 소지한 육혈포로 즉각 장승원을 처단한 뒤 대문에다가 다음의 포고문을 붙인 뒤 유유히 사라졌다.

　포고(布告)
　우리 4천년 종사는 회진(灰塵, 재와 먼지)되고, 우리 2천만 민족은 노예가 되었다. 섬나라 오랑캐의 악정폭행은 일가월증(日加月增, 날로달로 더해짐)하니 이것을 생각하면 울분이 끓어오르고, 조국을 회복코자 하는 염(念)은 금할 수 없다.
　이것이 본회가 성립된 소이(所以, 까닭)이니, 각 동포는 그 지닌바 능력을 다해 이를 돕고, 앞으로 의기(義氣)가 동쪽에서 오를 것을 기대하라. 그리고 자산가는 예축한 돈을 본회 요구에 응하여 출금하기 바란다. 만일 본회의 기밀을 누설하거나 그 요구에 불응할 때는 그에 상응한 조치가 따를 것이다.
　오직 나라를 찾고자 함은 하늘과 인간의 뜻이 같거늘, 장승원 너는 어찌 나라와 백성을 팔아 네 잇속만 챙기려 하는가. 이제 너의 죄를 꾸짖고, 우리 동포에게 경고하노라. 조국 광복에 협조치 않는 자는 앞으로 이와 같이 처단한다.
　　　　　　　　　　　　　　　　　　　　　　　　　　대한광복회 백(白)

독립전쟁

1919년 3월 1일 기미독립만세운동은 국내뿐 아니라 해외에서도 들불처럼 일어났다. 그해 3월 13일 용정에서 일어난 만세운동은 훈춘·화룡·연길 등 북간도(현, 연변 일대) 전역으로 불길처럼 번져나갔고, 그 불길은 곧 서간도 전역으로 파급되었다. 이 만세운동을 계기로 북서간도와 연해주 일대에서는 거의 동시다발적으로 항일전을 표방하는 수많은 독립군단들이 편성되었다.

김좌진(金佐鎭)·서일(徐一) 등이 통솔하는 대한군정서와 안무(安武)가 거느리는 대한국민군, 홍범도(洪範圖)의 대한독립군, 최진동(崔振東)의 군무도독부 등이 독립군단의 대표였다. 이밖에도 이범윤(李範允)의 대한의군부, 그리고 이범윤을 단장으로 추대한 대한광복단, 방우룡(方雨龍)의 의민단, 김규면(金奎冕)의 대한신민단 등 수많은 독립군단들이 각 지역을 거점으로 군웅할거, 활발하게 대일항쟁을 하고 있었다.

경술국치 10년을 맞이한 1919년 8월부터 이들 독립군단은 마침내 국내 진공작전을 수행하기 시작했다. 홍범도가 인솔하던 대한독립군은 그 선두로 압록강을 건너 혜산진을 한때 점령하고, 그 해 9월에는 갑산의 일제 기관을 공격하기도 했다. 이러한 독립군단의 국내진공작전은 1920년에 접어들면서 더욱 활발하게 전개되었다. 홍범도를 비롯하여 최진동, 안무 등이 지휘하는 대한독립군과 군무도독부, 김좌진이 지휘하는 대한군정서의 독립군은 수시로 국내진공작전을 펼쳐 일제 기관을 파괴하거나 일제 군경을 살상했다.

이들 독립군단은 독립전쟁을 수행함에 충분한 총기와 탄약 등 무기

조달이 무엇보다 급선무였다. 그래서 독립군단들은 국내외 동포들로부터 모은 군자금으로 우선 제1차 세계대전 중 연해주에 출병하였던 체코군이 철수하면서 매각한 무기들을 사들였다. 독립군단들은 이밖에도 러시아제·미제·독일제·일제 등 국적을 가리지 않고 무기를 구입했다. 그 결과 무기의 종류도 매우 다양했다.

1920년 5월 28일, 홍범도를 중심으로 여러 독립군단들은 군사조직 통합을 추진했다. 그 결과 대한독립군단과 대한국민군, 그리고 군무도독부가 연합하여 대한북로도독부를 결성했다. 그리고 그 거점을 왕청현 춘화향 봉오동에 확보하고, 그곳에 병력을 집결시켜 대대로 국내진공작전을 펴기로 했다. 대한북로도독부 부장 최진동이 그 일대에 많은 토지와 재산을 가지고 있었기 때문에 독립군 주둔이 가능했다. 일제 측은 그 무렵 대한북로도독부의 군사는 1천2백여 명, 무기는 기관총 2문, 소총 9백 정, 수류탄 1백여 개였다고 탐지하고 있었다.

봉오동전투는 독립운동사에 길이 빛나는, 우리나라 최초의 독립전쟁이었다. 1920년 6월 7일 홍범도를 사령으로 한 대한북로도독부가 독립군을 토벌하기 위해 두만강을 건너온 일본군 나남 제19사단 '월강추격대대(越江追擊大隊)'를 봉오동에서 참패시켰다.

이 봉오동전투는 사흘 전인 1920년 6월 4일에 있었던 화룡현 삼둔자전투에서 비롯되었다. 이 전투는 그동안 독립군의 소규모 국내진공작전이 빌미가 되어 벌어졌다. 6월 4일 새벽 30명 정도의 독립군 소부대는 국내진공 게릴라작전으로 삼둔자를 출발했다. 그들은 두만강을 건너 함경북도 종성 강양동의 일제 헌병 순찰소대를 격파하고 돌아왔다. 그러자 일본군 2개 중대는 이를 보복하려고 독립군 추격에 나섰다. 이들은 두만강을 건너 삼둔자에 이르렀으나 독립군을 발견치 못하고, 애꿎은 조선인

양민들을 무차별 살육했다.

이 소식을 들은 독립군은 삼둔자 서남쪽 산기슭에 잠복하고 있다가 돌아가는 일본군들을 모조리 섬멸시켜 버렸다. 이에 함북 종성군 나남에 주둔했던 일본군 제19사단은 독이 바짝 올랐다. 그들은 삼둔자전투 참패를 설욕하고, 독립군을 토벌하기 위해 월강추격대대를 편성했다. 이 추격대대는 야스가와(安川) 소좌의 인솔로 6월 6일 밤 9시부터 국경 두만강을 건너 이튿날 새벽 3시 30분에 독립군의 근거지인 봉오동으로 진격해 왔다. 이를 예상했던 홍범도 장군은 주민들을 미리 산중으로 대피시켜 마을을 텅 비우게 했다. 그런 뒤 봉오동 상동 험준한 사방 고지 기슭에 독립군을 매복시켜 놓은 다음, 월강추격대대를 이곳으로 유인하여 섬멸한다는 작전을 세웠다. 홍범도 장군은 그 유인 전술로 독립군 1개 분대를 일본군 월강추격대대가 쳐들어오는 길목에 내보냈다. 이들은 일본군과 교전하는 척하면서 봉오동 깊은 골짜기로 후퇴케 하여 그들을 독립군 매복지점으로 끌어들였다.

그날 아침 8시 30분 무렵 일본군 월강추격대대 첨병소대는 이 유인작전에 말려들어 독립군 1개 분대의 뒤를 쫓아 봉오동 어귀에 이르렀다. 그때 독립군 분대는 갑자기 자취를 감췄다. 그러자 일본군 월강추격대대 첨병소대는 독립군 분대를 놓치고 봉오동 하동을 정찰한 결과, 독립군이 이미 겁을 먹고 죄다 북으로 도주한 것으로 여겼다. 그들은 월강추격대 본대를 불러 봉오동 하동 마을을 뒤지면서 미처 대피하지 못한 노약자를 살육하는 등 만행을 저질렀다. 이들 월강추격대대는 봉오동 하동을 실컷 유린한 다음, 오전 11시 30분에 다시 대오를 정돈하여 봉오동 중동, 상동을 향하여 진군했다.

그날 오후 1시 무렵에는 일본군 월강추격대대 전위부대가 사방 고지로 둘러싸인 상동 남쪽 300미터 지점까지 진출하여 독립군이 매복하고 있는, 곧 독립군들의 포위망 속에 걸려들었다. 하지만 홍범도 장군은 사격 명령을 내리지 않고 그들 주력부대가 모두 포위망에 걸려들기를 느긋하게 기다렸다. 마침내 일본군 월강추격대 전위부대에 이어 주력부대도 독립군 포위망 속으로 깊숙이 들어왔다. 그제야 홍범도 장군은 일제 공격을 알리는 신호탄을 발사했다.

이 신호탄에 맞춰 삼면 고지와 산기슭에 매복하고 있었던 독립군들의 총부리는 일제히 불을 뿜었다. 뜻밖에 기습공격을 받은 일본군 월강추격대대 병력들은 필사적으로 독립군 매복지로 돌격해 왔다. 하지만 유리한 지형을 미리 차지한 독립군의 집중사격과 수류탄 투척으로 일본군 월강추격대대는 독 안에 든 쥐 꼴로 시간이 갈수록 사상자만 속출할 뿐이었다. 그들은 독립군 포위망 속에서 3시간 남짓 버텼으나 계속 사상자만 늘어나자 더 이상 전투는 무모했음을 알아차리고는 일제히 후퇴하기 시작했다. 그러자 독립군 제2중대장 강상모는 자기 부대를 이끌고 도주하는 적을 추격하여 잔적을 모조리 소탕했다. 이 봉오동전투에서 독립군은 일본군 월강 추격대 1백여 명을 살상시켰다. 이 봉오동전투는 우리 독립군에게는 통쾌한 대일독립전쟁 첫 승첩이었다.

일제는 봉오동전투에서 참패한 뒤, 그 보복으로 1920년 8월에 '간도지방 불령선인초토계획(不逞鮮人剿討計劃)'을 수립하였다. 이 계획에 따라 일제는 함경북도 나남 주둔 일본군 제19사단을 중심으로 대규모 병력을 출동할 수 있는 만반의 준비를 갖춰 놓았다. 하지만 간도 출병에 따른 국제적 비난과 그들의 불법성을 은폐할 적당한 구실과 명분이 없었다. 그러자 일제는 그해 10월 이른바 '훈춘(琿春)사건'을 조작하여 이를 빌미로 만주 침략의 발판으로 삼았다. 훈춘은 지린성 연변조선족자치주 동부에 위치한 국경도시로 용정의 3·13 만세운동에 이어 3월 20일 이곳 동포들이 대대적인 만세운동을 일으킨 항일 거점도시였다.

훈춘사건은 일제가 사전에 치밀하게 공작했다. 일제는 장강호(長江好)라는 중국 마적 두목을 매수하여 그에게 무기를 빌려 준 뒤, 1920년 10월 2일 새벽에 훈춘성을 기습 공격케 했다. 400여 명의 장강호 마적단은 중국군 70명과 조선족 7명을 살해하고, 일본영사관에까지 불을 지르고 일본인 부녀자 9명도 살해했다. 일제는 이를 빌미로 비상대기 중인 그들 동지대(東支隊) 병력을 사건 당일 간도지역에 긴급 투입시켰다. 이들은 중국 당국과도 사전교섭이나 연락도 없었다. 일본군의 작전 주목적은 단지 조선의 독립군을 완전히 뿌리 뽑는 데 있었다.

이러한 일제의 작전을 미리 감지한 조선독립군단은 중국 측과 타협하여 일제와 정면충돌을 피하고자 새로운 근거지를 찾아 나섰다. 이들의 최종 목적지는 백두산 밀림지대였다. 이곳은 독립군이 국경을 넘어 국내진공작전을 펼 수 있는 가까운 지리적 이점과 아울러 험준한 산세에다 삼림이 울창한 천연 요새지로 독립군이 은폐하는 데 유리하기 때문이었다.

이에 독립군이 백두산 밀림지대로 진군하는 도중, 1920년 10월 독립군을 토벌하고자 간도에 침입한 일본군과 조우하여 청산리, 어랑촌 일대에서 10여 차례 크고 작은 전투를 벌였다. 이 청산리전투는 이 일대의 백운평(白雲坪)전투·천수평(泉水坪)전투·어랑촌(漁郞村)전투·완루구(完樓溝)전투·고동하(古洞河)전투 등 1920년 10월 21일부터 10월 26일까지 있었던 조선 독립군과 일본 토벌대 간 10여 차례의 전투를 모두 일컫는다.

우리 독립군 부대가 이 청산리전투에서 일본군을 물리칠 수 있었던 것은 김좌진, 홍범도, 이범석 등과 같은 불세출의 용장 때문이었다. 또한 그에 못지않게 이들 전투지 인근에서 독립군에게 밥을 지어 주고, 군복을 만들어 주고, 목숨을 걸고 일본군의 이동 정보를 알려 준 동포들의 헌신과 희생이 뒤따랐기 때문이다. 1920년 당시 청산리 전적지 백운평 마을에서 살았던 조봉춘 씨는 훗날 다음과 같은 증언을 남겼다.

> 청산리전투가 일어난 날 아침, 백운평 마을 사람들은 독립군들에게 밥을 해서 날라다 주었다. 그 전투에서 참패하고 내려오던 일본군 패잔병들은 이 마을을 덮쳐 주민들에게 무참히 보복했다. 이들은 온 마을의 사람들을 한곳에 세워다 놓고, 그 중 남자들이라면 젖먹이 아이들까지 모조리 학살하여 불태워 버렸다. 이 마을 주민 중에서 단 한 사내만 살아났는데, 그는 여자 옷차림으로 변장해서 간신히 죽음을 모면했다고 한다.[5]

우리 독립군단은 1919년 3·1운동 이후, 중국 서북간도를 비롯한 동삼성, 러시아 연해주 일대에서 활발한 항일운동을 벌였다. 그러자 일제는 이를 저지 토벌코자 수단 방법을 가리지 않았다. 그들은 조선총독부 경무국 소속 전투경찰을 만주 각지에 소속한 영사관에 대거 투입시켰다. 그들은 남의 나라 주권도 무시한 채, 조선 독립군과 항일단체 간부들을 검거 색출하여 무차별 사살했다. 중국 관헌이 이를 항의하자 일제는 그들을 회유하거나 협박하여 '중일 합동수색'이란 이름으로 이후 독립군에게 무차별 탄압을 자행했다.

다행히 중국 관헌 중에는 조선 독립군을 동정하거나 지지하는 인물도 상당수 있었기에 일제의 토벌작전은 차질을 빚었다. 그러자 일제는 자기네 군경을 직접 간도에 투입하여 조선 독립군과 항일단체를 발본색원하려는 대규모 토벌작전계획을 세웠다. 이러한 일제의 작전계획은 조선

---

5. 강용권, 『죽은 자의 숨결 산 자의 발길』(하), 269쪽.

독립군에게 큰 타격을 줄 뿐만 아니라, 장차 그들이 만주침략의 교두보로 삼으려는 일석이조의 효과도 노렸다.

경신참변

1920년 10월, 일본군은 이른바 '경신참변'을 일으켰다. 그들은 봉오동·청산리전투 등에서 조선 독립군의 초멸(剿滅, 토벌)작전이 실패로 돌아가자 독립군의 활동기반을 발본색원키 위한 근원적인 대토벌작전을 전개했다. 그들은 조선인 사회에 잔혹한 탄압을 가하는 동시에 독립군의 모체인 항일단체·학교·교회 등에 대한 초토화 작전을 감행했다. 일본군은 무고한 조선인 학살과 조선인 마을에 불을 지르는 만행도 서슴없이 저질렀다. 일본군은 서간도, 북간도 전역의 조선인 부락을 구석구석 습격하여 방화할 뿐 아니라, 그들 마음대로 불령선인(不逞鮮人, 불온하고 불량한 조선사람)으로 지목하여 무장치 않은 조선인조차 참살하기도 했다.

유하현 삼원포에 살았던 일송 김동삼 동생 김동만은 당시 삼광중학교 교장이었다. 그는 일본군 토벌대가 삼원포로 쳐들어온다는 소식을 듣고 마을 청년들과 산으로 피했다. 경신년(1920년) 11월 5일 첫눈이 내려 산에서 떨다가 더 이상 견딜 수 없어 몰래 마을로 내려왔다. 이를 탐지한 일본군 기마대는 그날 한밤중에 조선인 마을을 덮쳐 40명쯤 체포해 갔다. 일본군 기마대는 주민들에게 본보기로 체포한 40명 가운데 두 청년을 말꼬리에 달아 끌고 다니는 만행으로 그들을 타박상으로 죽게 만들었다.

이런 참상에 노약자와 여자 중에는 기절해 넘어지거나 너무 끔찍하고 잔인한 참상에 놀라 대부분 동포들은 넋이 나간 채 울음소리도 내지 못했다. 일본군 토벌대는 나머지 사람 중 독립군 가담 여부를 조사한 뒤 그 가운데 12명을 가려냈다. 그런 뒤 고문을 가하며 자취를 감춘 독립군의 행방을 묻다가 다시 12명을 말꼬리에 달고 삼원포에서 만리고로 가는 왕굴령이라는 고개 밑으로 끌고 가 모두 총살했다. 그런 다음 죽은 시체는 그냥 두지 않고 일본도로 목을 쳤다. 그때 여덟 살이었던 김동만 아들의 증언이다.

"그때 나는 어머니를 따라 아버지 시체를 찾으러 갔다. 그때 본 무섭고도 참혹한 광경은 내 머릿속에 또렷이 각인되어 영원히 잊을 수 없다."

경신참변으로 조선인들의 피해는 엄청났다. 임시정부 간도파견원이 보고에 따르면 1920년 10월, 11월 두 달간 피해만 해도 인명 피살 3천6백여 명, 체포 150여 명, 불에 태워진 집 3천5백여 동, 그밖에 학교 59개교, 교회 19개, 곡물 5만 9천여 석이 불타 버렸다. 당시 이러한 참상을 목격한 한 미국인 선교사는 "피에 젖은 만주 땅이 바로 저주받을 인간사의 한 페이지"라고 탄식했다.

1920년 10월부터 시작한 일본군의 경신만행은 그해 12월 말까지 3개월간 집중적으로 저질렀다. 그 이후에도 잔류 부대가 남아 이듬해 5월 말까지 이어졌다. 이와 같은 참변은 일본군 토벌대가 북간도 전역에서만 자행된 것이 아니었다. 그 이전 서간도 지방에서도 '중일 합동수색'이라는 이름으로 1920년 5월부터 자행되었다. 그러자 조선 독립군 단체는 1920년 연말에 국경지대인 밀산으로 이동하여 흑룡강을 건너 연해주까지 이동했다. 이곳으로 이주한 조선 독립군은 소련 적군(공산군) 소속 한인 부대장을 통해 군사훈련에 대한 도움과 무기 공급협정에 따라 무기를 공급받는 등, 한동안 우호관계를 유지했다. 이에 일제는 강력한 대소 외교공세를 벌여 소련 정부에 독립군의 무장해제를 요구했다.

그 무렵 소련은 내란 발생으로 정세가 불안해지자 1921년 6월 22일 자유시에 주둔한 조선 독립군에게 무장해제를 내리는 동시에, 이에 저항하는 조선 독립군을 공격했다. 조선 독립군으로서는 '여우를 피해 호랑이를 만난 격'으로, 이 자유시참변으로 거의 궤멸당하는 수난을 겪었다. 그로 인해 만주와 연해주 일대의 항일무장 독립투쟁은 현저히 약화될 수밖에 없었다.

경신년 그해는 심한 가뭄으로 씨도 뿌리지 못한 데다가 설상가상 일제 토벌대가 서북간도 일대를 휩쓸자 그곳에 살았던 독립지사들을 비롯한 조선 이주민들은 산지사방으로 흩어졌다. 그 무렵 삼원포에 정착했던 서울의 우당, 경북 안동의 석주와 일송, 그리고 구미 임은 허씨 가족단은 일제의 토벌대를 피해 또다시 목숨을 부지코자 뿔뿔이 흩어졌다. 그들은 경신참변으로 일제의 탄압이 가장 심한 봉천성을 일단 벗어나고자 지린성 오상현, 헤이룽장성 영안현의 철령하 등, 발길 닿는 대로 떠났다.

일제와 장쭤린 군벌은 1909년 간도협약에 이어 1915년 이른바 '만몽(滿蒙)조약'을 체결했다. 그 결과 일제는 중국에 귀화한 조선인조차도 일본의 신민이라고 간주했다. 그래서 일본은 조선인의 중국 귀화를 인정치 않았으며, 만주 전역에서 그들의 영사재판권을 행사하려고 시도했다. 그러자 만주에 있는 이주 조선인들은 이중국적 문제로 골치를 썩였으며, 한때는 중국과 일본의 대립으로 무국적의 혼란 상태에 빠지기도 했다. 일본에게 나라를 빼앗긴 조선 백성들은 국내뿐 아니라, 국외에서도 망국인으로서 이래저래 죽을 지경이었다. 조선의 이주민 가운데 일제에 굴복치 않은 이들은 마치 맹수에게 쫓기는 누 떼처럼 구차한 목숨을 부지하고자 대륙 곳곳으로 유랑할 수밖에 없었다.

허형식 가족은 1915년 봄, 고국을 떠나 다황거우에서 짐을 풀었으나 풍토병으로 형 보(堡)를 잃고, 다시 진두허로 이사했다. 하지만 거기서 마적 떼의 습격을 받아 다시 독립지사들이 옹기종기 몰려 사는 삼원포로 이주했다. 그곳에서 한동안 안정된 삶을 누렸으나 거기서도 일본군의 토벌작전에 다시 괴나리봇짐을 쌌다.

1920년 경신년 그해 겨울, 삼원포에서 살았던 임은 허씨들은 일제의 경신토벌로 또다시 괴나리봇짐을 쌀 수밖에 없었다. 허형식네는 마칠봉 가족과 함께 풍문에 조선인이 많이 산다는 개원현 이가태자로, 큰집은 영안현 철령허로 떠났다. 그때 형식은 12세였고, 삼옥은 14세였다.

어느새 청송령 하현달은 동녘 하늘에서 중천으로 스멀스멀 옮아가고 있었다. 그새 자정을 넘긴 듯했다. 그때까지 옆자리에 누운 왕조경과 진운상은 눈을 껌뻑거리며 허 군장의 얘기에 귀를 기울이고 있었다. 왕조경이 오랜 침묵을 깨며 말했다.

"지난 삶이 파란만장하셨군요."

허형식은 말없이 고개를 끄덕이며 말했다.

"나만 그런 게 아니라네."

진운상은 그제야 졸린 지 하품을 한 뒤 말했다.

"군장님! 날이 새면 갈 길이 멉니다."

"그렇군. 그럼 이제 그만 자세."

그러자 왕조경은 허 군장의 나머지 얘기를 다 듣지 못한 게 아쉬운 듯 말했다.

"나머지 얘기는 내일 아침 드실 때 들려주십시오."

"그러세."

허 군장은 자기 배낭을 베개 삼아 자리에 누웠다. 진운상, 왕조경 두 경위원도 허 군장 곁에 나란히 누었다. 두 사람은 곧장 잠이 들었다.

헤이룽장성 경안현 청송령 계곡의 여름밤은 그렇게 쉬엄쉬엄 깊어만 갔다. 하지만 형식은 그날따라 왠지 잠을 이룰 수 없었다.

제4장
항일전사가 되다

이가태자

　만주는 10월 하순이면 조선의 한겨울 못지않게 추웠다. 허필, 마칠봉 두 가족은 부부는 물론 아이들마저도 가재도구를 지거나 머리에 이고 삼원포를 떠났다. 허씨 일행은 일제의 탄압과 압박에 워낙 다급하여 다른 일가들과 서로 부여잡고 눈물을 흘리며 작별할 여유조차 없었다. 허씨, 마씨 두 가족은 삼원포를 떠난 이후 걷기도 하고, 도중에 마차도 타거나 철도가 있는 곳에서는 열차도 탔다. 그들은 조선 사람이 많다는 소문을 듣고 나흘 동안 천신만고 헤맨 끝에 찾아간 곳은 랴오닝성 개원현(開原縣) 이가태자(李家台子)였다. 두 가족은 우선 살길이 막막하여 중국인 지주 펑따롱(馮大龍)을 찾아가 살 수 있는 방도를 사정했다. 그때는 이미 겨울철이라 새로 집을 지을 수도 없자 펑은 임시로 자기네 옥수수 창고를 내주었다.
　중국인들은 예로부터 "왕꼬누는 상갓집 개만도 못하다(亡國奴不如喪家之犬)"라고 했다. '왕꼬누'는 '망국노(亡國奴)'라는 중국말로 나라가 망해서 여기저기 떠돌아다니는 노예라는 뜻이었다. 그 무렵 조선 망명객들은 대부분 거지 가운데 상거지였다. 지주 펑(馮)은 묻지 않고도 두 가족이 조선에서 일본에게 쫓겨 자기 고장으로 피신해 온 줄을 환히 꿰뚫고 있었다. 이미 그런 조선인들이 개원현 이가태자에도 많이 몰려와 살고 있었기 때문이다. 그는 능글맞은 미소를 지으며 두 가족을 맞았다. 허필과 마 서방은 지주의 미소가 어쩐지 기분 나빴지만 다른 선택의 여지가 없었다.

그 무렵 일제와 만주의 군벌정부는 미쓰야(三矢)협정을 맺었다. 1925년 6월에 체결된 이 협정은 일제 조선총독부 미쓰야 미야마스(三矢宮松)와 만주 봉천성 우진(宇珍)과의 사이에 비밀리 체결된 것으로, 일제와 만주 군벌정부는 공동전선으로 조선 독립군을 토벌하고 체포된 독립군은 일본 측에 인도한다는 내용이었다.

이 협정에는 만주 군벌정부는 불령선인(不逞鮮人)을 체포하면 반드시 일본 영사관에 인계토록 되어 있었다. 일본 영사관에서는 이를 인계받은 대가로 상당한 포상금을 지불하되 그 일부는, 체포한 관리에게 줄 것을 규정하고 있었다. 이 협정으로 만주 군벌들은 조선독립군뿐 아니라, 그들 눈 밖에 난 이주민들도 불령선인으로 체포하여 일본 영사관에 넘기기도 했다. 게다가 그즈음에는 '중일합동수색'이란 이름으로 만주 군벌정부는 조선 이주민들을 바짝 옥죄던 때였다. 이 모든 것을 알고 있는 펑에게 허필과 마칠봉 가족은 폭설에 먹이를 찾아 품 안에 날아든 참새나 다름이 없었다. 두 가족은 엄동설한에 속수무책으로 단지 그의 자비를 바랄 뿐이었다.

1920년대 만주의 조선인들은 대다수가 소작농, 혹은 반 소작농이었다. 두 가족은 고국을 떠나온 지 이미 오래되었고, 게다가 그동안 풍토병 등으로 저축은커녕 수중에는 돈이 거의 없었다. 그래서 두 집은 그곳에서도 소작농일 수밖에 없었다. 그 당시 봉천성 일대의 소작료는 추수 후 지주가 70퍼센트, 소작인이 30퍼센트로 나눠 갖는 게 대체적이었으며, 지질이 나쁜 곳은 5대 5, 또는 4대 6의 비율로 나눠 가졌다.

여기에다가 소작인들은 만주 군벌정부의 가혹한 가렴잡세도 부담해야 했다. 군벌정부가 농촌에서 거둬들인 각종 공과금은 가축세, 도살세, 부동산세, 연통세, 문턱세, 관아출입세, 비적토벌세, 문패세, 이주세, 결혼세, 입학세, 졸업세, 수리세, 입적비… 등등 별별 이름을 다붙인 살인적 과세로 조선 농민들을 마냥 괴롭혔다. 게다가 고리대업자들의 착취가 매우 심하여, 조선 농민들은 한 번 그들에게 돈을 꾸면 이를 상환하기가 매우 힘들었다.

그 무렵 일본인이나 부일(附日, 친일) 조선인 고리대부업자들은 매월 이자가 최저가 3푼 내지 보통 4푼, 최고가 5푼으로 100원의 1년 이자는 보통 48-60원이었다. 더욱이 중국인 지주가 조선 농민에게 대여하는 고리대 이자는 이보다 훨씬 높아 100원을 1년 빌리면 60-72원이었다. 그런데 민간에서 통용되는 고리대 상환기간은 보통 1-6개월로, 1년을 초과하지 못했다. 소작농민들은 돈을 빌리려면 토지나 가옥, 또는 수확물을 담보로 하였는데, 기한 내 갚지 못하면 이들 담보물을 압수당했다.

일본의 동양척식회사 자금은 조선에 이어 만주에도 흘러들어와 이주 조선 농민들은 그 고리대의 올가미에 걸려들었다. 그들의 고리대를 빌리면 이주 농민들은 가을에 소작료를 바친 나머지로 본전과 이자를 갚아야 했다. 그런 뒤 간신히 긴 겨울을 나면 봄에는 양식도, 영농비도 떨어져 다시 고리대를 빌려 쓰지 않을 수 없는 악순환의 반복이었다. 만일 조선 농민들이 그해 빚을 갚지 못하면 이자에 이자가 붙었다. 그래서 조선 농민들은 눈덩이처럼 불어난 원금과 이자를 도저히 갚을 수 없게 되면 파산에 이르렀다. 그런 조선 농민들은 하는 수 없이 아내와 자식을 중국인 지주나 자본가의 종이나 첩으로 빼앗기는 일까지 일어났다. 게다가 치안마저 불안정하여 조선인 주거 지역에는 수시로 마적 떼들이 욱실거려 일 년 내 피땀 흘려 지은 농사도 하룻밤 사이 다 털리는 집도 있었다.

만주의 겨울은 길었다. 1년의 반은 겨울이었다. 10월 하순부터 날씨가 추워져 땅이 얼면 이듬해 4월이 되어야 비로소 녹기 시작했다. 해동이 되면 곧장 파종의 시기로 농사꾼들은 농사일을 부쩍 서둘러야 했다. 하지만 그 무렵에도 추위가 가시지 않아 무논에는 얕은 얼음이 얼었다. 소작인들은 그 찬 논을 맨발로 갈고 써레질을 한 뒤 모판을 냈다.

허필과 마칠봉은 중국인 지주 펑따롱을 찾아가 첫 해는 5정보의 땅을 빌렸다. 그 가운데 마칠봉은 4정보를, 허필은 1정보를 농사지었다. 허필은 이기태자에서도 고향의 금오산에서 이름을 딴 '금오약방'이라는 한의원 간판을 달았기 때문에 약방을 지켰고, 농사는 주로 부인과 아이들 몫이었다. 그마저도 힘든 일은 대부분 마칠봉이 맡아 주었다.

그들 두 가구가 지주 펑(馮)에게 빌린 땅은 우거진 원시림 산비탈로 불을 놓아 화전을 이룬 후 감자, 옥수수, 보리, 메밀 등을 심었다. 첫해는 봄 가뭄으로 감자와 보리는 절반밖에 심지 못했다. 나머지 땅에는 메밀과 옥수수를 심었다. 파종을 끝낸 뒤는 서둘러 집을 지었다. 형식네 집은 한의원이기에 중국인 마을 곁에다가, 마 서방네는 농지가 있는 산비탈에다 집을 지었다. 집은 화전을 가꾸느라 벤 나무를 우물 '정(井)'자로 쌓은 다음, 지붕은 서까래를 얹은 뒤 돌이끼로 덮었다. 그런 집을 '틀방집'이라고 했다.

허필의 부인 성주댁과 형식은 마 서방에게 농사짓는 법을 배워 가며 소작지에다 씨앗을 뿌리고 작물을 가꿨다. 그해는 가뭄이 몹시 심해 주식인 감자와 보리농사는 시원치 않았으나 옥수수와 메밀은 비교적 잘되었다. 추수 후 지주 펑에게 소작료를 주고 나자 1년 양식의 절반 이상은 부족했다. 형식네는 허필의 약방 수입으로 간신히 생계를 이어갈 수 있었지만, 마 서방네는 지주 펑에게 양식으로 부족한 양을 1년 장리로 빌리지 않을 수 없었다.

농한기인 겨울철로 접어든 뒤 형식과 삼옥은 중국인 학교에 다녔다. 가까운 곳에 마땅한 조선인 학교도 없었을 뿐더러, 중국 땅에서 살아가자면 가장 먼저 중국말과 글을 배우는 게 필수적이었기 때문이다. 허필은 아들 형식이 학교에 갈 때마다 단단히 일렀다.

"우야든동 중국 애들 하고 사이좋게 지내라. 지금 우리 조선 사람들은 그들의 땅에 얹혀살고 있는 기다."

"예, 아부지. 걱정 마이소."

그런데 중국 애들은 함께 잘 놀다가도 저희들이 불리하다 싶으면 조선 아이들에게 "꺼우리!" "왕꼬누!"라고 마냥 놀렸다. 한두 번은 참았지만 그런 일이 거듭 되자 같은 조선 아이들은 서로 뭉쳐 그들과 집단 패싸움을 했다. 그럴 때마다 형식은 앞장서서 중국인 아이들을 실컷 패 주었다. 그리하여 심하게 다친 애들은 부모를 앞세우고 형식 집으로 쳐들어왔다. 그들 부모는 조선인들이 남의 나라에 들어와 건방지게 귀한 자식을 때렸다고 당장 자기네 마을에서 떠나라고 윽박질렀다. 그럴 때마다 형식 부모는 중국인 부모에게 싹싹 빌었다. 그들이 떠나면 아버지 허필은 회초리로 형식의 종아리를 마구 쳤다.

"우리 조선 사람은 나라를 빼앗긴 망국민이다. 망국인은 걸배이(거지) 중에 상 걸배이인 기라. 중국 애들이 '왕꼬누'라고 한 말은 틀린 게 아이다(아니다). 그저 중국인 애들 비위를 맞춰 가며 꾹 참고 지내야 이 땅에서 이나마 빌붙어 살 수 있데이."

그럴 때면 형식의 어머니 성주댁은 앞치마로 얼굴을 가리고 흐느꼈다. 그런 일 후 형식은 중국 애들 때문에 속상한 일이 있어도 꾹 참고 지냈다.

"아는 게 힘이다. 우리 조선이 망한 것은 첫째도, 둘째도 무지하고 무식해서 그랬다. 서양놈들이나 왜놈들은 기선이나 기차, 도락구(트럭)을 타고 오대양 육대주를 누비는데, 우리는 고작 돛단배나 달구지를 타고 다녔으니 그놈들과는 상대가 안 되는 기라. 우야든동 많이 배워야 우리 조선 사람이 그놈들을 따라 잡을 수도 있고, 조선 독립도 이룰 수 있데이."

허필은 두 아들, 형식과 규식에게 틈틈이 담금질했다. 사실 형식은 어려서부터 공부를 게을리 했다. 허필은 처음에는 형식에게 공부를 시키고자 바짝 닦달하다가 워낙 공부를 등한시하자 그만 두 손을 들고 말았다. 다행히 큰아들 보(堡)는 그런대로 공부하기에 둘째 형식은 농사꾼으로 만들고자 내버려 뒀다. 하지만 만주로 온 뒤, 더욱이 큰아들 보를 수토병으로 잃게 되자 허필은 그때부터 형식을 다시 다그쳤다. 때마침 형식도 만주로 온 다음부터는 뒤늦게야 공부에 흥미를 갖기 시작하여 어느새 중국말은 본토 아이들처럼 익숙해 갔다.

어느 하루 형식은 학교에서 집으로 돌아오는데 산 계곡 쪽에서 여자의 비명이 들렸다. 형식이 귀를 기울이자 분명 삼옥의 비명이었다. 형식은 책보를 던지고 소리가 난 곳으로 달려갔다. 같은 반 중국아이 마오시옹(毛雄)이라는 녀석이 삼옥을 겁탈하려던 찰나였다. 순간 형식은 눈에 보이는 게 없었다. 형식은 바지를 벗고 추행하던 마오를 곧장 일으켜 세운 뒤 그를 곤죽이 되도록 패주었다.

　이튿날 마오 부모는 매를 맞아 퉁퉁 얼굴이 부은 아들을 데리고 형식 집으로 찾아왔다. 마오는 눈덩이도 엉망이 되었고, 콧등도 무너져 내려 있었다. 형식 부모는 손발이 닳도록 빌었고, 그동안 약방으로 벌어 모아 둔 돈을 모두 꺼내 위로금으로 건넸다. 그 일로 형식은 더 이상 중국인 학교를 다닐 수 없었다. 그러자 삼옥도 학교를 그만두었다.

　그해 가을 마 서방네는 소출이 형편없었다. 일 년 내내 가뭄도 심했을 뿐더러, 아내 사곡댁이 또다시 풍토병에 걸려 농사일에 전념치 못한 탓이었다.
　마 서방은 추수 후 빈 손으로 지주 펑따롱을 찾아가 한 해만 더 봐 달라고 사정했다. 하지만 펑은 안 된다고 딱 잘랐다. 그 다음 날 마 서방은 다시 지주 펑에게 찾아가 무릎을 꿇고 살려달라고 애원했으나 요지부동이었다. 마침내 펑은 최후통첩을 했다.
　"난 네 말을 믿을 수 없다. 네가 소작료와 그 이자를 다 갚을 때까지 네 딸을 내 집 하녀로 쓰겠다. 내일 당장 소작료와 이자를 갚지 못하면 네 딸을 데려오라. 여길 오면 네 집과는 달리 모든 것이 풍부할 것이다. 그게 너와 네 딸을 위한 길이다."
　마 서방은 집에 돌아온 뒤 차마 그 말을 가족에게 할 수가 없었다. 그는 집으로 돌아온 뒤 몸져누웠다. 마 서방은 허필 내외에게도 그런 말을 하지 않고 혼자 끙끙 앓기만 했다. 사흘 후 지주 펑은 마적 두목을 앞세우고 마 서방 집에 나타났다. 그는 의금부 도사처럼 마 서방 내외를 자기 앞에 꿇어앉힌 뒤 소작료와 이자를 당장 갚으라고 윽박지르며 말했다.

"우리 중국사람, 신용 없는 조선 사람은 상대 안 해. 지금 당장 소작료와 이자를 갚지 않으면 그 대신 내가 네 딸을 데리고 가겠다. 언제든지 네가 소작료와 그 이자를 다 갚으면 네 딸을 즉시 돌려주겠다."

그는 최후통첩을 한 뒤 마적 두목과 함께 울부짖는 삼옥의 팔다리를 꽁꽁 묶어 자기 말에 태운 뒤 유유히 사라졌다. 형식은 그 소식을 그날 밤에야 들었다. 그는 그날 밤을 꼬박 새웠다. 이튿날 아침, 형식은 지주 펑의 집으로 갔다. 그 집 대문을 두드리자 하인이 나타났다.

"대체 웬 놈이냐?"

"나는 조선인 허형식이다."

"무슨 일로 왔나?"

"너의 주인이 조선여인을 불법감금하고 있다."

"그런 일이 없다. 그 여인은 소작료와 이자를 갚지 못하자 그 대신에 우리가 임시 보호하고 있다."

"아니다. 너의 주인을 만나게 해 달라."

하인은 집안으로 들어가더니 한참 후 나타났다.

"소작료와 이자를 가지고 왔느냐?"

그 말에 형식은 대꾸를 하지 못했다.

"주인은 네가 빈손으로 왔다면 만나지 않겠다고 한다. 네가 돈을 가지고 오면 곧장 그 여인을 돌려보내 줄 것이다. 억울하면 관가로 가라."

그 말과 함께 대문이 '꽝' 닫혔다.

형식은 다음 날도 찾아갔으나 똑같은 일이 반복되었다. 그렇게 며칠을 찾아가 대문을 두드렸으나 이후에는 집 안에서 하인조차도 나타나지 않았다. 허형식은 개원현 지방정부로 찾아가 관리들에게 그런 사실을 고발했다. 하지만 관리들의 반응은 시큰둥했다.

"너희 조선인들은 남에 나라에 와서 살면 그 나라 법과 규칙을 따라야 한다. 너희 조선인들이 오죽이나 식언을 했으면 그가 그런 조치를 했겠느냐? 그런 조선인들의 진정은 한두 건도 아니다. 그리고 그건 어디까지나 당사자들이 해결할 민사 문제다. 그게 억울하면 너희 나라로 돌아가라."

형식은 관가에서 별다른 소득이 없이 돌아왔다. '억울하면 너희 나라로 돌아가라'는 말에 분통이 터졌지만 어쩔 수 없이 참아야 했다. 만주 군벌정부는 만주인 편이었지 결코 조선인 편은 아니었다. 게다가 펑가는 관가와 잘 통하는 지역 토호였다.

어느 하루는 형식은 좀 심하게 펑의 집 대문을 두드리며 삼옥을 불렀더니 하인들이 나와 형식을 붙잡은 뒤 다짜고짜로 대문기둥에다 밧줄로 묶고 몽둥이로 복날 개 패듯이 매질을 했다. 형식은 그 매에 못 이겨 기절하고 말았다.

한참 후 찬물을 뒤집어 쓴 채 형식 조금 정신을 차리자 그때까지 그의 사지는 밧줄로 묶여 있었다. 곧 펑가란 놈이 빙그레 미소를 지으며 나타났다.

"쉬지아(許家), 소작료와 이자는?"

"……."

"우리 중국 사람은 돈을 소중히 해. '차라리 목숨을 버릴지언정 돈을 놓치지 말라(寧捨命 不捨錢)'고 해. 우리 속담 한 가지 더 들려줄게. '우리 사람 돈을 가지고 있으면 귀신도 부릴 수 있다(錢可通神)'고 해. 네 놈이 돈을 가지고 오면 언제든지 조선 계집은 돌려보내 주겠다."

"수전노 새끼!"

허형식은 온몸이 묶인 채 펑가를 향해 침을 뱉었다. 그러자 펑가는 씽

굿 비웃으며 허형식을 조롱했다.

"그래, 난 수전노다. 하지만 이 세상 어디를 가도 거지는 부자들에게 고용당하기 마련이고, 노예가 되기 마련이다. 앞으로 한 번만 더 빈손으로 와서 내 집 대문을 두드리면 아예 너조차도 우리 집 하인으로 만들어 버리겠다."

"이 더러운 되놈의 새끼!"

펑가는 그 말에도 조금의 표정 변화도 없이 하인들에게 유들유들하게 말했다.

"저 꺼우리 놈이 다시 입을 열지 못하도록 혼내 준 뒤 제 집으로 데려다 줘라."

그 말이 떨어지자 대여섯 명의 하인들은 펑가에게 굽실거리며 고개를 끄떡였다. 펑가가 내실로 돌아가자 하인들은 곧장 몽둥이를 들고 다시 허형식을 패기 시작했다. 형식이 매를 흠씬 맞고 퍼더러 기절하자 그제야 하인들은 밧줄을 풀어 마차에 싣고는 금오약국 문 앞에 내려놓고 유유히 사라졌다.

이튿날 늦은 아침, 펑(馮)가네 마차에는 삼옥이 흰 천을 뒤집어 쓴 채 본가로 돌아왔다. 하인은 지주 펑의 말을 전했다.

"마철봉의 지난 해 소작료와 그 이자는 이제 갚지 않아도 좋다."

그게 삼옥의 죽음에 대한 위자료였다. 그 전날 형식이 펑가네 하인들에게 흠씬 두들겨 맞고 돌아간 날 밤 삼옥은 지주 펑에게 끝내 겁탈을 당했다. 그러자 이튿날 새벽 삼옥은 그가 잠자던 방에서 몰래 빠져나와 대청 대들보에다 목을 맸다.

형식은 삼옥의 시신을 보자 눈이 뒤집어져 그 길로 펑가네 집으로 달려갔으나 하인들에게 붙들려 또다시 초주검이 되어 돌아왔다. 조선인 이주자들은 대부분 펑가의 땅을 소작했기에 모두들 가슴만 쓸어내렸다.

마 서방네는 삼옥의 장례를 치렀다. 삼옥의 장례는 마 서방네 가족과 허필의 가족, 그리고 그 마을에 사는 조선인 이주자들 몇 사람이 모여 뒷산 기슭에 묻었다. 하지만 형식은 매 맞은 후유증으로 일어날 수가 없어 삼옥의 장례식에는 참례치 못했다. 형식은 삼옥의 장사를 지낸 보름 후에야 간신히 일어났다. 곧장 형식은 삼옥의 무덤에 가서 대성통곡을 하면서 복수의 칼을 갈았다.

"내는 니를 지켜주지 못했데이. 내 우야든동 니 원수를 꼭 갚아 줄 끼다."

형식은 그날부터 날마다 숨어서 지주 펑이 혼자 나들이 하는 걸 노렸다. 여러 날 잠복하며 노린 끝에 마침내 한 달이 지난 어느 하루 복수할 기회가 왔다.

그날 펑은 혼자 그가 가장 아끼는 갈색 말을 타고 나들이를 하고자 동구 밖을 벗어나고 있었다. 아마도 오랜만에 유곽으로 가는 모양이었다. 마침 산기슭 모퉁이를 몰래 지키고 있던 형식은 고무새총을 꺼내 펑이 탄 갈색 말의 눈을 정조준 하여 세게 당겼다. 새총의 돌멩이는 휙 날아가 말의 왼쪽 눈동자를 정통으로 맞혔다. 그러자 말은 갑자기 펄쩍 펄쩍 뛰어오르더니 주인도 팽개친 채 저 혼자 달아났다. 형식은 말안장에서 떨어진 펑에게 달려가 가슴 깊이 숨겨둔 칼을 뽑아 펑의 엉덩이를 마구 찔렀다.

"네 이놈! 너는 장차 내 색시를 죽였어. 너도 죽어라! 이 악질 지주놈아!"

그러자 펑가는 피투성이가 된 채 살려 달라고 두 손으로 싹싹 빌었다. 형식은 펑의 목을 칼로 찌르려다가 문득 부모의 얼굴이 떠올랐다. 형식은 계속 살려달라고 싹싹 비는 펑을 마구 발길질한 뒤 집으로 돌아와 그 자초지종을 아버지에게 말씀드렸다.

"곧장 큰집으로 가거라."

아버지 허필은 딱 한마디 한 뒤 약제함에 있는 비상금을 몽땅 꺼내 주었다. 형식의 큰집은 영안현 철령허에 있었다. 형식은 아버지가 준 비상금과 큰집에서 부쳐 온 편지 봉투를 품에 넣은 뒤 지체하지 않고 그 길로 이가태자를 떠났다. 형식은 도보로, 마차로, 열차로, 이가태자에서 영안현까지 천 리가 넘는 그 먼 길을 물어물어 큰집을 찾아갔다.

형식의 큰집 허발 형은 철령허 정거장 가까운 곳에서 한약방을 하고 있었다. 허발은 형식과 같은 항렬이지만 나이 차가 서른일곱이나 되는 아재비 뻘이었다. 형식은 큰집에 도착한 뒤 형 허발의 주선으로 영안현에 있는 조선인 중학교에 다니게 되었다.

핏빛 이주사

조선인들의 중국 동북(만주) 이주사는 핏빛으로 얼룩졌다. 조선인들의 이주 시기는 크게 제3기로 나눌 수 있다.

제1기는 19세기 중엽부터 19세기 말까지로 그 시기 이주는 주로 흉작에 따른 가난과 탐관오리들의 폭정 때문이었다. 만주지방은 10세기 초까지 고구려와 발해의 옛 땅으로 선조들의 활동 영역이었다. 그래서 명(明)나라 말엽까지는 국경문제로 중국과 분쟁을 일으킨 일은 거의 없었다. 그러나 명나라가 망하고 청(淸)나라가 들어선 이후부터 그들은 봉금정책(封政策)[6]을 써서 조선인의 이주를 엄금하는 조치를 내렸다. 하지만

---

6. 이 봉금정책은 한족들의 동북 이주와 조선인들이 도강을 막고자 쓴 정책이었다. 청은 이곳을 자기네 발상지라고 주장하며 만족(滿族)의 풍속을 유지하고, 백두산 일대를 보

조선 북부의 변방인들은 이를 어기고 몰래 국경을 넘어가 이 일대에서 인삼을 재배하거나 수렵과 벌목을 하며 생업을 이어 갔다. 그러자 청나라에서는 압록강과 두만강을 몰래 넘어온 조선인을 잡아 월강죄(越江罪)로 엄히 다스렸다. 하지만 목구멍이 포도청인 조선 북부의 변방인들은 서북간도와 백두산 일대의 기름진 땅과 산삼, 약초, 산짐승 등과 심산유곡의 재목은 결코 단념할 수 없는 꿀단지였다. 게다가 거듭되는 흉년과 조선 조정의 관리 가렴주구들이 발호하면 더욱 강을 넘는 일이 잦았다.

초기 조선인들은 아침에 몰래 강을 건너 간도 땅에서 경작한 후 저녁에 숨어 돌아오다가, 점차 여러 날 묵고 돌아오는 일도, 아예 가족을 데리고 깊은 산중에서 몰래 살기도 했다. 특히 19세기 중엽(1869-1870)에는 조선 서북지방에 극심한 가뭄으로 흉년이 들자, 백성들은 굶주리다 못해 죽음을 무릅쓰고 압록강 두만강을 건너 서·북간도와 연해주 일대로 이주했다. 간도로 도강한 이들은 청의 관헌으로부터 갖은 수모를 받았다. 그런 가운데 다행히 1880년대에 이르러 청 조정에서 간도개척을 위하여 조선 이주민을 포용하는 정책으로 바뀌자 그때부터 간도지방에 조선인 마을이 죽죽 늘어났다. 이렇게 흘러 들어간 강을 건넌 조선인들이 1903년 무렵에는 약 10만여 명에 이르렀다.

제2기는 1905년 을사조약 체결 후부터 1920년대까지로 강을 건넌 조선인 가운데는 항일운동을 위한 정치적 망명자도 상당수 있었다. 이 시기 국내에서 활동하던 의병이나 독립지사들은 일제의 탄압을 피해 만주와 러시아 연해주 등지로 새로운 활동 방향과 근거지를 찾아 나섰다.

초기의 인물들로는 홍범도·차도선·이진용·조맹선·유인석·이범윤 등

호하며 이 지방에서 나는 특산물을 독점하려는 목적이었다.

이었다. 1910년 한일합방 전후에는 이상설·이동녕·이시영·안창호·박용만·박은식·신채호·이상룡·여준 등으로 이분들은 집단이주 계획을 세워 국외에 독립운동기지를 건설하고 이를 거점으로 삼아 장기적인 국권회복을 위한 독립전쟁을 수행코자 했다. 또한 이 무렵에 대종교(大倧敎)[7] 계열의 지사들도 대거 북간도로 망명한바, 대종교 창시자 나철(羅喆)을 비롯하여 서일·박찬익·백순 등이다. 이들은 동북 일대에 조선인학교를 세워서 특히 민족주의 교육에 힘썼다.

제3기는 1920년대 초부터 일본 패망 때까지로, 일제의 환위이민정책에 따른 이주였다. 일제는 한일병합 후 1919년까지 10년간 조선 전역에서 '토지조사'라는 명목으로 문서에 없는 땅은 몰수하고, 임자 있는 땅은 헐값에 사들여 동양척식회사, 농업척식회사를 설립하여 다수의 일본인을 조선에 다수 이주시켰다. 이는 그들의 식민지 통치를 위한 포석인데다가 일본 본토의 인구 집중을 완화시키는 이중 효과를 노린 고도의 경제정책이었다.

이러한 일제의 이민정책으로 일본인들이 조선으로 몰려오자 그들에게 토지를 빼앗긴 조선 농민들은 새로운 삶의 터전을 찾아 북상 길에 오르지 않을 수 없었다. 그 시절 이용악은 「낡은 집」이라는 시를 통해 조선 백성들이 기아 유민의 길을 떠나지 않을 수 없었던 비참한 삶을 그렸다.

날로 밤으로
왕거미 줄치기에 분주한 집
마을서 흉집이라고 꺼리는 낡은 집
이 집에 살았다는 백성들은

---
7. 우리나라 고유의 종교로 단군을 모시고 있다.

대대손손에 물려줄
은동곳도 산호관자도 갖지 못했니라
재를 넘어 무곡을 다니던 당나귀
항구로 가는 콩실이에 늙은 둥글소
모두 없어진 지 오래
외양간엔 아직 초라한 내음새 그윽하다만
털보네 간 곳은 아모도 모른다
...
더러는 오랑캐령 쪽으로 갔으리라고
더러는 아라사로 갔으리라고
이웃 늙은이들은
모두 무서운 곳을 짚었다.
지금은 아무도 살지 않는 집
마을서 흉집이라고 꺼리는 낡은 집
제철마다 먹음직한 열매
탐스럽게 열던 살구
살구나무도 글거리만 남았길래
꽃 피는 철이 와도 가도 뒤울안에
꿀벌 하나 날아들지 않는다.

당시 조선 농민들이 참담하게 만주로 이주해야 했던 까닭은 망국 후 해마다 약 1만 6천여 명의 일본인들이 조선으로 이주해 왔기 때문이었다. 그들은 일본에서 받은 이주비로 호당 조선인 농가보다 평균 4배의 토지를 경작했다. 또 조선의 공업과 광업의 76퍼센트를 일본인이 차지하고 있었기 때문에 조선인들은 기아유민(飢餓流民, 배고픔을 해결하고자 떠도는 유랑민)이 될 수밖에 없었다. 1927년에서 1931년 사이의 통계에 따르면, 일제는 해마다 조선에서 백미 660여만 석을 본국으로 수탈해 갔다. 이는 당시 조선 미곡 생산량의 42퍼센트였다.

1931년 '만주사변(9·18사변)' 후 일제는 만주전역에 본격적인 정책이민 입식(入植)을 추진했다. 이 이민정책은 대소(對蘇) 전략기지 전략에 따른 무장 이민의 성격을 띠고 있었다. 일제는 부일(附日, 친일) 조선인에게 이른바, '만주치안'이란 이름으로 집단이주를 시켰다. 여기에 헌병보조원, 밀정, 군관학교 지원자들로 대부분 만주 특수를 노린 자들이 구름같이 몰려갔다. 이는 마치 19세기 미국 각지에서 금광이 발견된 서부 캘리포니아 주로 달려가는 골드러시의 대열과 다름이 없었다.

1936년 8월, 관동군은 훈련된 조선인을 집단·집합·분산의 3개 형식으로 이주를 시켜 만주의 치안과 국방, 그리고 국토개발에 이용한다는 허울 좋은 집단 이주정책이었다. 일제는 '만주치안'이라 하여 이들을 독립군과 싸우게 하는 교활한 이이제이(以夷制夷) 수법을 썼다. 간도특설대가 그 대표적이었다.

간도특설대는 만주국이 동북항일연군을 비롯한 팔로군 등 항일조직을 토벌키 위해 1938년 조선인 중심으로 조직한 부대로, 일제 패망 때까지 존속한 800-900명 규모의 대대급 특수부대였다. 당시 만주국 참의원을 지낸 친일파 이범익은 "조선 독립군은 조선인이 다스려야 한다"라는 취지 아래 지대장 등 몇몇 중요 직위를 제외하고는 모두 조선인으로 채웠다. 이 부대는 일본군이 아닌 만주국군에 소속되었으며, 일본군의 만주 점령기간 동안 조선 독립군 토벌과 아울러 중국인이나 조선인 부녀자를 강간하는 등 잔악한 악명을 남겼다.

또한 일제는 조선인 만몽개척 청소년의용군(일명, 만주개척 청년의용대)을 모집하여 이들을 3개월 교육시킨 후 만주로 보냈다. 조선총독부에서는 이른바 '비민분리(匪民分離) 정책'에 따른 치안 숙정공작으로, 만주에 집단부락을 만들어 이들 이민자들을 관리했다. 이들은 현지 중국인들을 '짱꼴라' 등의 말로 폄하해 부르거나 '따오제이(盜賊)'라고 부르며 폭행과 잔혹행위, 강간 등으로 그들의 원성을 사서 일본 패전 후 귀국 과정에서 중국인의 습격을 받아 처참한 최후를 맞기도 했다.

허형식이 개원현 이가태자를 떠난 그 이듬해 봄, 부모는 아들을 찾아 영안현 철령허로 왔다. 형식은 이가태자를 떠난 뒤 형식 부모는 지주 펑의 가솔들에게 숱한 시달림을 당한 데다가 소작도 떨어져 나가 그곳에서 도저히 살 수 없어 먼 길을 찾아왔다.

마 서방네도 더 이상 그곳에서 펑가의 소작을 붙일 수 없게 되자 다시 괴나리봇짐을 싸들고 남쪽 상하이로 떠났다. 마 서방이 조선을 떠나올 때는 다섯 식구였는데 그 사이 두 아이를 잃었다. 둘째아들 삼돌은 수토병으로, 외동딸 삼옥은 지주 펑가의 겁탈 때문에 자살로 잃었다. 첫째아들 삼식은 신흥무관학교 졸업 후 독립군으로 활약하다가 연해주까지 쫓겨 갔다. 자유시 참변에서 다행히 목숨을 부지한 채 돌아온 뒤 그대로 상하이로 떠나 버렸다. 그러자 만주 땅에는 두 내외만 남았다.

"만주 땅은 우리한테 아무래도 맞지 않는갑다. 마, 그만 아들 따라 상해(상하이)로 우리도 가자."

마칠봉의 말에 그 무렵 딸을 잃고 날마다 울며 지내던 사곡댁도 더 이상 만주 땅에 살고 싶지 않았다.

"'산천 도망은 해도 팔자 도망은 못한다' 카더니 우리 팔자가 그런 모양이네요."

사곡댁은 상하이로 가자는 영감 말에 그 말 한마디 대꾸하고는 또다시 괴나리봇짐을 쌌다. 두 집은 이가태자를 떠나기 전날 밤 허필 집에서 이슥하도록 석별의 정을 나눴다.

"이래 헤어지면 언제 다시 만나겠습니까?"

"왜놈들이 망하고 조선이 독립되는 좋은 시절이 돌아오면 구미 임은동에서 꼭 다시 만나세."

두 집 식구는 서로 손을 잡고 눈이 퉁퉁 붓도록 흐느꼈다.

허필은 그때까지 지니고 있던 마지막 남은 비상금을 성주댁은 금반지 하나를 마 서방 부부에게 건넸다. 이튿날 두 집은 거기서 헤어져 각기 다른 곳으로 발길을 돌렸다.

"어딜 가든 부디 살아남아 좋은 세월 오면 꼭 만나세."

"예, 어르신 여부가 있겠습니까. 끝까지 따라 가지 못해 죄송합니다."

허필 내외는 마 서방네가 만주 땅에서 두 자식을 잃게 된 것을 본 터라 더 이상 붙잡을 수도 없었다.

"만주 땅에서 알토란같은 자식을 둘씩이나 잃었으니 그렇지 않겠나. 내 자네 맘 잘 아네. 아무쪼록 상해에 가서 잘살게."

"예. 어르신, 부디 내외분 옥체 무강하십시오."

두 가족은 밤새 울고도 모자라 또 울면서 헤어졌다.

허필이 여러 날 걸려 영안현 철령허에 도착하자 큰집 허발은 철령허 정거장 가까운 곳에서 한약방을 하고 있었다. 허필도 한약방을 차려야 했기에 철령허에서 이십 리나 떨어진 율리첨허란 곳에다 자리를 잡았다. 그때 형식은 영안현에 있는 중국인 중학교에 다녔지만 부모를 따라 율리첨허로 왔다.

그런데 무슨 기막힌 인연인지 형식 가족은 그곳에서 다취원에서 만난 적이 있었던 봉화군 물야면 출신의 김수녕 가족과 이웃으로 만났다. 조선에서 봉화와 구미는 백 리도 더 되는 먼 곳이었지만 그래도 같은 경상도라 그런지 마치 고향사람을 만난 듯 반가웠다.

그 무렵 조선에서 만주로 이주한 이들 가운데 함경도나 평안도 출신들은 대체로 압록강이나 두만강 가까운 서북 간도지방에 많이 몰려 살았고, 조선 남부지방인 경상도나 전라도, 충청도 사람들은 북부사람들에게 밀려 북만주에 많이 살았다. 경북 봉화의 김수녕 가족도 다취원에서 살다가 경신참변으로 이리저리 쫓겨 다니다가 철령허까지 온 모양이었다. '사람 팔자는 길들이기로 간다'고 하더니, 김수녕은 거기서도 농사와 함께 여관을 하면서, 이주 동포들의 편의를 봐주고 있었다. 김수녕의 맏딸 김점숙은 형식보다 한 살 아래였지만 같은 중학교 동급생이었다. 형식이 늦게 입학했기 때문이다. 그 무렵 조선인 중학교에서 자주 불렀던 노래다.

    다다랐네 다다랐네 우리나라에
    소년의 활동시대 다다랐네
    공부하는 청년들아 열심히 공부하여라.
    동서대지에 국가성쇠가
    모두 다 학식에서 나오고
    장차 천지 내 영웅준걸이
    모두 다 학식으로 나온다.
    열심으로 공부하여
    나의 직분 다하여라.

붉은 바람

그 무렵 허형식은 이전과는 달리 많이 변했다. 아마도 중국인 지주 펑에게 겁탈당한 뒤 스스로 목숨을 끊은 삼옥의 망령이 형식을 투사로 만든 모양이었다. 형식은 비록 중학생이지만 덩치는 어른 못지않게 컸다. 그는 조선 동포들이 중국인 지주나 마적, 친일 밀정들에게 부당하게 착취당하거나 괴롭힘을 당하면 그냥 지켜보지 않고 앞장서서 따지거나 그들에게 덤볐다. 친일 밀정들이나 그들 외곽 단체는 가장 경계해야 할, 동포들을 가장 괴롭히는 족속들이었다. 이들 친일 밀정과 그 단체는 그 뿌리가 매우 깊었다.

 일본에 망명해 있었던 매국노 송병준은 러일전쟁이 일어나자 일본군의 군사 통역으로 귀국하여 그때부터 일본군을 배경으로 정치활동을 시작했다. 그는 윤시병·유학주 등과 접촉하여 1904년 8월에 '유신회(維新會)'를 조직하고 임시회장에 윤시병을 추대한 다음, 곧 그 회명을 '일진회'로 개칭하고 이들 단체는 친일 행각에 앞장섰다.

 일진회는 '동양의 평화' '국민의 생명과 재산 보호' '생활의 개선' 등의 거창한 구호를 내세우며 일제의 침략정책에 영합하여 그들에게 협조했다. 일진회 회원들은 러일전쟁 때는 군용 인부로 동원되는 등, 전국적인 조직망 아래 일백만 가량의 회원들이 득시글거렸다. 일제는 조선 침략에 이들 친일단체로 크게 재미를 본 바, 만주 이주 조선인들도 친일권으로 흡수하거나, 그들을 친일권으로 묶어 두기 위한 여러 단체를 만들었다. 조선인회·보민회·협려회·협화회 등이 그들 단체였다. 이들 단체가 표방한 사업은 호적, 각종 조사, 생활개선 및 미풍양속의 조장, 분쟁 조정, 교육·위생·식산·학예·종교에 관한 사항 등이었다. 하지만 이 단체의 임원들은 이를 빌미로 조선 이주자들의 각종 정보를 탐지하여 일제 기관에 제보하는 임무를 띠고 있었다.

 어느 하루 허형식이 학교에서 돌아오자 이웃에 사는 김수녕이 영안현 보민회 맹대수라는 간부에게 연행을 당했다는 말을 전해 들었다. 김수녕은 조선에서 젊은 날 신돌석 의병대의 참모를 맡은 바 있었다. 그런 인연으로 김수녕은 의병 출신이나 독립지사들과 선이 닿아 만주에 온 이후에는 여관을 하면서 독립군이나 그 가족들의 길잡이 역할을 담당하고 있었다. 그 며칠 전 김수녕은 독립군 자금책인 한 대한광복회원의 잠자리와 길안내를 해준 적이 있었다. 그날 맹대수는 그런 첩보를 입수한 즉시 보민회 간부들과 함께 김수녕을 그들 사무실로 연행했던 것이다.

허형식은 마을 청년들과 특공대를 조직하여 영안현 보민회 사무실로 쳐들어갔다. 특공대 10여 명은 몽둥이를 품 안에 숨기고 보민회 사무실을 갑자기 들이밀고 들어가 곧장 맹대수를 사로잡았다. 특공대 임시대장인 허형식은 맹대수를 앞세워 창고에 유치해 놓은 김수녕을 풀어 준 다음, 그 자리에 대신 그를 묶고 몽둥이로 어깻죽지를 한껏 내리쳤다. 이 한 방에 맹대수는 그대로 기절했다. 특공대원들이 양동이로 물을 떠다가 바가지로 맹대수에게 끼얹자 그는 곧 의식을 회복했다. 허형식은 몽둥이를 든 채 맹대수를 신문했다.

"네 몸에는 조선의 피가 흐르느냐? 왜놈의 피가 흐르느냐?"

"……."

맹대수는 잔뜩 겁을 먹은 채 입을 닫고 있었다. 그러자 형식은 안주머니에서 대침을 꺼냈다. 그는 그 대침으로 맹대수의 엉덩이와 정강이에 두 방을 찔렀다. 그러자 맹대수는 비명과 함께 살려 달라고 두 손을 모아 빌었다.

"왜 대답이 없냐?"

허형식은 대침을 다시 엉덩이에 꽂았다.

"조선의 피가 흐르고 있습니다."

"그래? 그런 놈이 왜놈의 개 노릇을 하느냐?"

"목구멍이 포도청이라…."

"네놈에게만 목구멍이 있냐? 더욱이 사지 멀쩡한 놈이 어디 할 짓이 없어 왜놈 밀정 노릇을 하다니…. 아주 이 자리에서 너를 죽여 버리겠다."

허형식은 대침을 엉덩이와 정강에다가 마구 찔렀다. 그러자 맹대수는 계속 비명을 질렀다. 허형식은 아버지의 침술을 어깨너머로 배운 탓으로 생명에는 지장이 없을 정도로 대침을 맹대수의 엉덩이와 정강이에 거푸 찔렀다.

"우리나라 속담에 '때리는 시어미보다 말리는 시누이가 더 밉다'고 했다. 너는 왜놈보다 더 나쁜 악질이다. 왜놈들 등쌀을 피해 만주로 망명 온 우리 동포들을 도와주지는 못할망정 그놈들에게 고자질하는 네 놈을 오늘 아주 황천으로 보내겠다."

그런 다음 몽둥이를 들자 맹대수는 땅바닥에 엎드려 살려달라고 싹싹 빌었다.

"네 놈을 살려주면 왜놈 군인들에게 또 밀고할 테지?"

"절대로 그러지 않겠습니다. 당장 이 영안현을 떠나겠습니다."

"좋다. 아주 먼 곳으로 가서 구차한 목숨을 연명하기 바란다. 만일 여기서 풀려나 딴 마음을 먹으면 우리 대원들이 너뿐 아니라 네 가족까지도 해칠 것이다."

맹대수는 절대 그런 일은 없을 거라고 땅바닥에 엎드려 빌고 또 빌었다.

"만주로 살러 온 가난한 조선 백성들은 모두가 불쌍하다. 그런 동포를 돕지는 못할지언정 해코지하였기에 네 놈은 죽여 마땅하지만, 그래도 동족이기에 네 목숨은 살려 준다."

허형식은 맹대수를 팽개친 채 창고를 나왔다. 그새 창고 앞에는 영안현 철령허 일대에 사는 동포 수백 명이 모여 있었다. 그들은 숨을 죽인 채 허형식의 일거수일투족을 창고 틈으로 보거나 전해 듣고 있다가 허형식이 창고 밖에 나타나자 일제히 "허형식 만세!"를 불렀다. 그날 밤 맹대수는 가족들과 야반도주를 했다. 그 일 이후 허형식은 영안현 일대에서 '청년 영웅'의 대접을 받았다.

그 무렵 형식은 이전과 달리 학업에 열중했다. 같은 반 김점숙의 영향 탓이 컸다. 그는 여간 다부지지 않는 데다가 성품이 외향적으로 매우 활달했다. 그런 탓인지 점숙은 오히려 형식을 이끌었다. 그들은 달이 유난히도 밝은 어느 보름밤 뒷동산에 올라갔다.

"형식 씨가 이곳으로 온 사연을 다 전해 들었어요."

"뭐라꼬?"

"우리 조선 속담에 '발 없는 말이 천리를 간다'는 말이 있지요. 우리 집에는 드나드는 조선 사람들이 많아요. 마삼옥 씨의 억울한 죽음 얘기 다 전해 들었어요."

"뭐, 별것 아니오."

"아니에요. 매우 중요한 거예요. 앞으로 형식 씨가 우리 조선 사람들의 고질적인 케케묵은 봉건사상을 깨트리고, 일본제국주의를 물리치는 데 앞장서는 전사가 되어 주세요. 제가 뒤에서 작은 힘이나마 보태드릴게요."

점숙은 형식이 지난날 종이었던 삼옥이라는 한 여인을 위해 목숨도 두렵지 않게 응징했다는 그 희생 얘기를 듣고 감동해 있었다. 그가 먼저 형식의 품을 파고들었다.

"고맙소. 앞으로 나는 반일반제 대열에 앞장서리다. 많이 도와주시오."

그들은 더 이상 말없이 서로를 꼭 껴안았다. 평소 친한 사람이라도 세상을 떠나면 점점 멀어진다는 '거자일소(去者日疎)'라는 말이 있다. 형식은 날이 갈수록 삼옥을 잃은 슬픔에서 점차 헤어날 수 있었다. 그에게 성격이 활달한 점숙이가 곁에 있었기 때문이다.

허필은 첫 부인 현풍 곽씨와 아들 하나를 두고 사별했다. 허필은 재취로 성주 출신의 벽진 이씨를 얻어 2남 3녀를 뒀다. 허필은 둘째 아들 형식을 마흔넷에 뒀다. 그러다 보니 부자간이라기보다 조손간처럼 나이 차가 많았다. 형식은 중학생으로 한창 공부할 때였지만 허필은 이미 예순을 넘겼다. 그런데 맏아들 보(堡)는 만주로 온 지 3년 만에 그만 수토병으로 잃었다. 그러자 허필은 비록 망명지이지만 생전에 손자를 보고 싶었다. 그런 가운데 허필은 아들 형식과 김수녕의 딸 점숙이 사이좋게 지내는 것을 보자 혼인을 부쩍 서둘렀다. 게다가 김수녕도 허형식은 집안도 좋은 데다가 인물까지 빼어나자 더 이상 바랄 데 없는 사윗감으로 점지하고 있었다. 어느 하루 허필이 먼저 혼인 얘기를 꺼내자 김수녕은 언감생심으로 그 자리에서 엎드려 큰절부터 했다.

"어르신, 미천한 제 여식을 며느리로 삼겠다고 하시니, 그저 몸 둘 바를 모르겠습니다."

"무슨, 김공 따님이 인물도 좋고, 몸도 아주 재바른 데다가 더욱이 성격도, 머리까지도 좋다고 하니, 그야말로 비단 위에 꽃으로 금상첨화인 기라. 내 이 만주 땅에서 더 이상 무엇을 더 바라겠소."

양가의 두 아버지가 흔쾌히 혼인 언약을 하자 허형식과 김점숙의 혼인은 순풍에 돛을 단 격이었다. 두 집안 사돈끼리도 별다른 이견이 없었다. 만일 조선에서는 두 집안의 반상 차이로 성사되기 어려운 혼인이었다. 하지만 망명지 만주 땅에서 두 혼주는 그런 걸 묻지도 따지지도 않았다. 혼인 당사자인 형식과 점숙도 부모님의 결정을 운명처럼 받아들였다. 그들의 혼인식은 허형식이 열여덟이 되는 1927년 봄에 신부 집에서 조촐하게 치렀다.

결혼 이듬해인 1928년 농사는 대흉작이었다. 벼 이삭이 팼다가 가뭄으로 그대로 빳빳하게 말라 버렸다. 쭉정이마저도 꿩들이 날아와 죄다 훑어 먹었다. 그 때문에 꿩 풍년이었다. 동포들은 꿩을 잡아다가 볶아도 먹고, 메밀국수에 웃기로도 넣어 실컷 먹었다. 하지만 곡식농사는 대흉년으로 가구마다 큰 곤란을 겪었다. 그런 차에 김수녕은 하얼빈 부근의 빈현 가판점(枷板岾, 현 빈안진)에는 기름진 땅도 많은 데다가 조선사람도 많아 살기 좋다는 소문을 듣고 사돈 허필에게 그 얘기를 전했다. 그러자 두 가구는 서로 의기투합하여 이듬해인 1929년 다시 그곳으로 이주하게 되었다.

빈현 가판점은 인근의 주하·연수·오상·목란·방정 등과 함께 토지가 비옥하고 수자원이 풍부하여 일찍이 토지 개간이 잘된 곳이었다. 그런 지세가 좋은 탓인지, 그 무렵 조선 농민들은 그 일대에 많이 살고 있었다. 그곳도 소수의 중국인 지주가 많은 토지를 소유한 반면, 대다수의 농민들은 땅이 없었다. 그래서 조선 농민들은 대부분 소작농이었다. 이주 초기 가판점의 조선 농민들은 중국인 지주에게 땅을 빌린 소작료가 다른 지방보다 비교적 낮았다. 하지만 점차 조선인 이주자가 폭발처럼 늘어나자 그에 비례하여 소작료가 부쩍 올랐고, 아울러 소작 조건도 점차 악화돼 갔다. 이러한 불평등의 사회는 공산주의 사상에 물들기 마련이었다. 일찍이 칼 마르크스는 설파했다.

"자본주의 사회는 지나친 빈부 격차와 내부적 모순으로 붕괴하여 공동으로 생산하고, 필요에 따라 분배받는 세상이 오게 된다."

1920년대 초부터 일어나기 시작한 공산주의 사조는 들불처럼 만주지역에도 번져 나갔다. 사실 만주 조선인들의 공산주의 운동은 중국인보다 훨씬 더 빠르게 시작되었다. 러시아 10월 혁명의 승리, 그리고 전 세계 약소민족의 해방운동에 대한 코민테른(Comintern, 공산주의 국제연합)의 지지 등은 마치 마른 나무에 불을 붙인 듯이 일부 조선인 가슴 속에 타올랐다.

그 무렵 젊은 신진세력들은 일부 민족주의자들의 외교 독립노선인 파리강화회의나 워싱턴회의를 통한 세계자본주의 열강들의 정의·인도와 민족자결주의 등의 허구성에 매우 실망하고 있었다. 게다가 민족주의 계열의 소극적인 항일운동에 매우 좌절하던 가운데 불어 닥친 공산주의 사조는 그들에게 새로운 길을 제시했다.

1919년 3·1운동 직후 만주에서는 항일 무장투쟁이 활발하게 이루어졌다. 사실 그 이면에는 조선 이주민들의 희생이 있었다. 조선 이주민들은 중국인 관료와 지주에게 바쳐야 하는 세금과 소작료 외에 독립자금을 몰래 제공해야 하는 힘겨운 이중 부담이 지워졌다. 그런 희생에 견주어 민족주의 독립지사들은 일제 탄압에 강력히 저항치 못하고 급격히 수면 아래로 잠적해 버린 데 대한 그들의 실망은 매우 컸다. 그런 분위기 속에 조선 농민들은 계급적 평등과 반제국주의 반일 투쟁을 주요 구호로 내세우는 공산주의 사상에 쉽사리 공감해 갔다.

특히 코민테른은 민족 해방과 함께 토지를 거저 나눠 준다는 말에 대부분 소작 농민들은 열광했다. 소작 농민에게 땅을 공짜로 나눠 준다는 것은 하나의 복음이었다. 그러자 만주 벌판은 공산주의 사상으로 삽시간에 시뻘겋게 물들어 갔다.

1923년 연길현 용정촌 동흥중학교에 고려공산청년동맹이 결성되었다. 그러자 그 물결은 만주 전역으로 급속히 들불처럼 번져 나갔다. 이런 바탕 위에 1926년 5월부터 조선공산당 만주총국과 그 하부조직인 동만, 남만, 북만주 등에 지역 분국이 설립되었다. 조선공산당 조직은 각지에 농민조합·노동조합·청년동맹·부녀회·호조회·소년회 등의 세포조직을 만들었다.

1920년대 들어 하얼빈 부근 북만주에도 다수의 조선 농민들이 이주하자 1927년에 성립된 중공당 만주성위원회에서는 이 지역에 북만특별위원회를 설치했다. 그리하여 조선 농민들을 포섭하여 당세를 확장하고, 이들을 중심으로 반국민당·반군벌 투쟁 및 반제·반봉건운동을 활발히 벌이고 있었다. 특히 빈현에는 화요파 조선공산당 만주총국 군사부장의 중책을 맡고 있는 최용건(崔庸健)은 중공당 빈현지부 서기를 겸하고 있었다. 그리하여 그를 중심으로 농민동맹과 청년동맹·부녀회 등 대중 조직이 결성되어 농민들의 권익보호 등을 겉으로 내세우며 그 세력을 확장하고 있었다.

허형식은 일찍부터 항일사상으로 무장되어 있었고, 만주로 이주 온 이후 계급의식에 대한 모순을 깨우쳤다. 그는 빈현 가판점으로 이주해 온 이후, 곧 최용건을 비롯한 조선인 공산주의자들과 자주 접촉하게 되었다. 허형식은 1929년 중반부터 최용건의 특별한 총애로 중공당 북만특위 및 조공당(조선공산당) 만주총국에서 활동하기 시작했다.

최용건은 1900년생으로 평북 정주 오산학교와 중국 운남 강무학당을 졸업한 뒤, 황푸군관학교 교관을 역임한 군사엘리트였다. 최용건은 체구도, 스케일도 무척 컸다. 허형식이 최용건을 만난 것은 춘향이 이도령을 만난 격으로 그의 생애에 일대 전환이었다. 허형식은 그에게 많은 군사지식 및 통솔력을 배웠다. 허형식은 최용건을 만남으로써 항일전사로 우뚝 솟아나는 계기가 되었다.

그 무렵 중공당에 입당한 허형식은 신혼의 단꿈도 잊은 채, 하얼빈·주하·아성·탕원 등지를 부지런히 드나들며 항일투쟁과 당 사업에 본격으로 투신했다. 허형식은 농민동맹과 청년동맹 동지들과 함께 조선공산당 만주총국 최용건 군사부장으로부터 특별 군사교육을 받았다. 그 결과 허형식은 여느 군관학교 졸업생 못지않은 전문적인 군사 지식을 갖추게 되었다. 1930년 초부터 중국 동북에서 활동하고 있던 조선공산당 만주총국 각파의 조선인 공산주의자들은 코민테른의 일국일당 원칙에 따라 모두 중공당 만주성위원회에 입당케 되었다. 이에 허형식은 빈현 가판점에서 중국 공산당에 정식으로 입당했다.

일본총영사관습격사건

1930년 5월 1일 하얼빈 일본총영사관 습격사건은 허형식에게 북만에서 항일전사로 혜성처럼 떠오르게 된 계기였다. 중공당 만주성위원회에서는 1930년 5월 1일 '메이데이(May Day)'를 앞두고, 중공당 만주 순시원 임중단(林仲丹, 중국인 본명 張浩)을 통하여 붉은 5월 투쟁계획을 당의 각 조직에 하달했다. 이 과업을 부여받은 이극화(李克和, 조선인. 본명 洪南杓)는 아성에 있는 조선인 소학교에서 비밀회의를 소집하였다.

이 회의에서 중공당 만주성위원회에서는 1930년 5월 1일 '5·1절' 시위와 함께 하얼빈 주재 일본총영사관 앞에서 시위를 벌이기로 결정했다. 이 결정에 따라 허형식은 황산저자 일대의 군중을, 박만주 동지는 취원창 일대의 군중을 책임지고 동원키로 했다. 그날 허형식은 황산저자 일대 청년 수십 명을 데리고 하얼빈 역 광장으로 갔다.

그날(5월 1일) 하얼빈 역 광장에 모인 농민들과 청년당원들은 인근 아성·해구·평방·황산저자 등지에서 몰려 온 2백여 명이었다. 그런데 그날 오전에 비가 내린 데다가 애초 참여키로 한 하얼빈시 청년학생들은 현장에 나타나지 않았다. 그러자 지방에서 올라온 일부 청년 및 농민들은 불만을 터뜨린 뒤, 절반가량은 흩어지고 현장에는 100여 명만 남게 되었다. 이들은 역 광장에서 각자 분산하여 남강로 추림상점 앞에 다시 모인 뒤, 거기서 10시 정각부터 '5·1절' 시위를 시작하기로 했다.

허형식은 그날 현장에서 시위책임자로 뽑혔다. 허형식은 조선공산당 선전부장 양환준(梁煥俊)과 상의한 결과, 이들은 그날 하얼빈 일본총영사관 앞에서 시위를 한 다음, 곧장 영사관을 습격하기로 계획을 바꾸었다. '5·1절' 시위 참가자들은 10시 정각 추림상점 앞에서 시위대열을 가다듬은 다음, 붉은 깃발과 '일본 침략자를 타도하자!'고 쓴 팻말을 치켜들고, 그밖에 여러 가지 구호를 외치며 일본영사관을 향해 나아갔다.

"일본 침략자를 타도하자!"
"국민당 군벌의 압박을 반대한다!"
"8시간 노동제를 실시하자!"
"노임을 제고하자!"
"군벌정부가 노동자 학생을 함부로 체포하는 것을 반대한다!"

이들 시위대는 이러한 구호를 외치면서 곧 일본총영사관에 이른 뒤, 일본영사를 불러 항의문을 제출키로 했다. 그러나 일본총영사관을 지키던 당직 경찰은 이때 잔뜩 겁을 먹고 3층으로 대피한 뒤 시위대를 해산시키고자 곧장 총을 겨누었다. 하지만 시위대는 이에 더욱 성난 기세로 일제의 침략을 규탄하며 "중조 인민들은 단결하여 일제에 대항해야 한다"라는 구호를 부르짖으며, 미리 준비한 반제국주의 전단을 뿌렸다.

그러자 3층의 당직 경찰은 시위대에게 위협사격을 가했다. 이에 격분

한 시위대들은 길가에 있는 돌과 벽돌로 영사관 유리 창문을 박살냈다. 허형식은 시위대 맨 앞에서 가장 용감하게 벽돌을 들고 영사관 유리창을 깨뜨리며 영사관으로 진입하여 기물들을 닥치는 대로 부쉈다. 곧 영사관 측의 긴급 전화를 받고 출동한 중국 공안(경찰)이 달려와 허형식 등 시위대를 현장에서 체포했다. 허형식은 시위대 참가자 동료 32명과 함께 중국 공안에 연행되었다.

허형식은 신문과정에서 자기가 시위 주모자이고, 나머지 사람들은 모두 단순가담자라고 강력히 진술하여 동지들은 대부분 풀려났다. 그날 밤 중국 공안은 허형식을 다시 신문했다.

"너는 왜 공산당원이 되었느냐?"

"나는 조국을 일본에게 빼앗긴 망국인이다. 나는 철천지원수 일본과 좀 더 가열한 투쟁을 하고자 공산당원이 되었다."

허형식은 비굴함이 없이 당당하게, 그리고 일제의 만행과 부당함을 낱낱이 진술했다. 이날 하얼빈 '5·1절 반일시위사건'은 국내외에 파장이 매우 컸다. 현지 중국 언론은 물론 러시아계 언론에도, 조선일보 등 국내신문에도 1930년 5월 1일 하얼빈 일본총영사관 습격사건은 크게 보도되었다.

허형식은 이 사건을 계기로 중공당 관계자들의 신임과 주목을 듬뿍 받게 되었다. 이후 허형식은 이 시위사건의 주모자로 심양 감옥에서 8개월간 복역했다. 허형식은 그 형기를 마치고 집으로 돌아오자 가족들은 몹시 신변을 걱정했다. 하지만 그의 아내 김점숙은 오히려 남편을 격려했다.

"대장부는 모름지기 대의명분에 살아야 합니다."

허형식은 아내 말에 용기를 듬뿍 얻었다. 그는 아내의 지원으로 출옥

후에도 계속 조선 농민들의 권익보호 투쟁에 앞장섰다. 그 무렵 최용건은 중국공산당 북만위원회 빈현 특별지부 군사부장에서 서기로 승진했다. 허형식은 최용건의 절대 신임 아래 당원 포섭과 당 조직 사업에 더욱 열성을 다했다. 그때부터 허형식은 마침내 큰물을 만난 물고기처럼 북만주 벌판을 누비며 반일 반제 투쟁대열의 선봉에 섰다.

1930년 후반, 허형식은 반제 반봉건 운동 등 대중 봉기를 주도하다가 중국 공안당국에게 공산분자라는 혐의로 검거되어 또다시 심양 감옥에 투옥되었다. 허형식이 수감된 지 얼마 후 중국 공산당 영안현 임시 위원회 주석 김책(金策)도 심양 감옥에 수감되었다.

김책은 1903년 함경북도 학성(현, 김책시) 출신으로, 어린 시절 부모와 함께 만주 지린성 연길현으로 이주하여 용정의 동흥중학교를 다녔다. 그는 중학 시절부터 민족의식에 눈떠 반일청년단체에서 활동했다. 김책은 청년시절인 1927년 중공당에 입당하여 활약하다가 '제1차 간도공산당사건'으로 그해 10월에 체포되어 1929년까지 경성(서울) 서대문형무소에서 수감되었다. 그는 모진 고문과 회유에도 끝내 전향치 않고 출옥한 후에 다시 북만주로 가서 공산당 활동을 계속했다. 그는 중공당으로부터 반제반일의 투쟁성을 인정받아 1930년 10월, 영안현 소비에트 임시정부 주석에 선출되었다. 하지만 김책은 1931년 재차 체포되어 심양 감옥에 투옥되었다.

김책은 감옥 안에서 허형식을 만났다. 그는 여러 수형자 가운데 키가 크고 주먹이 가장 세고 투쟁심도 강한 젊은 허형식에 매료되어 자기가 여섯 살이나 연상임에도 먼저 인사를 청했다.

"허 동지, 나 김책이오. 조선 함경도 산골 학성(현, 김책) 출신이지요."

허형식은 김책을 보자 혁명 투사의 얼굴이라기보다 산골 샌님 모습이었다.

"말씀 낮추십시오. 저는 나이가 한참 어립니다. 조선 경상북도 선산군 구미면 출신으로 이름은 허형식입니다. 이명은 '이희산' '이삼룡'이지요."

"아, 그 이름도 유명한 이희산 동지를 여기 심양 감옥에서 만나다니…. 내가 이번에 이 감옥에 수감된 보람이 있소. 정말 반갑소."

"저도 말로만 전해 들었던 김책 주석님을 여기서 뵙다니 일생일대의 영광입니다. 저 역시 심양 감옥에 투옥된 보람이 있습니다."

그들은 감옥 안에서 서로 상대를 끌어안고 십년지기를 만난 것처럼 깊이 포옹했다.

"허 동지, 우리가 이 악명 높은 심양 감옥에서 이렇게 만난 건 보통 인연이 아닙니다."

"저도 그렇게 생각합니다. 앞으로 김책 주석님을 평생 제 형님으로 모시겠습니다."

"고맙소. 나도 부탁하고픈 말이 있소. 우리 혁명 동지들은 언제 어떻게 될지 모르오. 우리 두 사람 가운데 누군가 먼저 희생될 때 우리 의형제로 서로 남은 가족들을 보살펴 주기로 여기서 약속합시다."

"제가 미처 생각지 못한 고견입니다. 며칠 전에 면회를 온 어머니를 통해 제 아내가 딸을 해산했다고 하는데, 이름을 '하주'라고 지었답니다. 잘 부탁합니다."

"난 아들만 둘이요, 큰놈은 '정태'요, 둘째는 '국태'입니다."

"잘 기억하겠습니다."

"허 동지는 아직 젊으니까 자녀를 더 낳을 거요. 그때마다 나에게 이름을 꼭 알려주시오."

"그리하겠습니다."

그들은 굳은 혈맹의 약속으로 다시 깊은 포옹을 했다. 그날 이후 그들 두 사람은 의형제로, 평생 동지로, 아름다운 인연을 현대사에 이르기까지 이어 갔다.

심양 감옥의 결의

허형식은 심양 감옥에서 또 한 사람의 평생 동지를 만났다. 그는 1908년 랴오닝성 조양에서 태어난 중국인 조상지(趙尙志)였다. 그는 마부에서 일약 참모장으로, 이어서 항일연군 군장이 된 입지전적인 인물이다.

조상지는 어려서 아버지를 따라 조양에서 하얼빈으로 이주한 뒤, 한 상점의 점원으로 일하면서 하얼빈공업학교를 다녔다. 그는 1925년 중국공산당에 입당했는데, 처음에는 평당원으로 같은 고향 출신인 손조양 사령관의 마부였다. 손조양 부대의 '조양대(朝陽隊)'는 하얼빈 동쪽 빈현과 주하 지방에 본거지를 둔 그 일대에서 가장 큰 의용부대였다. 어느 하루 빈현 주둔 일본군이 '조양대'를 습격해 왔다. 손조양 사령관은 수백 명이 되는 일본 정규군의 기습에 꼼짝없이 포위당했다. 그때 마부 조상지는 손조양 사령관에게 다가가 감히 말했다.

"사령님, 제가 계책을 하나 말씀드릴까요?"

손조양 사령관과 참모들이 뒤돌아보니까 마부 조상지였다.

"뭐, 네깐 마부놈 주제에 무슨 계책이냐?"

손조양 부하 참모들은 조상지를 깔보면서 '으하하' 크게 비웃었다. 하지만 손조양 사령관은 조상지에게 그 계책을 말할 것을 허락한 뒤 귀담아들었다. 그러자 조상지는 손조양 사령관에게 그 계책을 넌지시 말했다.

"일찍이 손자병법에 '적이 미처 예상치 못할 때 출격하고, 적이 미처 방비치 못한 곳을 공격한다(出其不意 攻其不備)'고 하였습니다. 우리가 일본군에게 삼면으로 포위되었으니 과감히 정면을 돌파하여 지금 텅 비어 있는 빈현으로 쳐들어가십시오."

손 사령관은 조상지가 진언한 그 계책에 따라 별동대를 조직하여 정면 돌파를 감행했다. 조양대가 빈현으로 쳐들어가는 그 정면 돌파작전은 대성공으로 단박에 일본군 본거지를 궤멸시켰다. 그러자 손조양 사령관은 마부 조상지의 계책에 크게 감탄했다.

"어찌 마부의 입에서 그와 같은 병법이 나올 수 있느냐?"

"아닙니다. 제 계책보다 사령관님의 전투력이 훌륭했습니다."

"뭐라고?"

손조양 사령관은 그 말에 더욱 감동했다.

"조상지! 너는 이 시간부터 조양대의 참모장이다."

조상지는 이 전투에서 세운 공로로 손조양 사령관의 신임을 듬뿍 받아 마부에서 일약 참모장으로 일약 승진했다. 그는 이때부터 북만주 항일전선에서 또 하나의 혜성과 같은 존재로 떠올랐다. 그런 그가 반제 활동 혐의로 국민당 헌병대에 체포되어 심양 감옥에 수감 중이었다.

조상지는 심양 감옥 내에서 주먹이 가장 셌기에 죄수들의 우두머리로 군림했다. 그때 허형식이 심양 감옥에 들어오게 되자 이 두 사람은 감옥 내 우두머리 자리를 두고 서로 다투게 되었다. 두 사람은 모두 주먹도 세고 남다른 용맹심을 가진 이들이라 용호상박으로 그 승부는 쉽게 나지 않았다. 덩치는 허형식이 더 컸지만, 지략과 용맹성은 조상지가 조금 앞섰다. 어느 날 조상지가 먼저 허형식에게 제의했다.

"이봐! 꺼우리(조선인을 폄하하는 말) 꺽다리(허형식의 별명), 우리 서로 싸울 게 아니라 이 자리에서 의형제를 맺으세 그려. 그리하여 우리가 이 감옥에서 나가 서로 힘을 합쳐 국민당 놈들과 일본 제국주의자들을 우리 힘으로 쳐부수세."

"좋습니다. 형님! 역시 조 참모장은 뭔가 다르십니다."

허 형식은 그 말에 조상지 앞에 무릎을 꿇고 조아렸다. 조상지는 1908년생으로 허형식보다 한 살 더 많았다. 그의 덩치는 허형식보다 작았지만 눈매가 매섭고 깡다구도 세게 보였다.

"형님, 저는 모르는 게 많습니다. 앞으로 많이 가르쳐 주십시오."

허형식은 조상지가 황푸군관학교를 졸업한 대단히 투쟁가요, 전략가라는 소문을 그전부터 이미 듣고 있었다.

"아우님! 무슨 겸손의 말이오. 내가 오히려 아우님의 그 담대함을 많이 배워야겠소."

그들은 굳게 포옹했다. 이로써 허형식은 심양 감옥 생활에서 자기를 평생 이끌어 줄 두 동지를 만났다. 한 동지는 조선인 김책이요, 또 다른 한 동지는 중국인 조상지였다. 허형식이 심양 감옥에서 김책, 조상지 동지와 의를 맺은 것은 『삼국지』에서 유비, 관우, 장비가 복사꽃 동산에서 의를 맺은 '도원결의(桃園結義)'와 흡사했다. 허형식은 그들 두 사람과 혈맹 결의를 맺은 이후 이들 세 사람은 동북 항일전선에서 순풍에 돛단 격으로 계속 승승장구할 수 있었다.

1931년 12월 말경 허형식과 김책은 중공당 만주성위원회(이하 중공당 만주성위)에 의해 마침내 심양 감옥에서 구출되었다. 그러자 중공당 만주성위에서는 허형식에게는 중공당 빈현특별위원회 선전위원을, 김책에게는 서기를 맡겼다. 허형식 선전위원은 김책 서기를 도와 빈현 일대 각종 반일 부대를 찾아다니면서 항일무장 대오를 조직하는 데 전심전력을 다하였다. 그는 인근 조하·가판점 등지에도 반일 단체들을 새로이 조직했다. 또한 허형식은 반일 투쟁의 선봉에 서서 일제의 탄압을 온몸으로 막아내며 친일 주구들을 잡아내는 족족 아주 과감하게 처단했다.

그 무렵 허형식은 친일 주구 처단에 어찌나 사납고 용맹했던지 북만에서는 아이가 울면 "이희산(허형식 이명)이 온다"고 하면, 울던 아이들도 울음을 그쳤다고 한다. 그때부터 일본 관동군마저도 허형식을 조상지, 양정우(楊靖宇, 중국인·동북항일연군 제1로군장) 다음가는 항일 거물로 취급했다.

1928년부터 불어 닥친 세계대공황의 여파는 일본도 비껴가지 않았다. 1930년 이른 봄부터 일본은 대공황의 깊은 늪에 빠졌다. 게다가 일본은 조선 병탄 이후 중국 전역에서 배일사상이 두드러지고, 남만주철도(만철)의 경영 실적도 매우 악화되었다. 일본은 장쉐량(張學良) 체제 아래에서 벌어진 만주의 이권 교섭이 난항에 이르자, 그 돌파구로 만주 주재 관동군에게 거대한 공작을 벌이게 했다.

1931년 9월 18일 밤 10시경, 봉천(현, 선양) 북쪽 류탸오거우(柳條溝)의 만주 철로가 누군가의 음모로 폭파되었다. 그것은 후일 일본 관동군의 참모 이타카키가 계획적으로 일으킨 것으로 밝혀졌는데, 이는 1928년 6월 3일에 있었던 장쭤린(張作霖) 폭사사건의 재판이었다. 그러나 일본 관동군은 이를 중국군의 소행이라고 생트집을 잡아 만주 전역에서 불법적인 군사행동을 감행했다.

이튿날 일본 관동군은 봉천성과 북대영(北大營), 봉천비행장을 그들의 수중에 넣고, 이어서 랴오닝성과 지린성을, 이듬해 2월 5일에는 하얼빈을 점령함으로써, 일제는 동북삼성 전 지역을 장악했다. 그런 뒤 청나라 마지막 황제였던 푸이(溥儀)를 자기네 꼭두각시로 만들어 만주국 황제로 등극시켰다. 그런 뒤 이듬해인 1932년 3월 1일 창춘에다 수도를 정하고 괴뢰만주국을 세웠다.

이러한 만주사변이 발생하자 중국 전역에서는 일본의 무력 침략과 장제스 국민정부가 일제에 적극적으로 대항치 않는 무기력한 방침에 대해 격렬한 항의와 함께 대규모 항일운동이 전개되었다. 그러자 일본 관동군은 만주국 건설과 함께 치안숙정 공작을 벌여 항일 무장대를 대대적으로 토벌했다.

그 결과 1932년 30만여 명으로 추산되는 동북의 항일 무장대가 1935년에는 그 1/10인 3만여 명 정도로 격감했다. 하지만 허형식은 이런 어려운 환경에서도 끝내 일제의 치안숙정공작 작전에 굴하지 않고, 항일무장대 최선봉에서 그의 전구를 굳건히 지켰다. 허형식은 대일 전투가 없을 때는 부대원을 인솔하여 전구 내 농민들의 농사일을 도와주었다. 그는 군율을 엄하게 하여, 전구 내 인민들에게 일체 민폐를 끼치지 않게 했다.

"인민은 물이고, 빨치산은 물고기다. 물고기는 물을 떠나면 죽는다."

허형식은 마오쩌둥의 이 교시를 강조하며 부대원들을 철저히 교육시켰다. 그는 항일전사들에게 인민 속에 깊이 파고들라고 지시했다. 그러하여 동북의 인민들은 항일유격대를 믿고 따랐으며, 부녀자들은 솔선하여 항일유격대원들에게 밥을 지어 주거나 옷을 만들어 제공했다. 게다가 동북의 마을청년 의용대나 아동단원들조차도 항일유격대를 위하여 보초를 서주는가 하면, 일본 관동군이나 만주군의 정보도 은밀히 수집해 주었다.

일제의 치안숙정공작이 강화된 가운데도 동북의 인민들은 위험을 무릅쓰고 항일연군들을 도왔다. 그들은 자신의 식량도 넉넉지 않는 어려운 가운데도 매일 알곡 조금씩을 따로 모았다가 밭머리에 묻어 두고 그 암호를 돌덩이에 표시해 둔 다음 항일연군들이 그곳을 파 가게 하는 방법으로 식량을 조달했다. 그것은 동북 인민들이 항일연군대원은 자기들 편이라는 확증을 심어 줬기 때문이다. 이밖에도 지까다비(작업용 간편신발)와 같은 신발도 남 몰래 저자(시장)에서 사서 항일대원들에게 몰래 넘겨주었다. 이런 점을 파악한 일제는 이를 미연에 방지코자 집단부락을 만들어 보갑제도(保甲制度)[8]로 인적 물적 교류를 차단시켰다. 하지만 그런 일제의 통제에도 인민들의 항일연군대원에 대한 지원은 더욱 은밀하게 지속되었다.

1934년 6월 28일, 주하유격대는 주하중심현위의 지시에 따라 동북반일유격대 합동지대(哈東支隊)로 확대 편성되었다. 조상지가 사령으로, 장수전은 정치위원으로, 허형식은 제3대대 정치지도원 사업을 맡았다. 그해 12월, 허형식의 아들 창룡(昌龍)이 태어났다. 허형식은 심양 감옥에서 약속에 따라 김책에게 가장 먼저 득남 소식을 알렸다. 그러자 그는 쌀을 한 가마 싣고 달려와서 축하해 주었다.

"이제는 우리가 전구에서 일제와 싸우다 죽어도 여한이 없게 되었습니다."

"나도 마찬가집니다."

두 사나이는 손을 잡은 채 통쾌하게 웃었다.

---

8. 오늘날 반상회와 같은 주민조직으로 경찰의 임무까지 띤 일종의 자위단이었다.

제5장
동북 제일의 파르티잔

중국공산당 빈현특별위원회

1935년 1월, 동북반일유격대 합동지대는 동북인민혁명군 제3군 제1독립사로 발족했다. 곧이어 1935년 7월, 코민테른 제7차 대회에서는 반제국주의 인민통일전선 방침을 채택했다. 그러자 중공당은 "망국노가 되기를 원치 않으면 모두 단결하여 항일연군을 조직하라"라는 새로운 방향을 제시했다. 이에 따라 기존의 동북인민혁명군, 동북반일연합군 등을 모두 결집시켜 이를 바탕으로 '동북항일연합군' 총사령부를 결성했다.

1936년 2월, 동북반일연합군 제5군이 동북항일연군 제5군으로 개편된 것을 시작으로, 1937년 10월까지 동북항일연군 1–11군이 결성되었다. 허형식이 소속된 동북인민혁명군 제3군은 1936년 8월 1일 정식으로 동북항일연군 제3군으로 개편되고, 허형식은 중공당 만주성위 위원 겸 동북항일연군 제3군 1사 정치부 주임으로 선임되었다. 1936년 11월, 허형식은 선견부대[9] 200여 명을 거느리고 철력·해륜 지방에서 유격전을 벌였

---

9. 선견부대(先遣部隊): 선견대, 주력부대에 앞서 파견되는 부대.

다. 그들은 영하 30도를 넘는 북만주의 설원에서 적 토벌대들을 소흥안령의 깊은 삼림으로 유인했다. 그런 뒤 10여 차례나 신출귀몰한 유격전으로 적에게 큰 피해를 입혔다. 그 유격전 가운데 손령각전투는 북만주에서 그 무렵 가장 큰 전투 중의 하나였다. 그들은 전투 때마다 전사들의 사기를 높이고자 다음의 노래를 불렀다.

> 눈 쌓인 대지의 유격전쟁은 여름과 비교할 수 없네
> 삭풍 불고 큰 눈 날리니 눈 쌓인 대지는 다시 얼음하늘이 되네
> 바람은 뼈를 에이고 눈은 얼굴을 때리니 손발이 얼어서 찢어진다
> 애국 남아는 죽음을 두려워하지 않으니
> 어찌 다시 간난을 두려워하랴
> (雪地遊擊 不此夏日間 朔風吹大雪飛 雪地又氷天
> 風刺骨雪打面 手足凍開裂 愛國男兒不怕死 哪怕再艱難)

허형식이 지휘하는 선견부대는 이 노래를 부르며 손령각 부근 산속에서 500여 명의 일본 관동군과 맞붙었다. 허형식은 이 전투에서 유리한 지형을 차지한 뒤 출몰무쌍 신출귀몰한 유격전술로 관동군 80여 명을 쓰러뜨리고, 그들의 박격포·중기관총·경기관총·소총 등 많은 무기를 노획했다.

1937년 7월 7일, 일제는 이른바 '루거우차오(蘆溝橋)사건'을 의도적으로 일으켜 전면적인 중일전쟁을 도발했다. 이에 따라 중국 동북지방의 정세도 급변했다. 이 무렵 일제 관동군은 1936년 4월부터 1939년 3월까지 3년 안에 만주지역의 항일세력을 말살한다는 '만주국 치안숙정계획 대강'을 마련했다. 그리하여 중국 동북에서 활동하고 있던 항일 무장 세력과 그 근거지에 대한 토벌을 대폭 강화하고 있었다.

특히 북만주 삼강(三江)지구[10]에 대한 일제의 토벌작전은 중일전쟁이 발발하던 1937년 7월에 시작하여 그해 겨울에는 대대적으로 전개되었다. 이 지구는 소련과 접경 지역인 데다가 동북항일연군의 활동이 가장 활발한 곳이었기 때문에 일제 토벌대 역시 최강의 부대로 편성했다. 중국 측 기록에 따르면, 일제 토벌대에는 일본군 3개 사단과 만주국 군경 2만 5천 명 등, 거의 5만여 명의 병력이 동원되었다고 한다.

이와 같이 일제의 북만지구에 대한 대토벌이 집중될 시기인 1938년 1월 무렵, 동북항일연군 3군장 조상지가 소련에 갔다가 '반당분자' 혐의로 체포되어 중국으로 돌아오지 못하는 불행한 사태가 벌어졌다. 게다가 일본 관동군의 추격에 쫓긴 항일연군 6군 500여 명이 소련으로 도피했을 때, 도움을 받기는커녕 이들 내부에 스파이의 존재를 의심한 소련군에 의해 중국 변방인 신장성으로 추방되는 돌발적인 사건도 일어났다. 그 와중에 북만주에서 투쟁하고 있던 항일연군 각 부대는 이런 일로 큰 타격을 받았다. 남만에서 활동하던 민족주의계 독립군인 조선혁명군이 해체된 시기도 바로 그해 중반 무렵이었다.

이러한 어려움 속에서 1938년 6월 초, 동북항일연군 3군은 4개 사(師)로 축소 개편되었다. 항일연군의 일부 부대는 삼강 지구에 잔류하였지만, 3·6·9·10군의 주력부대는 북만성위의 방침에 따라 일제의 포위망을 뚫고 서북 원정에 나서게 되었다. 이 결정에 따라 허형식은 3군 1사와 9군 3사의 대원을 거느리고 의란을 출발해서 해륜으로 북상했다. 이후 그는 9군을 떠나 3군 1사를 새롭게 편성하고, 사장(師長)의 직책을 맡았다. 북만주 삼강 지구에서 활동하고 있던 항일연군 3·6·9·10군의 잔여 부대는 장수전, 김책, 허형식 등의 주도로 1938년 7월부터 12월까지 북만주

10. 헤이룽장성 삼강평원 지대를 말함. 여기서 삼강은 헤이룽강, 쑹화강, 우수리강이다.

의 소흥안령산맥 해륜과 경안 등지에서 온갖 어려움을 무릅쓰고 외로이 투쟁했다.

그런데 1939년 1월 하순에 개최된 중공당 북만성위 회의에서는 항일연군 각 부대에게 현지 중공당 조직과 연대하여 북만주 소흥안령산맥 서북쪽의 흑눈평원에서 유격전을 펼치도록 방침을 정했다. 이러한 중공당위의 결정을 실현하기 위해 장수전·허형식·왕명귀 등으로 구성된 눈해지구 대표단이 조직되었다. 이 대표단의 지휘는 장수전, 부지휘는 허형식이 담당하는 임시 지휘부가 세워졌다. 임시 지휘부 아래 다시 용남·용북지휘부가 생겨났다. 용북에서는 장수전이 1·2지대를, 용남에서는 허형식이 3·4지대와 독립 제1·2사를 지휘케 되었다.

그 무렵 북만주 지방에 대한 일제의 대대적 탄압, 곧 일명 '삼광작전'으로 북만주의 동북항일연군은 매우 심한 곤경에 처하게 되었다. 이에 따라 동북항일연군은 많은 인명 손실이 생겼고, 또한 일제에 투항하거나 변절하는 자들도 속출했다. 실제로 1938년 한 해 동안 북만주에서 일제에 귀순한 대원은 무려 2천7백여 명을 헤아렸다.

1939년 7월에는 동북항일연군 제3로군 9군 이화당(李華堂, 중국인) 군장도 30여 명의 부하를 데리고 일제에 투항했다. 그는 투항 즉시 삼강지구 특무기관에 고용되었다. 일제는 항일연군들을 생포하거나 투항한 자들을 별도로 전향 교육을 시켰다. 이는 마치 집에서 기르는 개나 돼지처럼 먹을 것을 가지고 그들을 길들이는 교육이었다. 개중에는 그런 비인간적인 짐승을 다루는 사육 전향교육에 인간적인 모멸감을 참을 수 없어 스스로 자진하는 자도 있었다. 하지만 변절자들은 밥 한 그릇에 동지를 배반하거나 전구를 고자질하는 자들도 적지 않았다. 이화당 군장도 지난 투쟁 경력과는 달리, 일제가 주는 먹이로 한낱 그들의 주구로 변했다.

그 무렵 헤이룽장성 '경안현 당사(黨史)' 자료집에 남아 있는 허형식의 활약상이다.

동북항일연군 제4군 2연대 경위소대 무창문(武昌文)이 쓴 서정(西征) 선견대의 경안전투 회고다.

1936년 동북항일연군 제3군은 송화강 하류의 광활한 지역에서 그 세력이 커지면서 공포에 빠진 적들을 전율케 했다. 그해 가을, 적들은 빈현·목란·통하·탕원·의란 등 5개의 현을 중심으로 '대토벌'을 시작했다. 그리하여 동북항일연군 제3군사령부는 북만 임시성위의 지시에 따라, 적의 봉쇄와 토벌을 돌파하기 위해 주력부대가 철력·경안·해륜·용문으로 서정(西征)을 한 후, 흑눈평원에 들어가 유격전을 전개하는 방침을 세웠다.

1936년 9월 말, 우리 4군 2연대는 3군 1사와 함께 서정을 하라는 상급 부대의 명령을 받았다. 그리하여 우리 2연대 150명과 3군 1사 200명을 더해 350여 명의 선견대가 편성되었다. 그때 3군 1사 정치위원은 허형식, 1사 사장은 상유군(常有鈞), 우리 연대장은 정홍도(鄭洪濤)였다.

철력·경안·해륜 일대는 큰 마을들이 총총하고, 적의 통제가 엄격하여 가는 곳마다 위만국 경찰과 지주들의 무장 대열이 도사리고 있었다. 우리 부대의 서정은 송화강을 건넌 뒤, 적들이 여러 겹으로 둘러싼 봉쇄를 돌파해야만 했다. 우리 부대는 한 달여 행군한 끝에 그해 11월에 경안현 십육도강에 도착하여 오우근하 부근에 진을 쳤다. 그때 3군 1사 허형식 정치위원은 인근 구도강 주둔 위만군에게 다음의 편지를 보냈다.

"우리는 동북항일연군이다. 우리는 북만 항일유격 전구를 개척하기 위해 북진하는 길인데, 며칠 내로 귀군의 주둔지를 통과할 것이다. 그대들은 우리 부대에게 경거망동치 말 것을 경고한다. 만일 그렇지 않으면 우리는 너희들에게 불벼락을 내릴 것이다. … 동북항일연군 제3군 1사 정치위원 허형식 백(白)"

이는 "백 번 싸워 백 번 승리하는 것이 최선의 것이 아니다. 싸우지 않고 적군을 굴복시키는 것이 최상의 전략이다"라는 손자병법의 모공 편을 원용한 전법이었다. 구도강 주둔 위만군은 그 편지를 받은 뒤 지레 잔뜩 겁을 먹었다. 그들은 그 편지를 가지고 온 전령을 상빈으로 대접했다. 그런 뒤 자기네끼리 구수회의를 가졌다. 그들은 이번 항일연군은 군사의 수도 많거니와 전투력이 강하기로 이름이 난 이희산 부대인지라 자기들 병졸로서는 도저히 상대가 되지 않음을 잘 알고 있었다. 그들은 회의 후 곧 답신을 써서 보냈다.

"귀군(貴軍)이 왕림했다는 소식 들으니 기쁘기 그지없습니다. 왜구들을 까부수기 위해 온갖 간난신고를 무릅쓰고 북진하는 귀군에 대한 경탄을 금할 길이 없습니다. 오늘 우리 방비구역에 그대들이 오시어 잠시 쉬어 가신다 하오니, 저희들은 목 축일 물을 들고 마중을 나가겠습니다. …."

그날 저녁 그들은 우리 부대를 구도강으로 안내하여 풍성한 만찬을 베풀었다. 만찬이 끝난 뒤 허형식 동지는 위만군 군사들에게 항일구국에 대한 일장 선전 연설을 했다.

이튿날 우리 부대는 그 일대에서 활동하고 있는 항일연군 3군 9사와 회합을 한 뒤, 허형식 정치위원은 인근 팔도강 대지주에게 길을 비키라고 다시 편지를 띄웠다. 팔도강은 일백여 가구가 사는 큰 마을로 위만경찰서 외에 지주가 독자적으로 무장을 하고 있었다. 그런데 대지주 저택은 지대가 높은 데다가 높다란 담장으로 둘려 있었고, 사방 담 모서리에는 견고한 포대를 쌓은 뒤 10여 명의 포수가 그곳을 지키고 있었다. 대지주는 이 포대를 믿었는지 허형식이 보낸 편지를 아예 송두리째 무시했다. 그날 저녁 우리 부대는 팔도강으로 쳐들어갔다. 그러자 지주의 사방 포대에서는 불을 뿜었다. 한 시간 남짓 치열한 전투 끝에 우리 부대 화력은 대지주의 저택을 여지없이 부숴 버렸다.

팔도강 일대 대지주들은 재물과 세도가 있는 토호들로 자위단을 꾸려 자기들 스스로 무기를 구입하여 무장하고 있었다. 이 자들은 흡혈귀나 거머리처럼 농민들을 착취한 탓으로, 그들은 살림이 풍족했다. 우리 부대는 대지주의 저택을 점령한 뒤 거기에 남은 총과 탄알을 노획한 외에도 숱한 식량과 가축 30여 마리를 몰수했다. 이튿날 날이 밝은 뒤 허형식 정치위원은 인근 인민들을 모아 군중대회를 열어 항일 구국의 의의와 동북항일연군을 선전했다.
그 군중대회를 마친 뒤 우리 부대는 십육도강으로 돌아왔다. 그날 밤 그곳에서 숙영하는데, 군중대회에서 인민들에게 선전한 보람 탓인지 두 사람이 달려와 일군 300여 명이 철력 쪽에서 공격해 온다는 긴박한 정보를 일러 주었다. 우리 부대는 즉시 전투준비를 갖추자 곧 일군들이 코앞에 들이닥쳐 그들과 일대 접전케 되었다. 전투가 시작될 때는 우리 부대가 강을 등진 평지에 있었기에 불리한 지형으로 전투에 매우 힘들었다. 곧 우리 4군 2연대가 강을 건너 산 정상에 올라 적의 기마대를 집중 사격하여 혼란에 빠뜨리고, 이어 아군이 적 보병들에게 화력을 집중하자 전투는 팽팽했다. 전투는 10여 시간 지속되었다. 우리 부대는 산 정상을 차지한 아군 화력 엄호 하에 돌격전을 감행하여 이튿날 밤 10시에는 적을 모두 격퇴할 수 있었다.[11]

다음은 동북항일연군 제3군 6사장 장광적(張光迪) 회고다.

1936년 가을, 나는 동북항일연군 제3군 6사장으로 임명되었다. 원래 6사는 동북항일연군 제3군 군장 조상지가 1936년 서정군을 인솔하여 탕원에서 돌아올 때 파언·목란 일대에 새로운 유격 전구를 개척하도록 남겨 놓은 부대였다. 이 부대는 파언에서 연대가 사단으로 확충되고, 부대의 활동 범위도 파언·목란 지구에서 경안·철력 일대로 넓어졌다.
1936년 초겨울, 6사는 허형식 동지가 영도하는 9사의 300여 명과 함께 경안 십육도강에서 회합한 후 마을 안에서 숙영했다. 이 마을은 한 줄기 작은 강과 잇대어 있었다. 강 동쪽은 넓은 황무지며, 강 서쪽에는 50~60미터 높이의 작은 산이 있었는데 봇나무(자작나무)와 참나무가 무성했다.
그날 새벽이었다. 초병의 귀청을 찢는 총소리에 단잠을 깬 부대원들은 재빨리 전투태세로 돌입했다. 남쪽 황무지 벌판에서 다가오는 적군이 보였다. 일본 관동군이 앞서고, 위만군이 그 뒤를 따랐는데 모두 300명은 넘어 보였다. 우리 부대의 설화 지대장은 30여 명 전사를 이끌고 최전선에서 적을 공

---
11. 중공 경안현당사 자료, 76~80쪽.

격했다.

설화 지대장은 사냥꾼 출신이다. 그의 사격술은 신기(神技)로 당신이 직접 일본군 장교만 골라 사격했다. 그의 조준사격에 일군 장교 두 놈이 그 자리에서 꼬꾸라졌다. 우리 부대의 기관총도 불을 뿜었다. 빗발치는 탄알이 적의 전진을 멈추게 했다. 그때 허형식 동지는 9사의 부대를 지휘하여 강 건너 서산을 점령하고, 높은 곳에서 아래로 적의 왼편을 공격했다. 나는 6사 부대를 이끌고 강을 따라 북쪽으로 가서 강 언덕과 잡목 숲에 몸을 숨긴 뒤 적의 오른편을 공격했다. 적은 좌우에서 협공당하는 형세를 벗어나고자 두 번이나 미친 듯이 돌격해 왔지만, 허 동지의 9사와 우리 6사 전사들의 맹공으로 그들은 물러났다.

하지만 적은 최후 수단으로 아군 진지에 돌격을 감행했다. 그리하여 마침내 육박전이 벌어졌다. 두 동지가 적의 돌격에 장렬히 희생되었다. 이 장면을 본 우리 부대 전사들은 희생된 동지의 원수를 갚자는 함성과 함께 맹호처럼 적진으로 뛰어들었다. 허허벌판에서 더 이상 의지할 곳이 없는 적군은 그제야 꽁무니를 빼고 도주했다. 아군 전사들은 도망가는 적을 2시간 남짓 추격한 끝에 적 30여 명을 사살했다. 이 추격전에서 아군도 여덟이나 희생되었다. 날이 밝자 우리 부대원들은 희생된 동지들을 묻어 주고, 노금구(老金洵) 방향으로 무거운 발걸음을 옮겼다.[12]

마침내 군장이 되다

중공당 북만성위 내부에서는 1938년 후반기부터 1939년 초기까지 북만주 지방에 대한 일제의 대대적인 탄압으로 투쟁 여건이 매우 악화됨에 따라 내부 갈등이 매우 심화되고 있었다. 그 대표적인 사건이 제3군장 조상지의 소련에서 피체와 당적 제명이었다. 이미 1937년 후반부터 북만성위 일부에서 허형식·조상지·주보중 등은 '좌경관문주의자'[13]의 대

---

12. 중공 경안현 당사 자료, 81~82쪽.
13. 좌경적인 초혁명적 주장을 내세우면서 당연히 구성원으로 받아들여야 할 사람을 멀

표로 지목되기 시작했고, 이에 허형식·김책·장수전 등은 상대방을 '우경취소주의자' 또는 '우경기회주의자'로 비판했다. 허형식 등 세 사람은 자신들을 비판하고 있던 후계강(侯啓剛, 중국인)과 첨예한 노선 투쟁을 벌였다. 마침내 이들은 1939년 3월 후계강의 당적을 제명시키고, 그가 주장하는 노선을 폐기하는데 성공했다.

1939년 4월 중순, 지린성 통화현에서 중공당 북만임시성위 집행위원회 전체회의가 열렸다. 그 무렵 좌경관문주의자로 궁지에 몰린 조상지가 그때까지 소련에서 돌아오지 않자, 부득이 동북항일연군 제3군장 후임 문제를 중공당 북만성위에서 정식으로 논의했다. 그때 중공당 북만성위 서기 김책은 조상지 군장을 대신하여 제3군장에 누구를 선출하였으면 좋겠느냐고 전원회의에 부쳤다. 그 회의에서 먼저 이조린(李兆麟, 중국인)이 말했다.

"당내나 군내의 위치 등 여러모로 볼 때, 제3군장은 허형식 동지밖에는 없습니다."

그 말에 곧 회의장은 박수가 터졌다. 이어 조상지를 맹종하던 풍중운(馮仲云, 중국인)이 말했다.

"아마도 소련에 억류 중인 조상지 동지도 당신 후임으로는 마땅히 허형식 동지를 추천할 겁니다. 이 어려운 시기에 우리 제3군을 지도해 나갈 인물에는 허형식 만한 분은 없습니다."

그의 말에 그날 회의에 참석한 전체 당원들은 일제히 "허형식!"을 연호했다. 그날 중공당 북만임시성위 집행위원회 전체회의에서는 마침내 허형식을 만장일치로 동북항일연군 제3군장에 추대했다. 이로써 허형식은 동북항일연군 제3로군의 핵심 지도자로 떠오르게 되었다. 이는 허

리하고 조직의 문을 걸어 닫는, 극단적으로 폐쇄적인 경향을 말함.

형식이 조선에서 만주로 망명한 이래 온갖 어려운 여건 속에서도 투철한 신념을 굳게 지키며, 일제와 용맹하게 꾸준히 싸워 온 결과였다.

그날 허형식은 백마를 타고 제3군장 깃발을 휘날리며 집으로 돌아왔다. 하지만 그새 아버지는 동구 밖 야트막한 산에 누워 있었다. 형식은 말에서 내려 먼저 아버지 무덤 앞에 엎드렸다. 무덤 속에서 아버지가 아들에게 속삭였다.

"자만치 말고 조국이 광복되는 그날까지 더 일층 매진하라."

"네. 아버지!"

형식은 집으로 돌아와 어머니를 부둥켜안았다.

"이는 네 고향 금오산 산신령님이 도와주신 거다."

"어무이, 잘 알겠습니다. 조선을 해방시키는 그날까지 일제와 계속 맞서 싸우겠습니다. 지는 해방의 그날이 오면 어무이 손잡고 곧장 고향으로 달려가겠습니다."

"그래, 그래. 장한 내 아들이다."

성주댁은 두 팔로 아들을 얼싸안았다.

"아부지 만세!"

아들 창룡과 딸 하주가 만세를 불렀다. 그 곁에서 김점숙도 두 팔을 치켜든 채 활짝 웃고 있었다. 허형식은 부인 점숙을 와락 껴안은 다음 딸과 아들을 번쩍 들어올렸다.

1939년 5월 30일, 마침내 동북항일연군 제3로군 총지휘 장수전과 총참모장 허형식은 동북항일연군 제3로군 성립을 선언했다.

동북항일연군 제3로군 성립 선언문

전 동북 무장 항일전우들! 부로(父老) 동포 여러분! 국내 항일 봉화가 중원(中原)의 남북 각지에서 타오른 지 벌써 7년 가까운 세월이 흘렀다. 이 오랜

항전 기간에 우리 군민(軍民)들은 민족해방을 쟁취하는 화선(火線, 최전선)에서 무한한 충성심과 영용한 정신을 과시했다. 그들은 생명을 아까워하지 않았고, 온갖 어려움을 이겨 냈으며, 적진에 돌격하여 일본 놈들에게 막중한 타격을 가함으로써 숱한 사상자를 냈다. 이를 본 일본군은 군심이 흩어지고, 그들의 재정은 고갈되었으며, 원한을 품은 인민들의 철저한 복수 앞에 이제 곧 그들의 말로가 닥치게 되었다. 이와 반면에 우리 대중화 민족의 신성한 해방사업은 이제 곧 최후의 완전 승리를 얻게 될 날이 그리 멀지 않았다.

전우들! 동포들! 동북군 군벌들이 패배한 후 우리 동북항일유격대원들은 중국공산당의 정확한 영도 아래, 동북 각지에서 의연히 고군분투하며 6년의 세월을 투쟁했다. 다행히 장병들은 목숨을 아까지 않고 일본 제국주의자와 만주국의 통치자들을 짓뭉갰다. 우리 동북항일 유격대원들은 전후방에서 동포들이 후원해 준 덕분에 모든 곤란을 무릅쓰고 목숨을 바쳐 송화강 유역, 용강 평원 및 북만주 각지에서 적의 많은 무기를 노획하였고, 한편으로는 무수한 적들을 소멸함으로써 그들을 전후방에서 밤낮 불안 속에 떨게 만들었다. 이로써 우리는 전 인민과 열사들의 영혼에 위안을 주었다고 자부한다.

지금의 우리 항일전쟁은 이전처럼 고립무원 한 것이 아니라 전국 군민의 항전에 대한 직접적이고 유기적인 원조를 받고 있다. … 과거 북만주의 동북항일연군 총사령부는 지난 민국 25년 각 군의 영도 하에 광범위한 항일유격전쟁을 벌여 영광스런 업적을 세웠지만, 북만주 반일 유격운동 중에서 통일된 군사 영도기관으로서 자리를 굳히지 못했다.

이런 긴박한 시기에 우리는 새로운 환경에 부응하여 더 공고하고도 통일된 새로운 군사 지휘와 정치 영도가 절박하게 요구됨을 알고 있다. 그래서 우리는 3, 6, 9, 11군 전체 지휘원과 전투원, 그리고 동북 인민의 일치된 요구와 동의 아래서 북만주 항일구국총회의 지시를 받고 아울러 정부의 비준을 거쳐 3, 6, 9, 11 각 군을 토대로 동북항일연군 1, 2로군에 이어 제3로군을 정식으로 성립하는 바이다.

무장 항일전우들! 동북 각계 동포들! 우리는 최대의 단결과 용맹한 투지력으로 적과 혈전할 것이다. 또한 우리는 함께 책임을 다하여 발전하고, 승리한다는 입장에서 동북항일연군 제1, 2로군 및 마점산 장군의 정진군, 그리고 국민혁명군, 유격군, 나아가 동북 각지의 모든 반일 대오와 손을 잡을 것이다. 그리하여 우리는 서로 존중하고, 독촉하며 밀어 주는 정신으로 항일전선에 뛰어들 것이며, 적극적이고 과감한 투쟁정신으로 동북에서 일제의 모든 시설을 파괴함과 아울러 인민의 투쟁을 영도하며, 동북 항일운동을 새로운 단계로 발전시킬 것이다. 그렇게 함으로써 전 동북의 통일된 항일연군 총사령부 성립 준비를 잘하여 항일전쟁의 최후 승리를 맞이할 것이다.

전우들! 동포들! 우리는 아래와 같이 호소한다. 중국 인민 항일구국의 책임을 지고 동북을 광복하는 과업을 실현하기 위해 함께 싸우고 영용히 매진하여 전국적으로 항일의 철저한 승리를 이룩하자. 우리 함께 외치자.

일본제국주의를 타도하자! 만주국을 뒤엎자! 동북항일연군 제1, 2로군과 배합작전을 하자! 마점산 장군의 정진군이 국민혁명군 제8로군 유격군과 함께 나아가 항일하는 것을 환영한다! 전 동북항일연군 총사령부의 신속한 성립을 준비하자! 국내 총 항일전쟁에 호응한다! 동북항일연군 제3로군 성립 만세! 대중화민족 항일대단결 승리 만세!

　　　동북항일연군 제3로군　　총지휘 장수전
　　　　　　　　　　　　　　　총참모장 허형식
　　　　　　　　　　　　　　　전체 지휘원[14]

1939년 9월, 허형식 부대는 조주현 풍락진을 쥐도 새도 모르게 기습 공격했다. 먼저 허형식 부대는 풍락진 진장을 체포한 뒤, 나머지 경찰관들을 모두 무장 해제시켰다. 허형식 부대는 은행과 창고를 털어 현금 16만 원과 금 60여 냥, 양곡 수백 부대를 노획했다. 이 가운데 현금 10만 원과 비축 군량미를 제외한 나머지 양곡은 풍락진 인민들에게 골고루

---

14. 중국공산당 헤이룽장성당사 자료.

나누어 주었다. 허형식 부대가 풍락진을 떠날 때는 경찰서와 성문 포루(砲樓, 포대)에 불을 질러 모조리 태워 버렸다.

허형식 부대는 풍락진에 이어 이웃 조원성도 공략했다. 그리하여 조원성의 위만국 군경들을 혼비백산시킨 뒤, 귀대 길에는 하얼빈 부근에서 철도를 파괴하여 일본군 군용열차를 전복시켰다. 그러자 하얼빈 헌병대는 허형식을 잡고자 혈안이 되었다. 하지만 허형식은 동에서 번쩍 서에서 번쩍하는 '성동격서(聲東擊西)'의 신출귀몰한 전법으로 일본 군경을 마구 농락했다.

1940년대 초 허형식 부대의 3조평원 정벌은 북만주에서 가장 뛰어난 전투의 하나로 꼽고 있다. 당시 북만주의 인민들에게 백마 탄 허형식 군장은 그들의 구세주로 일컬어질 만큼 추앙되고 있었다.

1940년 봄, 허형식 군장은 3조(三肇) 평원인 조주(肇州), 조동(肇東), 조원(肇源)으로 진출했다. 허형식 군장은 백마를 타고 40여 정예 기마대를 거느리며 이 삼조평원을 누볐다. 그때 백마를 탄 허형식 군장이 마을에 이르면 그때마다 소문을 듣고 동북 인민들은 구름처럼 몰려들었다.

"대체 어느 부대요?"

"우리는 동북항일연군 제3로군입니다."

뒤따르던 경위원 진운상이 대변했다.

"백마를 탄 앞장선 저 분이 그 유명한 이희산 군장이십니까?"

"그렇소. 이희산, 곧 허형식 군장이십니다."

그 대답에 몰려든 인민들은 만세와 환호성을 질렀다.

"항일연군은 이미 다 죽었거나 죄다 소련으로 도망간 줄 알았는데, 아직도 살아 있네요."

"그럼요, 우리 이희산 부대는 앞으로도 끝까지 동북을 떠나지 않고,

계속 인민들과 전구를 지키며 여러분과 생사고락을 함께할 것입니다."

그러자 구름처럼 몰려든 인민들은 일제히 만세를 불렀다.

"이희산 만세!"

"허형식 군장 만세!"

"동북항일연군 만세!"

일제강점기 시인 이육사(본명, 이원록)는 독립운동 자금책으로 활약한 외삼촌 허규와 함께 만주대륙을 이따금 누볐다. 그때 그는 북만주의 광야에서 허형식 군장을 두어 차례 만났다. 이육사는 드넓은 광야에서 백마를 타고 달리며 일본 군경과 위만국 군경을 용감무쌍하게 무찌르는 항일연군 허형식 군장의 모습에 크게 감동받았다. 허형식은 그의 외당숙으로 어머니 허길(許佶)의 작은집 사촌동생이었다. 이육사는 귀국 후 만주 벌판에서 백마를 타고 내달리던 허형식 군장의 인품과 독립군 전사로서 그 늠름한 모습을 깊이 감동하여 흠모한 나머지 긴 겨울밤을 지새우며 마침내 「광야(曠野)」라는 시를 읊었다.

까마득한 날에
하늘이 처음 열리고
어디 닭 우는 소리 들렸으랴.

모든 산맥들이
바다를 연모해 휘달릴 때도
차마 이곳은 범하던 못하였으리라.

끊임없는 광음을
부지런한 계절이 피어선 지고
큰 강물이 비로소 길을 열었다.

지금 눈 내리고
매화 향기 홀로 아득하니
내 여기 가난한 노래의 씨를 뿌려라.

시 천고 뒤에
백마 타고 오는 초인이 있어
이 광야에서 목 놓아 부르게 하리라.

1942년 8월 2일 밤, 청송령 소릉하 계곡에서 두 경위원과 함께 숙영을 하던 허형식은 이튿날 새벽녘까지 잠을 이루지 못했다. 허형식은 항일연군 유격대로 그의 전구에서 숙영을 일 년이면 반 이상했지만, 그날은 이상하게도 좀처럼 잠을 이룰 수 없었다.

그새 6월 스무 하루 하현달이 하늘 한가운데에서 서편으로 조금 기울어지는 것으로 미루어 곧 날이 샐 것만 같았다. 하지만 산중 계곡이라 그때까지 골이 깊은 숙영지는 한밤중 마냥 어둠이 짙었다. 좌우의 진운상과 왕조경이 코를 고는 것으로 보아 그들은 깊은 잠에 빠진 듯했다. 허형식은 이제라도 한숨 자야겠다고 억지로 눈을 감았다.

추적자

헤이룽장성 경안경찰서는 1942년 8월 2일 오후 늦게 한 주민으로부터 청송령 소릉하 계곡 쪽에 거동수상자로 보이는 공비가 나타났다는 신고를 받았다. 그 무렵 일제는 공비 두목을 생포하거나 포살하는 자에게는 1만 원 포상금과 1계급 특진 등 현상금이 나붙었다. 일본 경찰의 지휘를 받던 국장유(國長有) 경좌(警佐)는 그 신고를 받은 즉시 전투경찰들을 비상소집했다. 그런 뒤 그는 30여 명의 정예대원을 데리고 공비 추적에 나섰다. 그는 출발에 앞서 토벌대원들에게 일장 훈시 겸 구미 당기는 낚시 밥 같은 미끼의 말을 쏟았다.

"사람 팔자 시간문제다. 너희들 가운데 누구나 공비를 잡으면 1계급 특진에 보상금이 자그마치 최하 2천 원에서 최고 1만 원이다. 너희 놈들은 평생 만지지 못할 큰돈이다. 공비 한 놈만이라도 사로잡으면 너희들은 적어도 닷새간 로스케 백말도 탈 수도 있고, 엉덩이를 살살 흔드는 일본 계집 기모노도 발가벗길 수도 있다. 로스케 백말 타는 기분도 좋지만, 조랑말 같은 일본 계집년 타는 재미도 아주 쏠쏠하다. 걔네들은 속곳도 입지 않고 깔판도 등에 지고 다니니까 굳이 여관에 데려갈 필요도 없고 야전에서도 아무 때나 탈 수 있다. 왜년들은 서비스도 만점이다."

그 말에 전투경찰 토벌대들은 한마디씩 뱉었다.

"로스케 계집은 백마처럼 튼튼해서 밤새 타도 까딱없고, 일본 계집은 나긋나긋하면서도 사시미에 와사비와 같은 톡 쏘는 맛이 있다고."

"그럼, 두 말하면 잔소리지. 사내가 열 계집 싫어할까. 각국 계집들은 저마다 색다른 맛이 있지."

그 말에 1조의 한 조원이 입맛을 쩝쩝 다시며 말했다.

"이번 작전에 우리 조가 공비를 사로잡은 뒤 조원 몽땅 단체로 유곽에 갑시다."

그러자 이희산 부대에게 혼이 난 바 있는 1조 조장이 말했다.

"인마! 정신들 차려! 빨치산들은 그렇게 만만찮아. 재수 없게 이희산에게 걸리면 유곽은커녕 먼저 황천행이다."

하지만 대부분의 토벌대들은 1조장의 말은 흘려들었다. 그들은 자기 눈앞에 러시아 여자와 일본 여자를 발가벗겨 둔 듯이 서로들 입방아를 찧으며 헤헤거렸다. 국장유 경좌가 선임 탑승한 일제 닛산 트럭은 경안경찰서를 출발한 지 한 시간 남짓 달리다가 청송령 들머리에 세웠다. 트

럭에서 하차한 만주국 전투경찰들은 국장유 경좌의 지휘에 따라 거기서부터 전투대형으로 산개했다. 그들은 거총 자세로 마치 보물찾기라도 하듯, 청송령 일대 산등성이와 계곡을 샅샅이 뒤지며 그 일대를 훑어가고 있었다. 하지만 그 시간 허형식 일행은 토벌대의 그런 낌새를 전혀 눈치 채지 못한 채 깊은 잠에 빠져 있었다.

1942년 8월 3일 이른 새벽이었다. 진운상은 예삿날처럼 일찍 일어났다. 하현달은 그제야 중천에서 서녘 하늘로 조금 기울고 있었다. 그는 개울로 가서 세면을 한 다음 아침 식사 준비를 했다. 그러자 왕조경도 어느새 그 인기척을 듣고 슬그머니 일어나 세면을 한 다음 아침 짓는 걸 돕고자 진운상 곁으로 다가왔다. 두 사람은 자그맣게 아침인사를 했다.

"더 주무시라요."

"됐습니다."

두 사람 모두 간밤에 늦게 잠들었지만 숙면을 했고, 청송령 소릉하 계곡 공기가 쾌적한 탓으로 몸은 가뿐했다. 두 사람은 허형식을 바라보자 그때까지 기척이 없었다. 아마도 허 군장은 자기들보다 더 늦게 잠이 든 모양이었다. 그들은 각자 식량 주머니에서 알곡을 한 홉 반씩 꺼내 아침 준비를 했다. 허형식의 몫으로 두 사람은 반 홉씩 더 꺼냈다. 이따가 조반 식사 때 허 군장은 분명히 자기 몫의 식량을 주머니에서 꺼내 줄 것이다. 대체로 아침은 항고에다 멀건 죽을 쑤기 마련이었다. 진운상 왕조경 두 사람은 허 군장이 더 자도록 가능한 소리를 내지 않으려고 조심했다.

진, 왕 두 경위원은 아침밥을 지으려고 간밤에 남겨둔 나무로 불을 지폈다. 그들은 그 시각 경안경찰서 전투경찰 국장유 경좌 일당들이 숙영지를 향해 스멀스멀 다가오는 것을 전혀 눈치 채지 못했다. 밥 짓는 연기는 모락모락 피어올라 쉬 흩어지지 않았다. 그 연기는 계곡을 거슬러 뭉실뭉실 올라갔다.

소릉하 계곡은 골이 깊은 데다 아침 안개가 짙어 미처 밥 짓는 연기가 쉬이 흩어지지 않았다. 연기는 안개 속으로 빨려들었지만 화목 타는 냄새만은 쉽사리 지워지지 않았다. 그때까지도 30여 명의 만주국 경안현 소속 전투경찰 토벌대들은 거총 자세로 눈에 불을 밝힌 채 청송령 일대를 이를 잡듯이 샅샅이 수색하고 있었다. 국장유 경좌는 부하 토벌대원들을 연신 채근했다.

"기회는 늘 오지 않는다. 지금이 기회다. 이 기회만 잡으면 너희들은 평생 팔자를 고칠 수 있다. 사람 팔자는 시간문제다."

그 말에 토벌대원들은 더욱 눈을 부릅뜨며 쌍심지를 밝혔다. '사람 팔자 시간문제'라는 말은 시공을 초월하여 맞았다. 지금의 국장유 경좌도 자기들과 똑같은 처지의 말단 경찰이었다. 그런 그가 경찰 보조원들이 제공한 정보로 항일 빨치산 전구를 그대로 덮쳐 잠자고 있던 세 명의 빨치산들을 생포하는 전과를 올렸다. 그러자 그는 말단 경사에서 경위로 승진했고, 경위시절 또다시 항일연군을 10여 명을 투항시킨 공로 때문에 경좌로 특진한 인물이었다. 국장유 경좌는 그즈음 경안지구의 경찰 총책임자로 부와 명예와 권력까지 모두 움켜쥐고 경안 일대의 지역사령관으로 떵떵거리며 살고 있었다. 경안지구의 유곽은 모두 그의 손아귀 안에 있기에 그는 거의 날마다 이집 저집 옮겨 가며 주지육림 속에 제 기분 나는 대로 백마와 왜말, 조선말, 그리고 북만주나 몽골의 토종말을 번갈아 갈아타며 지냈다. 그래서 그는 모든 전투경찰들의 우상으로 부러움을 한껏 사고 있었다.

국 경좌는 이른바 '공비 토벌'에는 이골이 난 전문가였다. 그는 한때 동북항일연군 대원이었다가 변절한 자를 수색대 첨병으로 발탁하여 그를 앞장세웠다. 이는 일제 관동군들의 이이제이 수법이었다. 또한 일제가 간도특설대로 하여금 조선 독립군을 잡아 족치게 하는 수법을 그대로 원용하고 있었다.

그들이 밤새 청송령 일대를 수색한 보람은 동이 틀 무렵에 나타났다. 경안경찰서 전투경찰 토벌대가 소릉하 계곡에 이르자 짙은 안개 속에는 나무 타는 냄새가 배어 있었다. 항일연군에서 변절한 수색대 한 첨병은 거기서 개 코처럼 컹컹거리더니 곧 회심의 미소를 지었다. 짙은 안개 속에는 분명 화목 타는 냄새가 섞여 있었다. 그 시간 화목 타는 냄새는 빨치산들의 밥 짓는 것일 가능성은 매우 높았다.

첨병은 즉각 국 경좌에게 수신호로 이상 징후 발견을 보고했다. 그러자 국장유는 잠시 입을 벙긋하더니, 곧 얼굴에 희색이 가득한 채 눈동자를 크게 뜨고서 첨병 곁으로 다가왔다. 국 경좌는 첨병이 가리키는 곳을 바라보자 그 순간 계곡 아래에서 밥 짓는 연기가 모락모락 아침 안개와 함께 산등성이로 계속 피워 오르고 있었다. 국 경좌는 첨병에게 엄지손가락을 치켜세워 치하한 뒤 검지를 입술에 대며 기도비닉(企圖庇匿, 아군의 의도가 적에게 알려지지 않게 함)을 지시했다. 그런 뒤 국 경좌는 토벌대 3개조 각 조장을 불러 그들에게 은밀히 각각 작전명령을 내렸다. 먼저 3개조를 조별로 분산시킨 뒤 숙영지를 사방에서 포위케 했다. 그러면서 서른 명의 전 토벌대원들에게 정숙보행으로 한 발자국 한 발자국 슬금슬금 숙영지 현장을 조여 가도록 지시했다.

그 시간에도 허형식은 숙영지에서 잠에 빠져 있었다. 그는 비몽사몽간 두 경위원의 밥 짓는 소리를 들으면서도 눈은 좀체 떠지지 않았다. 그런데 그의 귀에서는 어디선가 사람 발자국소리가 스멀스멀 접근해 오는 소리가 들렸다. 그것은 그의 오랜 숙영생활에 익은 동물적인 감각이었다. 그 발자국 소리에 허형식은 번쩍 잠에서 깨어났다. 다시 귀를 기울이자 분명 많은 사람의 발자국 소리가 사방에서 들렸다. 허형식은 후딱 잠자리에서 일어난 뒤 머리맡의 기관단총을 들며 두 경위원에게 나직이 명령했다.

"동지들, 토벌대의 발자국 소리요. 그들이 이리로 몰려오고 있소. 즉각 전투준비!"

"전투준비!"

두 경위원은 그 말에 혼비백산하면서도 한꺼번에 '전투 준비'를 복창한 뒤 짓던 밥도 얼른 팽개치고 각자 숙영지 곁에 둔 총을 들고 전투태세를 갖췄다. 그새 허형식은 전투준비를 마치고 산기슭으로 후딱 뛰어올라갔다. 두 경위원도 자기들의 기관단총을 재빨리 들고 허형식의 뒤를 따랐다.

"군장님! 잘못했습니다."

왕조경과 진운상이 숨을 헐떡이면서 자기들의 과오를 빌었다.

"그만 됐소. 오늘은 우리 일진이 나쁜 탓이오."

허형식은 그들을 책망하기보다 오히려 토닥거려 주었다. 이미 엎지른 물이 아닌가. 항일 빨치산들은 항상 위기가 아닌가. 이 위기를 헤쳐 나가는 것이 당시 주어진 여건의 최상 해결책이다. 전투의 승패는 병가지상사(兵家之常事)가 아닌가. 그동안 항일 빨치산 생활 중, 어디 이런 일을 한두 번 겪었던가? 허형식은 곧 평정심을 찾았다.

그곳 지리에 익은 왕조경은 재빨리 그곳 기슭에서 가까운 천연동굴로 앞장서 안내했다. 곧 세 사람은 천연동굴에 몸을 피했다. 잠시 후 거총을 한 토벌대 첨병이 숙영지로 몰려와 언저리를 뒤지며 소리쳤다.

"공비 놈들은 여기서 숙영한 뒤 금방 튄 것 같습니다."

"그래? 몇 명이나 될 것 같나?"

"숙영지 규모와 밥의 양으로 봐서 두세 명 정도일 것 같습니다."

국 경좌는 아쉽게도 그만 한발 늦어 놓쳤다는 듯, 그 화풀이로 그때까지 모닥불에 끓고 있는 항고를 군홧발로 걷어찼다. 그러자 항고에 끓던 죽이 바닥에 쏟아지며 잔불을 꺼뜨렸다. 국 경좌는 권총을 휘두르며 부하들에게 명령했다.

"대원들 들어라! 놈들은 예서 그리 멀리 튀지는 못했을 것이다. 사주를 경계하며 놈들이 숨어 있을 곳을 찾아라."

"알겠습니다!"

숙영지에 가까이 다가온 토벌대들은 일제히 복창했다. 30여 명의 토벌대원들은 계속 거총 자세로 오른 손 검지를 방아쇠에 댄 채 자기들 조장의 지시에 따라 다시 산개하여 산기슭을 오르며 그 일대를 샅샅이 수색을 했다.

허형식, 왕조경, 진운상 세 항일연군 전사는 은폐 엄폐된 동굴 속에 총구를 좌와 우, 그리고 아래로 향한 채 토벌대의 움직임을 내려다보고 있었다. 허형식은 두 경위원에게 침착하고도 나직하게 명령했다.

"적들이 사정거리에 들어와도 절대로 우리가 먼저 발사해서는 안 된다. 적들은 자그마치 우리의 열 배가 넘는 병력이다. 적은 병력으로 많은 적을 제압하려면 일단 유리한 지형을 차지해야 한다. 그리고 총알을 최대한 아껴야 한다."

두 경위원은 허형식 군장의 교과서적인 작전 지시에 대답 대신에 고개를 끄떡였다. 곧 토벌대 첨병이 천연동굴을 발견하고는 국 경좌에게 손가락으로 가르쳤다. 그러자 국 경좌는 사방으로 산개된 토벌대원들에게 동굴 언저리를 포위케 권총 총부리로 지시했다. 그러자 토벌대원들은 산개한 채 한 발자국씩 동굴로 바짝바짝 다가왔다. 그들은 동굴 40여 미터 전방에서 멈췄다. 그들은 항일유격대들의 신출귀몰한 전투력을 익히 알기 때문이었다. 국 경좌는 더 이상 천연동굴로 접근치 못하고 양철로 만든 마이크로 자수를 권유했다.

"야! 공비들. 너희들은 이제 독 안에 든 쥐다! 두 손을 들고 나오면 너희 목숨은 살려 주겠다."

국장유 경좌의 목소리가 이른 아침 청송령 산골짜기에 메아리쳤다. 하지만 세 사람은 전투태세를 갖춘 채 아무런 대꾸도 하지 않을뿐더러 꿈쩍도 하지 않았다.

"다시 알린다. 공비 너희들이 두 손 들고 나오면 우리가 책임지고 따뜻한 밥과 잠자리를 제공해 주겠다. 그리고 곧 너희 가족들의 품으로 돌아가게 조치하겠다."

"……."

국 경좌의 재차 독촉에도 동굴에서는 아무런 반응이 없었다. 국 경좌의 목소리만 메아리로 들려왔다. 허 군장을 비롯한 세 사람은 국 경좌의 그 말을 전혀 믿지 않았다. 그들이 그렇게 쉽사리 투항한다면 애초부터 항일 빨치산이 되지 않았을 것이다. 그들에게는 위만군경이나 간도특설대와 같은 일본의 주구들은 사람으로 보이지 않았다. 그들을 버러지보다도 못한 지상에서 가장 더러운 인간 망종으로 여겼다. 땅벌도 제 가족과 여왕을 지키고자 침략자에게 침을 쏘고 그대로 죽지 않는가. 빨치산들은 위만군경이나 밀정들을 그렇게 여겼다. 그런 자존심과 자긍심이 그들의 확고한 신념이요, 자존심이었다.

장엄한 희생

국 경좌는 한참을 기다려도 반응이 없자 다시 양철 마이크를 들었다.
"좋다! 지금부터 너희들에게 5분간 시간을 더 주겠다. 그래도 자수치 않으면 우리 대원들이 너희를 모조리 사살하겠다."

허형식은 국 경좌의 회유가 달콤한 미끼인 줄 이미 알고 있었다. 숱한 자기 동료나 부하들 가운데 일부는 그 달콤한 미끼에 말려들어 그들의 주구가 된 것을 그는 똑똑히 봐왔기 때문이다. 저들은 투항자나 생포한 자들을 가장 야비한 방법으로 전향시켰다. 그런 뒤 샅샅이 항일연군의 정보를 다 캐낸 다음, 곧 지난날의 동료를 잡는 토벌대에 배속시켜 그들의 사냥개로 썼거나 정보원으로 이용했다. 그들은 그렇게 함으로써 한 인간의 자존심과 존엄성조차도 송두리째 잃게 했다.

허형식은 이미 그런 점을 익히 알고 있었다. 진운상과 왕조경도 국 경좌의 회유에도 아랑곳하지 않고 기관단총의 탄창을 다시 점검하는 등, 그들 세 사람은 각자 만반의 전투태세를 갖췄다. 잠깐 사이 5분이 지났다. 국 경좌는 손목시계를 지켜보더니 곧 토벌대원들에게 일제 사격명령을 내렸다.

"전 대원 들어라! 지금 즉시 사격 개시!"

그 사격명령에 따라 사방에서 토벌대의 총알이 빗발처럼 동굴 어귀로 날아왔다. 총알은 동굴 언저리 바위를 맞힌 뒤 그 유탄과 바위조각들이 동굴 안으로도 떨어졌다. 그러면서 토벌대는 한발 한발 동굴로 옥죄며 다가왔다. 그들이 20여 미터 정도로 바짝 접근하자 허형식은 그제야 두 부하에게 손짓으로 사격명령을 내렸다. 허형식은 진운상, 왕조경 두 전사와 함께 30여 명의 토벌대원들과 맞서 싸웠다. 세 전사는 동굴 좌우

중앙으로 나눠 벌떼처럼 달려드는 토벌대 앞 열의 두어 명을 그 자리에서 쓰러뜨렸다. 그러자 토벌대의 공격은 일단 주춤하더니 국 경좌가 직접 다시 양철로 만든 마이크로 소리쳤다. 그는 자기 부하의 피해도 줄이고, 가능한 투항시켜 생포하고자 다시 회유작전을 썼다.

"다시 시간을 3분 더 주겠다. 야, 너희 공비들! 개죽음하지 말고 두 손 들고 나오라."

그러자 허형식은 맞받아 고함쳤다.

"이 버러지보다 못한 왜놈 주구 괴뢰들아! 너희들이야말로 개죽음 당하지 말고 어서 물러가라!"

그리고는 앞장선 1조장 경위의 가슴을 향해 그의 기관단총으로 정조준 한 뒤 쓰러뜨렸다. 그러자 위만국 전투경찰 토벌대가 한 걸음 물러났다. 국 경좌는 최후의 비장 카드를 썼다.

"수류탄 투척!"

국 경좌의 명령이 떨어지자 수류탄이 동굴 앞으로 날아왔다. 곧 '펑' 하고 터지더니 연기와 함께 파편이 그 언저리에 쏟아졌다. 그 순간 허형식은 냉정하게 판단했다.

세 사람이 동굴에서 열 배나 되는 토벌대의 포위를 뚫고 나가기는 중과부적이었다. 게다가 실탄도 절대량이 부족했다. 이제 곧 토벌대가 동굴로 접근하여 수류탄을 다시 투척할 것이다. 그러면 수류탄 파편은 동굴 안으로 우수수 떨어질 것은 불을 보듯이 뻔한 일이다. 동굴에 있는 그들로서는 수류탄 폭발은 치명적이다. 그대로 더 이상 버티다가는 세 사람 모두 그들에게 생포되거나 수류탄 파편에 벌집이 될 것이며, 빗발치는 총알에 사살될 것만 같았다.

만일 자기 배낭의 문건들이 저들의 손에 넘어간다면 장서린 소부대장이 애써 모집한 100여 명의 숯구이 노동자 동지들의 신상은 모두 드러나게 마련이다. 그렇게 되면 그들뿐 아니라, 그들 가족까지도 위만 군경에게 온갖 박해를 받을 것은 명명백백한 일이다. 토벌대들은 아직도 이편의 숫자를 잘 모르고 있을 게다. 순간 허형식은 자신을 희생하여 두 부하 동지들을 살려야겠다는 그런 생각이 퍼뜩 들었다.

"안 되겠어, 동지들! 내가 여기서 저쪽 능선으로 후다닥 옮겨 가면 아마도 놈들의 총구가 나를 향해 집중사격할 거야. 그때 두 동지는 포위망을 뚫고 산 위로 도피하라!"

허형식은 그 말을 마치자마자 비호처럼 건너편 산등성이로 뛰어갔다. 그러자 20여 명 토벌대의 총구가 일제히 허형식을 향해 불을 뿜었다. 허형식은 건너편 산등성이에 이르는 과정에서 왼쪽 넓적다리에 관통상을 입었다. 더 이상 뛸 수가 없었다. 허형식은 그제야 자신의 최후가 오고 있음을 직감했다.

'그래, 여기가 죽을 곳이야'

그는 스스로에 다짐했다. 나는 결코 저들에게 생포가 될 수 없다. 나는 동북항일연군 제3로군 군장이며, 총참모장이다. 나는 내 직책에 걸맞도록 장엄하게 희생해야 한다. 나는 저놈들을 최대한 쓰러뜨리고 부하의 탈출을 최대한 도와야 한다. 나는 금오산인(金烏山人)으로 고향 출신 윗대 충의(忠義)의 선비나 당숙 왕산 어른의 꽃다운 이름에 결코 누가 되어서는 안 된다.

허 군장은 잠깐 동안이지만 그런 생각들이 뇌리에 스쳤다. 그는 두 경위원에게 손짓으로 자기가 엄호할 테니 빨리 산 위로 철퇴하라고 다시 명령을 내렸다. 하지만 그 누구도 그 동굴을 떠나려 하지 않았다. 오히려 그들은 총을 맞고 쓰러진 허형식을 구하려고 이쪽 산등성이로 건너

왔다. 그 순간 허형식에게 접근하던 진운상은 가슴에 총알을 정통으로 맞고 쓰러졌다. 그러자 허형식은 그 뒤를 따르던 왕조경에게 즉각 자기 문건 배낭을 던져 주며 큰소리로 고함쳤다.

"왕 동지! 이건 지엄한 명령이다. 당장 지체 말고 도피하라! 이 문건을 저 놈들에게 넘길 수 없다. 네가 북만성위에 꼭 전하라!"

그러면서 더 이상 지체 말고 빨리 퇴각하라고 다시 수신호를 보냈다. 하지만 왕조경은 그 명령을 듣지 않고 허형식에게 다가왔다.

"왕 동지! 누군가는 여기서 살아남아야 한다."

그때 허형식은 오른쪽 다리에 다시 관통상을 입었다. 그는 양다리에 피를 흘리며 기관단총 총구로 도피하라고 다시 명령했다. 왕조경은 허형식이 던진 문건 주머니를 주워 자기 가슴에 넣은 뒤 눈물을 머금은 채 그의 곁을 떠났다. 허형식은 다리에 피를 흘리면서도 산 위로 도망가는 왕조경을 엄호하기 위해 큰 나무둥치에 자기 몸을 기댄 뒤 벌떼처럼 달려드는 적들을 하나하나 정조준하며 계속 쏴 눕혔다. 그 틈에 왕조경은 마침내 포위망을 뚫고 청송령 소릉하 계곡을 벗어날 수 있었다.

허형식은 그날이 자기가 죽는 날임을 자각했다. 그러면서 이 전투에서 이기지 못한다면 자기는 절대로 살아남아서는 안 된다는 것을 다시 한 번 상기했다. 숱한 동지들이 적들에게 투항한 뒤 일본 관동군들의 야비한 사육으로 변절한 것을 잘 알고 있었다. 목숨이란 때로는 비루하다. 자기라고 그렇게 되지 않는다고 장담할 수 없지 않은가. 자기가 이 전선에서 위만국 전투경찰의 총탄에 장렬히 산화 희생함으로써 장차 더 많은 항일전사들이 탄생할 것이다. 그것은 빨치산의 불문율이요, 오랜 전통이었다. 허형식은 이를 악물고 의식이 있을 때까지 갖은 기력을 다해 몸을 나무에 기댄 채 계속 다가오는 적들을 하나하나 계속 쏴 눕혔다.

적들은 더 이상 허형식에게 가까이 접근할 수 없게 되자 생포를 포기한 채 기관총을 연발에 놓고 방아쇠를 계속 당겼다. 총알이 빗발처럼 허형식에게 쏟아졌다. 마침내 허형식의 온몸은 탄알로 벌집처럼 뚫렸다. 그래도 허형식은 쓰러지지 않고 계속 응사하자 전투경찰 저격수가 큰 나무에 오른 뒤 허형식 가슴에 정조준한 뒤 발사했다. 허형식은 그 총알을 가슴에 정통으로 맞고 픽 쓰러졌다. 허형식이 쓰러진 뒤에도 국 경좌는 못 미더운지 자기 어깨에 매단 수류탄을 뽑아 허형식에게 던졌다. '펑' 수류탄 터지는 소리와 함께 허형식의 살점이 사방으로 튀었다. 그제야 국 경좌는 허형식이 사살된 것으로 판단하고 소리쳤다.

"사격 중지!"

토벌대원들은 일제히 총구를 겨눈 채 허형식이 쓰러진 곳으로 한 걸음 한 걸음 조심스럽게 다가갔다. 허형식은 큰 나무 둥치 뒤에 엎드려 쓰러졌는데 이미 숨을 거뒀지만 그때까지 가슴에서는 피가 쏟아지고 있었다. 허형식이 쓰러진 조금 뒤떨어진 곳에 진운상도 숨을 멈춘 채 엎드려 있었다.

마침내 동북항일연군 제3로군 군장 및 총참모장 허형식은 청송령 소릉하 계곡에서 불꽃처럼 장렬하게 산화했다. 그때 허형식의 나이는 33세로, 그가 숨진 시간은 1942년 8월 3일 오전 6시 43분이었다.

그날 밤 늦게 왕조경은 청송령 소릉하 계곡의 사선을 뚫고 간신히 본대로 돌아왔다. 왕조경은 그 모든 사실을 장서린 부대장에게 낱낱이, 그리고 샅샅이 보고했다. 장서린은 눈물을 뚝뚝 흘리며 말없이 그 보고를 다 들었다. 그 보고가 끝나자 장 부대장은 허형식이 희생된 청송령을 향하여 거수경례를 한 뒤 한참 동안 고개를 숙였다.

이튿날 아침 장서린은 소부대 정예요원으로 특공대를 조직한 뒤 왕조경을 앞세우고 청송령 소릉하 허형식 희생지를 찾아 나섰다. 허형식 군장과 진운상 경위원의 남은 시체를 거둬주고자 함이었다. 그들은 정오 무렵 전투현장에 이르렀으나 허형식, 진운상의 시신이 보이지 않았다. 다만 동굴 가까운 곳에서 허형식의 권총을 수거했다. 그들은 그 일대를 저물 때까지 샅샅이 수색한 끝에 거기에서 1킬로미터 떨어진 시냇가에서 그때까지 핏기가 남아 있는 사람의 다리뼈를 발견했다.

여러 상황을 미루어 보아 두 전사의 목은 토벌대가 베어 가고 나머지 시신은 그대로 팽개친 채 철수한 모양이었다. 그러자 그날(8월 3일) 밤 한밤중에 산짐승들이 시신 냄새를 맡고 몰려와 두 전사의 살점과 내장은 다 뜯어먹고 사라졌다. 이튿날 날이 밝은 뒤 남은 부위는 또 까마귀들이 우르르 몰려와 뼈다귀에 남은 살을 발기발기 다 발겨 먹었다. 까마귀 떼들이 사라지자 또 다른 산짐승들이 몰려와 남은 다리뼈를 물고 가다가 시냇가에서 깨물어 씹고는 더 이상 먹을 게 없자 그대로 팽개치고 간 모양이었다. 장서린과 왕조경은 다리뼈만이라도 그곳에 평장으로 묻어 주었다. 그리고는 돌덩이로 그 무덤을 표시해 두었다.

그 뒤에 알게 된 일이지만, 토벌대가 허형식과 진운상의 주머니를 모두 뒤졌지만 아무것도 얻지 못하자 그들의 목만 베어 갔다. 나머지 시체는 그대로 팽개친 채 자른 목만 수거한 뒤 상자에 담아 본대로 돌아갔다. 아마도 그들은 너무 들뜬 나머지 허형식의 주검 언저리에 있던 권총은 미처 찾지 못한 모양으로, 나중에 왕조경이 이를 수거하여 오늘날 하얼빈 동북열사기념관에 전시돼 있다.

그날 오전 10시 무렵 국장유 경좌는 허형식과 진운상의 목을 베어 본서로 왔지만 그들이 누군지 잘 몰랐다. 그래서 이미 생포하여 전향시켜 특무로 고용하고 있는 한때 동북항일연군 제3로군 9군 군장 이화당을 삼강성 특무대에서 긴급히 경안경찰서로 호출했다.

이화당 전 군장은 경안경찰서 정보과에서 상자에 담긴 허형식의 얼굴을 보는 즉시 울음을 터트렸다. 그는 비록 변절했지만, 허형식은 그가 가장 존경하고 따랐던, 한때 제3로군 9군에서 동고동락했던 동지였다. 이화당은 누구냐고 계속 군홧발로 정강이를 차는 국 경좌에게 울음 섞인 말로 대답했다.

"이희산이야요."

"뭐! 그럼 항일연군 제3로군 허형식 군장이라는 말이오?"

이화당은 고개를 푹 숙인 채 끄덕였다. 그러자 국장유는 두 팔을 번쩍 치켜들고 고함쳤다.

"만세! 동북 제일의 비적 두목 이희산을 우리가 포살했다."

그러자 이를 지켜보던 전투경찰 토벌대원들도 일제히 두 팔을 치켜들며 외쳤다.

"대만주제국 만세!"

"대만주제국 경안현 경찰만세!"

"대일본제국 만세!"

"대만주제국 푸이 황제폐하 만세!"

"대일본제국 히로히토 천황폐하 만세!"

국장유는 그 만세소리를 씁쓸히 들으면서 혼잣말처럼 내뱉었다.

"역시 이희산은 다르군. 그에게 내 부하가 일곱이나 희생되다니…."

이튿날 경안현 경찰서 앞 장대에는 '공비 대두목 이희산(共匪大頭目 李熙山)', 공비 진운상(共匪陳雲祥)'이라는 현수막과 함께 두 전사의 목이 긴 장대 위에 대롱대롱 매달렸다. 당시 창춘에서 발행되는 태동신문은 이 사실을 자세히 보도했다.

"비적 두목(匪賊頭目) 이희산 일당 일거(一擧) 격살(擊殺)! 비로소 북만 형세 안정"이라는 제목 아래 다음의 기사가 실렸다.

"[하얼빈지국 발] 삼강성, 빈북성 일대에서 활약하던 반란 비적 두목 이희산(허형식)을 경안현 전투경찰 토벌대가 드디어 포살했다. 8월 3일 06시, 삼강성 경안경찰서 국장유 경좌가 인솔한 만주국 경성현 전투경찰대 토벌대는 청송령 부근 소릉하 계곡에서 숙영 중이던 반란 비적 괴수 이희산 외 공비 1명과 치열한 접전 끝에 그를 현장에서 포살하는 전과를 올렸다. …"

당시 빈강성 해륜에 살고 있었던 허형식 가족들은 이 소문을 사흘 후에야 듣고 경안으로 달려왔다. 허형식의 아내 김점숙은 경찰서 앞 장대에 효수된 남편의 얼굴을 먼저 보고 너무 끔찍한 나머지 뒤따른 시어머니를 그대로 돌려세웠다. 김점숙 일행은 그 길로 청송령 장서린 부대로 갔다. 그들 가족은 왕조경의 안내로 허형식의 평장 무덤을 참배한 뒤 그날 저물녘에야 집으로 발걸음을 돌렸다.

동북항일연군 제3로군 군장 겸 총참모장 이희산의 목이 경찰서 앞에 걸려 있다는 소문이 알려지자 동북의 많은 인민들이 그를 조상(弔喪)하고자 몰려왔다. 만주국 경찰은 '비적대 두목 토벌' '만주국 경찰 국장유 경좌의 대공적'을 선전하며 떠벌렸지만 대부분의 동북 인민들은 허형식과 진운상의 효수(梟首)된 얼굴을 보며 소리 없이 눈물을 주룩주룩 흘리며 이를 뽀득뽀득 갈며 중얼거렸다.

'언젠가 네 놈은 제 명대로 살지 못할 날이 올 것이다.'

허형식과 진운상의 효수된 목은 경안경찰서 마당 장대에 걸려 닷새간 내걸린 후 삼강성 경무청으로 보내졌다가 다시 일본 관동군으로 이송되었다. 그 며칠 후 두 항일연군 사살에 공을 세운 전투경찰관은 일 계급 특진 계급장과 현상금 수여식과 전달식이 경안경찰서 마당에서 열렸다. 그날 밤 경안현 고급 요정에서는 풍악소리와 계집들의 괴성이 밤의 정적을 깨트리며 새벽까지 이어졌다. 그 괴성은 무려 나흘간 밤마다 계속되었다.

  1942년 8월 3일, 허형식 군장의 희생으로 동북항일연군과 중공당 북만성위는 크나큰 타격을 받았다. 그런 어려운 여건 속에서도 소부대 현지 지도는 허형식의 평생 동지 김책이 끝까지 영도했다. 1942년 10월 말에 김책은 경안현 남산에서 용남지역 소부대 간부회의를 소집했다. 김책은 이 회의에서 북만에 남아 있는 소부대를 3개 소분대로 다시 편성하고, 각 소부대장은 박길송, 우천방(于天放, 중국인), 장서린에게 맡겼다.

  하지만 그 이듬해인 1943년 1월에 동북항일연군 제3로군 12지대장 박길송마저도 토벌대에게 희생되었고, 곧이어 우천방 소부대마저 토벌대에게 궤멸되었다. 그러자 동북항일연군 3군 정치부주임 김책은 남아 있는 부대원을 장서린 소부대에 배속시켜 계속 북만주에서 활동을 견지했다. 그해(1943년) 10월 소련 경내의 동북항일연군 교도려 제3영장 야영지에서는 사람을 보내 김책을 소련 영내로 다시 불렀다. 김책은 그제야 북만을 떠나면서 후일을 기약했다. 김책은 잔류대원을 이끌고 먼 길을 걸어 이듬해(1944년) 1월에야 소련 경내로 들어가 남북 야영으로 개편된 동북항일연군 교도려(敎導旅)에 합류했다.

  그때부터 북만에서 겉으로 동북항일연군은 그 자취를 감췄다. 그제야 일제 관동군과 만주군은 남만과 동만에 이어 북만에서도 '만주국치안숙정계획'이 비로소 성공적으로 완수되었다고 쾌재를 불렀다. 그들은 만주 땅에 항일연군의 씨를 다 말렸다고, 전 만주가 비로소 일본의 욱일승천기로 온통 뒤덮였다고 환호하면서 크게 외쳤다.

"대일본제국만세!"

"대만주제국 만세!"

"대일본제국 히로히토 천황폐하 만세!"

"푸이 만주제국 황제폐하 만세!"

마침내 만주대륙은 온통 욱일승천기로 뒤덮였다. 이로써 동북 일대는 일제의 관동군과 위만군의 세상이 되었고, 항일세력들은 얼음장 밑으로 숨어 버렸다. 그때부터 만주 벌판에는 살을 에는 찬바람만 더욱 세차게 불었다. 하지만 일제가 항일의 밑뿌리 싹까지는 모두 뭉갤 수 없었다. 얼음장 밑에서도 미나리 싹이 움트듯 항일세력들은 깊은 겨울 속에서 새봄을 기다리고 있었다.

뒷이야기

1942년 8월 1일, 소련 극동군은 동북항일연군의 잔류대원을 동북항일연군 교도려로 편성하는 한편, 소련 적군 88특별저격여단으로 개편했다. 그런 뒤에 주요 간부들에게는 소련군 계급장을 수여했다. 이때 북만주에서 활동하고 있던 허형식도 이 부대 간부로 일방 편제되었다. 아마도 소련 극동군은 동북항일연군 제3로군 군장 겸 총참모장 허형식이 이틀 후 헤이룽장성 경안현 청송령 소릉하 산기슭에서 전사할 줄 미처 몰랐다.

동북항일연군교도려 지휘부는 여장(旅長) 주보중(周保中, 중국인), 정치위원 장수전, 참모장 사마르첸코(소련인), 부참모장 최용건, 제1영장은 김일성·정치위원은 안길, 제2영장은 왕효명(王效明, 중국인)·정치위원은 강신태(姜信泰, 조선인), 제3영장은 허형식·정치위원은 김책, 제4영장에 시세영(柴世英, 중국인)·정치위원은 계청(季青, 중국인) 등이 임명되었다. 허형식이 동북에서 희생하자 소련 측에서는 하는 수 없이 허형식 대신 중국인 왕명귀를 제3영장 대리로 선임했다.

1945년 5월, 독일은 연합군에게 손을 들었다. 그 이전인 1945년 2월, 소련은 크림반도 얄타에서 열린 연합국 정상회담에서 미국으로부터 많은 양보를 얻어낸 뒤, 180일 이내로 태평양전쟁에 참전키로 서로 양해했다. 1945년 8월 8일은 소련이 미국에게 태평양전쟁에 참전키로 약속한 마지막 날이었다. 노회한 스탈린은 대독일 전에서 승전한 뒤 전쟁으로 지친 소련군의 전력을 한동안 추스르면서 그동안 느긋하게 일본 관동군이 동북에서 지치도록 죽 동북아 정세를 관망을 하고 있었다.

그런 가운데 1945년 8월 6일 미국이 일본의 히로시마와 나가사키에 원자탄을 터뜨려 하루아침에 태평양전쟁의 승기를 거머쥐었다. 그러자 소련은 마치 이를 기다렸다는 듯이 잽싸게 일본에 선전포고를 하는 기지를 보였다. 8월 8일 소련의 참전으로 만주 주둔 일본의 관동군조차 맥없이 허물어지기 시작했다. 최후의 일인까지 결사항전을 표방하던 일본은 마침내 더 이상 버티지 못하고 연합국의 포츠담선언을 무조건 수락할 뜻을 밝혔다.

미국은 일본의 갑작스러운 항복에 그때부터 매우 다급해졌다. 그 무렵 미군은 한반도에서 1천 킬로미터나 떨어진 오키나와에 있었고, 지리적으로 국경을 인접한 소련군은 곧 한반도를 점령할 상황이었다. 소련 제25군은 곧 청진, 원산, 옹기, 나진 등의 항구에 상륙할 태세였다. 미국은 자칫하다가는 '재주는 곰이 부리고, 돈은 되놈이 받는' 처지에 이르게 된 것이다. 그러자 미국의 국무성·전쟁성·해군성 등 전쟁관련 3성조정위원회는 1945년 8월 10일 밤 일본군의 항복조건이 담긴 '일반명령 제1호' 초안 작성을 본 스틸과 딘 러스크 두 대령에게 맡겼다. 그날 두 사람은 한반도 지도를 보며 즉석에서 북위 38도선을 기준으로 미소 양국이 분할하는 '일반명령 제1호' 초안을 입안했다. 이 초안은 곧장 합참과 3성조정위원회, 국무장관, 전쟁성장관, 해군장관을 거쳐 트루먼 대통령에게 보고됐다. 곧 이 초안 보고서가 미국의 '일반명령 제1호'로 확정되어 8월 14일 소련 측에 전달되었다.

미국은 이미 한반도에 상륙한 소련은 그들이 초안한 38도선 분할 점령안을 수락할 것인가에 대해 우려했다. 하지만 소련은 이외로 그 다음 날 미국의 제안을 수락한다는 전문을 보내왔다. 이 38도선 분할 선에 대해 미소 양국은 모두 놀랐다는 후문이다. 먼저 미국은 소련이 북위 38도선 분할에 대하여 쉽사리 수락한데 놀랐고, 소련은 미국이 그은 분할선이 후하게 남으로 내려갔기 때문에 놀랐다. 이로써 한반도는 우리 겨레의 의사와는 전혀 무관하게 일제 패망 직전, 이미 미소 두 나라의 전리품으로, 우리 백성들은 전혀 모른 채 북위 38도선을 경계로 분할되었다. 그들은 마치 고사를 지낸 뒤 시루떡을 나누듯이 한반도를 두 쪽으로 쪼개 서로 사이좋게 나눠 가졌다. 뒤늦게야 그 사실을 안 우리 백성들은 통탄했지만 되돌릴 방법이 없었다. 소련은 미리 이런 날을 대비하여 일찍이 동북항일연군을 자기네 영내로 받아들인 선견지명에 쾌재를 불렀다. 소련보다 뒤늦게 진주한 미군은 조선총독부 게양대의 일장기를 끌어내리고 그 자리에 성조기를 게양했다. 이로 미루어 볼 때 한반도는 주인만 바뀐 꼴이었다.

이런 분위기에 편성하여 소련 극동군 소속 동북항일연군 교도려(88여단)는 이미 소련의 조선 진공에 대비코자 290여 명의 조선인으로 '조선공작단위원회'를 조직했다. 이 위원회는 서기에 최용건, 위원에 김일성·김책·안길·서철·박덕산·최현을 선출했다. 최용건을 제외한 나머지 간부와 대원들은 1945년 9월 19일 소련군 선발대와 함께 원산으로 귀국했다. 그런 뒤 김일성은 귀국 20여 일이 지난 후에 비로소 평양시민 앞에 나타났다.

1945년 10월 14일 평양에서 조선해방경축 집회가 열렸다. 이날 김일성은 레베데프 소련정치사령관과 조만식에 이어 세 번째 연사로 나섰다. 그는 '모든 힘을 새 민주조선 건설을 위하여'라는 제목으로 다음과 같이 연설했다.

"힘 있는 사람은 힘으로, 지식 있는 사람은 지식으로, 돈 있는 사람은 돈으로 건국사업에 적극 이바지하자."

이날 평양시민들은 김일성의 연설 내용보다 그가 너무나 젊은 데 무척 놀랐다. 하지만 젊은 김일성은 스탈린의 지원을 등에 듬뿍 업고 있었기에 38선 이북 북조선에서 정권을 잡는 일은 탄탄대로였다. 게다가 김일성에게는 든든한 항일연군 동지요, 후원자인 최용건과 김책이 버티고 있었다. 최용건은 1900년생으로 김일성보다 나이도, 투쟁 경력도 더 많았다. 김책도 1903년생으로 김일성보다 9세 위였고, 투쟁 경력도 결코 그에게 뒤지지 않았다. 그런데도 김일성은 두 사람을 제치고 1945년 7월, 해방을 앞둔 시점에서 '조선공작단' 단장에 오른 뒤 해방 후 북한에서 최고지도자로 떠올랐다.

그 까닭은 첫째 최용건과 김책은 주로 북만주에서 활동하여 조선 국내에는 거의 알려지지 않은 데 견주어, 김일성은 주로 동만과 남만에서 활동하면서 조선 북부로 진공했기 때문에 그의 이름이 국내에 널리 알려져 있었다는 점이다. 그 둘째 김일성은 소련 측으로부터 절대적인 신임을 받고 있었다는 점이다.

김일성은 입북에서부터 북한에서 정치적 기반을 쌓을 때까지 소련군

군부의 각별한 후원과 배려를 받았다. 김일성은 이를 바탕으로 입국한 지 불과 3개월 만에 북한 최고지도자로 확고히 자리 잡을 수 있었다.

미국도 이에 뒤질세라 김일성이 귀국한 지 한 달 후쯤인 1945년 10월 10일 상해 임시정부 대통령직에서 탄핵당한 뒤, 그동안 미국에 체류 중인 이승만을 도쿄의 맥아더 사령부를 경유시켜 10월 16일 맥아더 전용기로 귀국시켰다. 그해 10월 20일 중앙청 앞에서 열린 연합군 환영대회에서 하지 주한주둔군 사령관은 이승만을 서울시민들에게 소개했다.

"이 가운데 조선의 위대한 지도자가 있다. 그는 조선의 해방을 위해 싸웠고, 조선의 자유와 독립을 위해 큰 세력을 가진 분입니다."

하지는 이승만을 극구 치켜세웠다. 그러자 이승만은 귀국 일성으로 연설을 했다. 그 요지는 다음과 같다.

"뭉치면 살고 흩어지면 죽는다."

이승만 역시 미국의 적극적인 후원으로 남한에서 정권을 잡는 일은 '식은 죽 먹기'였다.

그로부터 3년 후 북한에는 친소 정권인 '조선민주주의인민공화국'이, 남한에는 친미 정권인 '대한민국'이 세워졌다. 이로써 일제로부터 해방된 조선은 수많은 백성들의 의사와는 전혀 관계없이 강대국의 이해득실에 따라 1948년 8월 15일에는 대한민국이, 그 얼마 뒤 1948년 9월 9일에는 조선민주주의인민공화국이 수립되어 한반도는 남북으로 분단된 채 두 개의 정부가 들어섰다. 이는 일찍이 허형식이 북만주에서 일제의 빗질 토벌에도 끝내 소련으로 월경치 않은 그 까닭이 곧 입증된 셈이다. 사람은 어려울 때 누군가에게 신세를 지면 그 언젠가는 그 빚을 갚아야 하기 때문이다. 이승만도, 김일성도 아마도 그랬을 것이리라. 스스로에게 닥친 고난을 남에게 의지치 않고, 저 혼자 묵묵히 헤쳐 가는 것은 위대하다. 그게 자립과 자주의 첫걸음이다.

허형식이 희생된 지 꼭 3년 후 허형식의 동지였던 우천방은 경안경찰서 한간(漢奸, 적과 내통한 사람) 국장유 경좌를 끈질기게 추적하여 마침내 체포했다. 우천방은 그를 공개 처형함으로써 마침내 허형식 군장과 진운상 경위원의 원수를 갚았다.

일제 패망 후 허형식 가족들은 베이징을 거쳐 인천항으로 귀국하였다. 이들은 귀환동포들이 많이 모여 살았던 서울 회현동 귀환동포 숙소에서 살았다. 허형식 부인 김점숙은 남대문시장에서 과일 장사로 생계를 이어갔다. 1948년 어느 날 밤, 북한에서 밀사가 왔다. 당시 북한 산업상 김책은 심양 감옥에서 허형식과 옥중 맹약을 지키고자 밀사를 서울로 내려 보낸 것이다. 밀사는 그 길로 허형식 유가족에게 평양으로 가자고 했다. 그때 허형식 어머니는 성주댁 이성후는 고령으로 도저히 북행을 할 수가 없었다. 허형식 부인 김점숙은 그들을 따라 월북하고픈 생각은 있었으나 노령의 시어머니를 두고 차마 떠나갈 수가 없었다. 그래서 아들 창룡과 딸 하주를 먼저 북으로 보냈다.

1950년 6월 25일 한국전쟁이 발발했다. 그때 우익 대한청년단 남산동 단장이었던 허형식의 동생 허규식은 인민군에게 붙잡혀 서대문감옥에 수감되었다가 9·28수복 때 방화로 불에 타 죽은 걸로 알려지고 있다. 미처 피난치 못한 허형식 부인 김점숙은 인공시절 인민군에게 부역한 죄로 9·28수복 때 우익청년단에게 붙들려 미아리로 끌려간 뒤 현장에서 처형되었다. 허형식의 어머니 성주댁 이성후는 졸지에 아들과 며느리가 좌익과 우익에게 번갈아 비명횡사 당하자 그만 화병으로 앓아누운 채 세상을 떠났다. 그는 세상을 떠나기 전에 곁을 지키던 둘째 며느리 한영숙과 손자 창수(昌洙, 허형식의 동생 규식 아들)에게 딱 한마디 유언을 하고 눈을 감았다.

"앞으로 남은 식구들은 낙동강이 보이면 떠나라."

허필의 가족들은 일제강점기와 해방 공간에서 계속 멸문을 당하는 화를 입었다. 살아남은 가족들은 한동안 호적도 만들지 않은 채 숨을 죽이며 살았다. 하지만 할머니(성주댁)의 유언을 마음속에 깊이 새긴 채 허형식의 유족들은 고향 구미 임은동 낙동강 근처는 얼씬도 하지 않았다.

북으로 간 허형식의 딸 하주는 곧 인민군 군관이 되어 1951년 1·4후퇴 때 서울에 나타났다. 그는 회현동 일대에서 어머니를 찾았다. 그때 이웃 주민들로부터 9·28 서울 수복 후 어머니는 미아리로 끌려가 곧장 처형되었다는 소식을 들었다. 그는 그 비보에 "누가 우리 어머니를 죽였느냐?"고 크게 울부짖으며, 권총을 뽑아들고 하늘을 향해 두어 발 쏜 뒤 발길을 돌렸다고 한다. 북한에서 허형식의 자녀 창룡과 하주를 친자식처럼 돌봐 주던 김책은 한국전쟁 당시 군사위원과 전선사령관으로 활약하다가 1951년 1월 31일 심장마비로 갑자기 사망했다.

한때 북한 인민군 고급장교를 역임한 뒤 소련으로 망명한 허형식의 큰집 조카 허웅배는 『김일성정전』에서 두 사람 관계를 다음과 같이 증언하고 있다.

"허형식 동지와 김책 동지의 호상관계는 누가 누구의 상관이었느니, 누가 누구의 지도를 받았느니 하는 따위의 문제를 가릴 그런 사이가 아니었습니다. 두 분 사이는 깨끗하고도 숭고한 혁명동지 사이로 최고의 이상적인 관계였습니다. 이것은 그들이 동급의 간부였고, 한 부대에서 함께 사선을 넘어왔기 때문만은 아니었습니다. 그들은 참으로 장한 인간들이었으며, 견실하고 참된 애국자요, 위대한 혁명가였습니다."

김책은 젊은 날 심양 감옥에서 허형식과 맺은 금석맹약을 끝까지 지킨 의리의 사나이로, 후일 동북항일연군 동지들의 사표로, 그 미담이 전설처럼 남아 있다.

제2부
영웅을 찾아가다

하얼빈 동북열사기념관

제1장
동북열사기념관에서 허형식을 만나다

유언

이즈음 구미는 인구 40만 명이 넘는 내륙 최대의 산업도시다. 하지만 내가 구미중학교를 다닐 무렵까지도 인구 1만 명 안팎의 조그마한 면소재지였다. 그렇던 구미가 사람들에게 널리 알려진 것은 이 고장 출신 박정희 장군이 1961년 5월 16일 군사 쿠데타를 일으킨 이후다.

이 고을 남쪽에는 금오산이 솟대처럼 우뚝 솟아 있고, 그 주봉인 현월봉과 약사봉은 구미시가지를 빤히 내려다보고 있다. 내 고향 집 마당에서는 언제나 금오산이 정남향으로 바라보였다. 나는 해방이 되던 1945년 구미면 원평동 장터마을에서 태어났다. 어린 시절 할아버지는 아침을 드신 후면 으레 마당 한가운데에서 우뚝 솟은 금오산을 바라보며 혼잣말처럼 감탄했다.

"참! 볼수록 명산이다."

할아버지 원래 고향은 낙동강 건너편 선산군 도개면이었는데 금오산 산세에 매료당해 구미로 이사해 왔다. 할아버지는 때때로 나에게 금오산 기슭에서 태어난 숱한 이 고장 선비들을 가르쳐 주셨다. 고려 말 길재(吉再) 선생을 비롯하여 조선시대 사육신 하위지(河緯地)·생육신 이맹전(李孟專), 그밖에도 김숙자(金叔滋)·김종직(金宗直) 등 숱한 선비들의 행적을 일러 주셨다. 그런 뒤 우리 고장은 충절과 학문, 그리고 선비의 고장이라고, 내 귀에 익도록 들려주셨다.

1950년 한국전쟁이 일어났다. 전쟁 초반 석 달은 북에서 남으로, 이후 석 달은 남에서 북으로 해일처럼 휘몰아쳤다. 그 이후 양측은 북위 38도선을 축으로 마치 시소게임을 하는 양, 전선은 38도선을 사이에 두고 마냥 오르내렸다. 전쟁 발발 1년이 지날 무렵 '휴전'이란 말이 슬그머니 튀어나왔다. 이후 전선은 더 이상 크게 요동치지 않았고, 줄곧 38선 언저리를 맴돌면서 전쟁은 추적추적한 장맛비처럼 질금질금 끌다가 1953년 7월 27일 마침내 포성이 멎었다. 그 지루한 전쟁이 멈추자 이전의 북위 38도의 일직선 군사분계선은 구불구불한 '휴전선'이라는 새로운 이름으로 바뀌었다.

한국전쟁이 끝나자 구미 일대의 산과 들, 그리고 마을도 여느 곳처럼 온통 전쟁의 상흔들이 마마자국처럼 덕지덕지 남아 있었다. 학교와 역, 그리고 면사무소 등은 폭격으로 성한 건물이 거의 남아 있지 않았다. 특히 구미 일대는 한국전쟁 초기 격전지 다부동전투 배후지였기 때문에 전쟁 중 미 공군 B-29 전투기의 융단폭격 세례를 된통 받았다. 그래서 마을 전체가 거센 산불이 한 차례 휩쓸고 지나간 것처럼 숯검정 폐허로 변해 있었다. 마을에는 집이나 관공서와 같은 건물만 불타거나 무너진 게 아니었다. 전쟁으로 집집마다 빗살이 듬성듬성 부러진 참빗처럼 가족을 잃었거나 부상을 당한 장애인도 숱하게 많았다. 전선으로 나간 마을의 여러 젊은이들 가운데 일부는 하얀 광목천에 싸인 싸늘한 유골 상자로 돌아왔다. 옆집 김 목수는 큰아들이, 장터 오거리 술도가 공 영감은 외아들이 전쟁이 끝나도 끝내 집으로 돌아오지 않았다. 동네 어른들이 쏘곤대는 말로는 그들은 사회주의자로 후퇴하는 인민군을 따라 북으로 넘어갔을 거라고 했다.

소전거리 참기름집 해평댁은 서둘러 남보다 먼저 피난을 떠났다. 하지만 낙동강을 미처 건너지 못하고 나루터에서 동동거리다가 폭격을 된통 맞아 영감과 막내아들은 시신도 제대로 수습치 못했다. 장터 대장간 거꾸리 영감의 아들은 전쟁 중 전사하여 하얀 유골 상자로 돌아왔다. 물집(염색집) 남 영감은 지뢰를 밟은 뒤 목발을 짚고 다녔고, 수리조합의 맹 주사는 수류탄 폭발로 왼손 손가락을 모두 잃어 갈퀴 모양의 의수(義手)를 줄곧 달고 다녔다. 옆집 개똥이 형은 전쟁 후 불발 포탄을 분해하다가 뇌관을 잘못 건드려 한쪽 눈을 잃었다. 역전의 곰배 누이는 좌익으로 붙잡혀 간 아버지를 구하고자 심청처럼 양공주가 되었다. 그는 미군의 도움으로 경찰에 붙들려 간 아버지를 구한 뒤 대구 동촌비행장 하꼬방(판잣집)에 살면서 입술을 새빨갛게 칠하고 양키들과 팔짱을 끼고 다닌다고 어른들은 귀엣말로 쏘곤거렸다.

아무튼 전쟁 중이던 그 시절 젊은이들은 본인의 의사와는 상관없이 어느 편에 붙잡히느냐에 따라 이편저편으로 갈라졌다. 그런 뒤 양편 젊은이들은 서로 다른 외제 소총을 들고 한 하늘 아래 살 수 없는 철천지 원수가 되어 목숨을 걸고 싸웠다. 외가의 한 아저씨는 한국전쟁 초기에는 인민군으로, 나중에는 국군으로 양쪽 군대에 입대하며 곡예사처럼 살아남기도 했다. 전쟁이 3년이나 계속되었으니 집집마다 식구들이 이빨 빠진 갈가지[1] 꼴로 줄어들었다.

어린 시절 할아버지는 조반 뒤면 나를 사랑으로 들게 했다. 할아버지

---

1. 새끼 호랑이의 사투리로, 경북 구미 지역에서 웃니 빠진 어린이를 놀림조로 이르는 말.

는 먼저 천자문을, 그 천자문을 떼자 곧이어 『동몽선습』과 『명심보감』을 강독했다. 나는 '군자(君子)'가 뭔 말인지도 모른 채 할아버지의 강독에 따라 앵무새처럼 조잘거렸다.

"군자는 식무구포(食無求飽)요, 거무구안(居無求安)이라. … 군자는 먹는 데 배부름을 구하지 않고, 사는 데 편안함을 구하지 않는다."

"군자는 식무구포요, 거무구안이라. … 군자는 먹는 데 배부름을 구하지 않고, 사는 데 편안함을 구하지 않는다."

그 강독이 끝날 무렵이면 할머니는 할아버지에게 약주상을 올렸다. 할아버지는 막걸리 한 사발을 꿀떡꿀떡 드신 다음 시조나 한시를 읊다가 이따금 심중 깊숙이 담아 둔 말씀도 불쑥불쑥 쏟았다.

"이승만과 김일성이 서로 손잡고 둘로 쪼개진 나라를 하나로 합칠 생각은 도통 하지 않고, 애당초부터 미제, 소련제 무기를 조선 땅에다 마구잡이로 끌어다가 조선 백성들 숱하게 죽인 기라. … 도야!"

"예."

"예로부터 난세에 영웅이 난다고 했다. 금오산사람으로 왜정 때부터 이 어지러운 나라를 구하겠다고 나선 조선 무명베 같은 그런 튼실한 사람이 어딘가 있을 거다. 니(네)가 그 어른 함(한번) 찾아봐라."

"예."

초등학교 5학년 모내기 때였다. 그 시절 농촌에서는 "모내기 때는 고양이 손도 빌린다"는 말처럼 매우 바쁜 철로, 시골 학교에서는 농사일을 돌보라고 '가정실습'이라는 이름으로 오전 수업만 했다. 그날 오전 수업을 마치고 곧장 집으로 돌아오자 마당에도, 안방과 건넌방에도, 방문은 활짝 열린 채 아무도 없었다. 나는 책보를 대청마루에 팽개친 채 먼저 부엌으로 갔다. 거기에도 문은 열린 채 썰렁했다.

갑자기 섬뜩한 생각이 들었다. 그래서 집 안을 한 바퀴 정신없이 도는데, 할아버지가 거처하는 사랑 섬돌에 뜻밖에도 신발이 가득했다. 나는 후다닥 사랑으로 들어가자 대낮인데도 할아버지는 방 한가운데 이불을 덮은 채 누워 있었다. 할머니와 어머니, 그리고 윗말에 사는 큰고모와 고모부, 둘째 고모 등이 할아버지를 에워싸고 있었다.

"아버님, 마침 도야가 학교에서 왔습니다."

어머니는 그 말을 하면서 당신 옆자리에 나를 앉게 했다. 그러자 할아버지는 앙상한 손으로 내 손을 거미처럼 더듬었다. 나는 할아버지의 수수깡 같은 손을 덥석 잡자 평소와는 달리 거의 온기를 느낄 수 없을 만큼 싸늘했다. 할아버지가 뭐라고 말씀하시는데 내 귀를 입술에 가까이 대자 이름을 자그맣게 불렀다.

"도-야."

"예."

나는 울먹거리며 대답했다. 그러자 할아버지의 눈자위가 조금 움직였다.

"참, 얄궂데이. 내는 그만 말문을 닫은 줄 알았는데, 그래도 당신 손자는 용케 알아보네. 영감, 하고 싶은 말이 있으면 한마디 하소."

할머니는 할아버지를 내려다보시며 소곤거리셨다. 그제야 할아버지는 내 손을 잡은 채 입술을 떨며 매우 힘들게 입을 여셨다.

"… 니가 … 그 어른 … 함 … 찾아봐라."

"예, 할배요."

곧 할아버지는 숨을 멈췄다. 그와 함께 가족들의 곡소리와 흐느낌이 궂은 날 연기처럼 사랑 밖으로 흘러나갔다. 그때 나는 집안의 대들보가 무너지는 충격을 받았다. 나는 눈물을 잔뜩 머금은 채 슬며시 사랑을 나왔다. 마당 한가운데서 금오산을 바라보았다. 금오산은 그런 나를 말없이 내려다보고 있었다.

하얼빈

그로부터 40여 년이 흐른 1999년 6월 하순 어느 날, 나는 한 독지가로부터 전화를 받았다. 그분은 내 글의 애독자로 그 몇 해 전 면담을 청하기에 한 번 만나 뵌 적이 있었다. 그때 그분은 전주지검 검사장에서 물러난 이영기(李英基) 변호사라고 자신을 소개했다. 그러면서 내가 쓴 자녀교육에 관한 『아버지는 언제나 너희들 편이다』라는 책을 감명 깊게 읽었다면서 당신이 자녀들에게 하고 싶었던 말을 조목조목 아주 쉽게 잘 썼다고 말하면서 그 자리에서 3백 권의 책을 사주었다. 아무튼 저자로서는 가장 고마운 독자다. 그 뒤 이 변호사는 나에게 당신 문중 회보에 실을 원고를 청탁하기에 두어 차례 기고한 적도 있었다.

그날 이 변호사는 여름방학 중 계획을 묻기에 별일 없다고 답했다. 그러자 토요일 오후 퇴근길에 서초동 당신 사무실로 꼭 들러 달라고 당부했다. 내가 약속한 날 사무실로 가자 이 변호사는 낯선 두 분을 소개했다. 이항증, 김중생 선생이었다. 이 변호사는 그해 연초에 중국대륙의 항일유적지를 둘러보며 생존한 원로 독립지사를 만나 보니까 느낀 것도, 기록하고 싶은 것도 많았다고 했다. 하지만 당신은 법조문에 익은 문장이기에 좀처럼 글을 쉽게 쓸 수 없다고 하면서 나에게 두 분과 함께 중국대륙의 항일유적지를 둘러본 뒤, 그 답사기를 부탁했다.

내가 그 뜻을 선뜻 수락하자 그 즉석에서 중국대륙 항일유적지 답사단이 꾸려졌다. 그날 처음 만난 김중생 선생은 일송 김동삼 선생의 손자로 1933년에 중국 하얼빈에서 태어나 조선의용군으로, 한때 한국전쟁에도 참전했던 파란만장의 행적을 남기신 분이었다. 조선인민군으로 복무한 뒤 다시 헤이룽장성 자무쓰(佳木斯)사범대학에서 역사학을 전공했다. 그 뒤, 아성현 중학교 역사 교사로 근무하다가 어머니 이해동 여사와 함께 수년 전에 영구 귀국한 분으로 중국어와 지리에 밝았다. 그리고 이항증 선생은 대한민국임시정부 초대 국무령 석주 이상룡 선생의 증손자로 경북 안동 임청각에서 태어났다. 당신 어머니 허은(許銀) 여사는 왕산 허위 선생의 당질녀로 친정과 시가가 모두 항일 명문가였다. 특히 허은 여사는 『아직도 내 귀엔 서간도 바람소리가』라는, 임은 허씨와 고성 이씨 두 가문의 독립운동사를 회고록으로 남긴 분이다. 두 분 모두 선대의 영향으로 독립운동사에 매우 밝은 데다가 석주 선생과 일송 선생은 안동의 명문 유림으로 망국 후 만주로 함께 망명한 혈맹의 동지로 두 집안 간에도 세교가 매우 깊었다. 독립운동사에 까막눈인 나로서는 매우 귀한 두 분 안내자를 만났다.

그해(1999년) 8월 1일, 우리 답사단 일행은 서울을 떠나 베이징으로 갔다. 거기서 원로 독립지사 당시 93세의 이태형(李泰衡) 옹을 만나 당신 젊은 날의 생생한 증언을 들은 다음, 곧장 상하이로 갔다. 상하이 마당로에 있는 대한민국임시정부 청사와 뤼순공원의 윤봉길 의사 유적지를 둘러본 뒤, 다음 날인 8월 3일 오후 중국 동북 지린성 창춘(長春)으로 날아갔다.

창춘은 동북 삼성의 교통요지이기에 우리 답사단은 거기를 거점으로 삼았다. 중국 동북지방 으뜸 항일 유적지는 하얼빈역이다. 그래서 우리 답사단은 창춘 도착 이튿날인 8월 4일 이른 새벽 하얼빈으로 가고자 창춘을 출발했다.

창춘에서 하얼빈까지는 280여 킬로미터나 되는 먼 길로, 도로는 곡선

길이 거의 없는 일직선 아스팔트길이었다. 차창 밖 도로 양편의 수양버들 가로수가 참 시원하고 아름다웠다. 드넓은 만주 벌판은 온통 옥수수 밭으로 초록의 물결을 이루었는데, 이따금 벼논들도 눈에 띄었다. 그 초록의 향연 틈새에 해바라기 밭들이 띄엄띄엄 초록의 들판을 샛노랗게 수놓았다. 그야말로 비단에 꽃수를 놓은 듯, 망망대해 초록의 들판에 샛노란 해바라기 꽃은 그지없이 아름다웠다.

창춘에서 하얼빈 가는 길은 두어 시간을 고속으로 달려도 언저리에 산을 볼 수 없는 초록의 거대한 지평선이 줄곧 이어졌다. 내 상상을 초월한 드넓은 평야였다. 만주에서 50여 년을 살았던 김 선생은 이 일대가 지금은 대부분 옥수수 밭으로 초원을 이루고 있지만, 겨울철에는 황량한 허허벌판으로 변한다고 말했다.

창춘-하얼빈 간 도로를 달리다가 마침내 얘기로만 전해 들었던 송화강을 만났다. 지난날 우리 독립전사들의 숱한 애환이 서려 있는 송화강은 만주평야를 가로지른 채 쉬엄쉬엄 흘렀다. 김 선생은 우리 일행이 송화강을 건너자 거기서부터는 헤이룽장성이라고 했다.

헤이룽장성은 동북 삼성 중 가장 넓은 71만여 평방킬로미터로, 우리나라 남북한보다 세 배 이상이나 넓었다. 좁은 나라에서 살았던 나는 그 땅덩어리 크기에 그만 기가 질렸다. 송화강에서 조금 더 달리자, 마침내 영화나 사진, 이야기로만 전해 들었던 까마득히 먼 이역의 도시 하얼빈에 도착했다. 하얼빈 시가지에는 과거와 현재가 공존하는 듯, 자동차의 물결 속에 우마차도 심심치 않게 보였다.

하얼빈은 헤이룽장성 성도로 19세기 무렵까지는 자그마한 어촌이었다. 이 작은 어촌 하얼빈이 각광을 받게 된 것은 러시아의 동청철도 부설로 교통요지가 된 이후다. 이 하얼빈이 우리나라 사람들에게 귀에 익게 된 것은 안중근 의사가 하얼빈역 플랫폼에서 이토 히로부미를 장쾌하게 쓰러뜨렸기 때문이다. 그래서 우리나라 사람들은 '하얼빈' 하면 '안중근'을 연상케 마련이다. 김 선생이 미리 연락한 탓으로 동포사학자 서명훈 선생은 우리 일행의 도착에 맞춰 하얼빈 일대 항일 유적지를 안내하고자 자택에서 대기하고 있었다.

서명훈 선생은 1931년 헤이룽장성 영안현에서 태어난 동포로, 목단강시 조선족소학교 교원, 민족고 교장, 하얼빈시 조선족사업촉진회장을 역임한 조선민족의 역사에 정통한 사학자였다. 우리 일행은 서 선생의 안내로 안중근 의사 의거현장인 하얼빈역 플랫폼으로 갔다.

서 선생은 안 의사가 거사한 지 한 세기 가까이 지난 뒤인지라 그새 하얼빈역 일대가 몰라보게 변했지만, 다행히 거사 현장인 하얼빈역 플랫폼은 옛 모습을 그대로 지니고 있다고 말했다. 만주국 시절에는 이토 히로부미가 안 의사의 총에 맞고 쓰러진 자리에다 1미터 높이로 유리 집을 지어 전등을 켜 이를 기념했다고 하지만 중국이 해방된 뒤 그 표지를 말끔히 지웠다고 했다. 하지만 서 선생은 당신의 가슴속에 그 표지를 또렷이 새겨 두고 우리 일행에게 지난 역사를 정확하고 자세하게 증언해 주었다.

서 선생은 하얼빈역 안내에 이어 우리 일행을 거기서 멀지 않은 옛 하얼빈 일본총영사관으로 데려갔다. 그곳은 일제강점기 때 하얼빈 일대에 살았던 일본인을 보호하던 기관이었지만, 조중(朝中) 양국의 항일전사들에게는 소름이 돋는 원한의 장소였다.

그곳 지하는 취조실 겸 임시 유치장으로, 안중근 의사도 거사 후 뤼순 감옥으로 갈 때까지 거기서 일본 검찰 미조부치 타카오의 신문을 받았다. 항일 무장투쟁의 선봉장 김동삼 선생도 신의주에서 일경에게 체포된 뒤 그곳으로 압송되어 한 달 남짓 모진 고문과 신문을 받았던 곳이다. 또 여성 독립운동가 남자현(南慈賢) 선생도 조선총독 사이토 마코토와 만주국 주재 일본대사 무토 노부요시를 암살하려다가 체포되어 그곳에서 6개월 남짓 모진 고문과 신문에 시달린 곳이었다. 옛 일본총영사관의 겉모습은 예나 지금이나 크게 다름이 없다고 했지만 내 눈에 비친 그 건물은 매우 어수선하고 퇴락해 보였다. 자세히 살펴보니 그 건물 지하는 그새 싸구려 여인숙으로 변해 '화원여사(花園旅社)'라는 간판을 달고 있었다. 새삼 세월 무상을 절감케 했다. 지난날 항일전사들을 감금하여 고문하고 취조하던 지하 감방에는 낡은 철제 침대와 모포 두 장만 달랑 놓인 여인숙으로 변해 있었다.[2]

동북열사기념관

옛 하얼빈 일본총영사관의 음습한 지하 '화원여사'를 벗어나자 서 선생은 우리 일행을 거기서 가까운 동북열사기념관(東北烈士紀念館)으로 안내했다. 나는 '동북열사기념관'이란 말이 금시초문이라 무지한 부끄러움을 무릅쓰고 초등학생처럼 물었다.

"이곳은 무엇을 기념하는 곳입니까?"

"만주국 때 일본 관동군이나 위만국 군경들과 맞서 싸우시다가 돌아가신 열사들을 모신 곳입니다."

서 선생님은 매우 엄숙하고 진지하게 말씀했다.

"아, 네에."

서 선생은 원래 그곳은 만주국 시절에는 악명 높은 하얼빈경찰서였는데, 지금은 그때 동북 헤이룽장성 일대에서 순국한 항일 열사들을 모

---

2. 현재는 화원소학교로 변해 있다.

신 기념관으로 바뀌었다고 건물 내력을 자세히 설명했다. 이어서 서 선생은 여기에 모셔진 100여 분의 열사 가운데, 허형식·양림·리추악·리홍광·박진우·차용덕·리광림·김순덕·허성숙 등 서른두 분은 조선인이었다고 자랑스럽게 말씀했다 동행한 이항증 선생은 나에게 불쑥 말씀했다.

"허형식 열사는 금오산사람이에요."

나는 그 말에 온몸에 전류가 흐른 듯 저릿했고, 동시에 가슴이 벅차게 뭉클했다. 그 순간 내가 이분을 만나기 위해 수륙만리 먼 길을 왔다는 어떤 소명의식을 갖게 되었다.

"구미 임은동에서 태어났어요. 임은동과 상모동은 철길 하나 사이지요."

나는 그 말에 또 놀랐다. 상모동은 박정희 전 대통령 생가마을이 아닌가. 나는 그 순간 비로소 그동안 내가 그리던 인물을 비로소 찾았다고, 마치 탐험가가 신대륙을 발견한 것처럼 어떤 황홀경에 빠졌다. 문득 할아버지의 말씀이 떠올랐다. 그러면서 어쩌면 내가 허형식 열사를 만나고자 하얼빈에 온 것이 아닐까 하는 어떤 소명의식을 느꼈다. 그날 이 선생이 들려준 허형식 열사 얘기는 나에게 숱한 상상의 나래를 펴게 했다. 그러면서도 나는 한편으로 쥐구멍을 찾고 싶을 정도로 몹시 부끄러웠다. 남의 나라에서조차 열사기념관에 모시는 고향 어른을, 그동안 그분의 이름조차 전혀 들어 보지 못했기 때문이다.

그날 밤 창춘으로 돌아온 뒤, 곧장 밤 열차를 타고 연길로 갔다. 우리 일행은 그 이튿날부터 연길 일대의 항일유적지인 봉오동, 청산리, 백두산 일대의 항일전적지를 둘러보면서 그 역사현장에 고국에서 가져간 소주로 술잔을 채워 올리며 선열들의 명복을 빌었다. 하지만 나는 빡빡한

답사여정 가운데도 줄곧 '허형식'이라는 이름이 머릿속에 맴돌았다. 마침 연길에서 만난 연변대학교 민족연구소 박창욱 교수에게 허형식 군장의 행적을 부탁하자 『중국 조선민족 발자취총서』와 『중국 조선족 력사상식』이라는 책을 권했다.

나는 대담 후 즉시 연길서점에서 박 교수가 추천한 『중국 조선민족 발자취총서 4-결전』을 샀다. 그 책 화보에서 허형식 군장의 모습을 볼 수 있었다. 동북항일연군 복장에 군관 모자를 쓴 청년 허형식은 잘생긴 얼굴에 이목구비가 뚜렷했고, 눈썹이 유난히 짙었다. 사진으로 보는 허형식 군장의 모습은 어찌나 호남인지 같은 남자도 그 인물에 반할 정도였다.

또 그 책 목록 중 김우종(金宇鍾) 작가가 쓴 '북만에서 유격전을 견지한 항일연군부대들' 편에서는 허형식 군장이 장렬히 산화한 희생도 읽을 수 있었다. 나는 그 글에서 허 군장의 짧고도 순결한, 장렬히 산화한 그분의 희생정신에 감동되어 한동안 눈을 감았다. 그의 마지막 장면은 마치 헤밍웨이 원작 영화 〈누구를 위하여 종을 울리나〉 로버트 조던의 마지막 장면을 연상케 했다.

우리 답사단은 연길에서 다시 창춘으로 돌아온 뒤, 길림·서란·화전·반석을 거쳐 유하현 삼원포 일대의 항일유적지를 답사했다. 우리 일행이 답사하는 항일유적지는 이미 한 세기가 지났는지라 그 원형은 거의 찾아볼 수 없었고, 옥수수·벼논·해바라기·통나무 굴뚝·초가집 등이나 초라한 기념비만 보았다. 우리 일행은 동포들의 정성으로 세워진 초라한 기념비나 표지석 앞에 술잔을 드리며 묵념하는 걸로 아픈 마음을 달랬다. 마지막 답사 여정으로 랴오닝성 왕청문에서 양세봉 장군 석상에 깊이 절을 드린 다음, 선양에서 9·18기념탑과 미쓰야(三矢)협정³을 맺은 선양공안국을 둘러본 뒤 1999년 8월 11일에 귀국했다.

나는 중국에서 귀국한 후 『항일유적답사기』를 집필하면서 어느 날 이화여자대학교중앙도서관 서고에서 참고문헌을 찾던 중, 독립기념관 발간의 『한국독립운동사 연구』 제7집에서 「許亨植 硏究(허형식 연구)」라는 논문이 눈에 번쩍 띄었다. 이는 당시 독립기념관 연구사 장세윤 박사가 쓴 논문으로, 관외대출금지 도서라 하여, 이를 모두 복사해 온 뒤 몇 번을 정독했다. 장세윤 박사가 허형식을 주목했던 점은 다음과 같다.

첫째, 항일연군 지도자들이 대부분 북한 출신인 데 견주어 남한 출신이다.
둘째, 구한말 의병장 왕산 허위 선생의 당질이다.
셋째, 항일연군에서 정치이론과 사상, 대원 교육과 전략전술 분야에서 핵심 역할을 했다.
넷째, 1940년대 초 동북항일연군에서 김일성·최용권·김책 등과 거의 대등한 고위 간부로 활동했다.
다섯째, 1942년 8월 북만주에서 전사할 때까지 항쟁할 만큼 철저한 무장 투쟁론자였다.

특히 장 박사가 허형식 군장을 높이 평가하는 점은 1940년대 초 무렵 다른 항일연군 지도자들은 일제의 극심한 토벌을 피해 대부분 소련으로 넘어갔으나, 그분은 단 한 번도 중소 국경을 넘나들지 않았다는 점이었다. 곧 허형식 군장은 동북의 전구와 인민들을 끝까지 지키다가 젊은 나이로 일제 토벌대에게 장렬히 전사했다. 허 군장은 항일 파르티잔으로서 그 열정과 순결성, 순수성에서는 어느 누구보다 앞선 지도자라고 평

---

3. 1925년 조선 독립군을 탄압하려는 목적으로 조선총독부 미쓰야 경무국장과 동북의 지배자 장쭤린이 체결한 협약.

가했다.

　나는 그 대목을 읽으면서 오랜만에 진짜 애국자를 만난 짜릿한 황홀감을 온몸으로 느꼈으며, 허형식 군장에 대한 흠모의 마음이 더욱 불같이 일어났다. 그래서 먼저 허형식 연구 논문을 쓴 장세윤 박사를 만나고 싶었다. 수소문하여 그 무렵 성균관대학 동아시아학술원 연구교수로 재직 중인 논문의 저자 장세윤 박사를 성대 600주년 기념관 교수연구실로 찾아갔다. 그러자 장 박사는 허형식 장군을 국내에 처음 보도한 당시 대한매일신문 특집부 차장 정운현 기자를 특별히 초대한 뒤 나를 기다리고 있었다.

　내가 허형식 장군과 동향이라고 하자 우리 세 사람은 초면인데도 마치 십년지기 동지처럼 매우 도탑게 이런저런 얘기를 나누고 장 박사는 참고문헌도 여러 권 빌려 주었다. 그 뒤, 나는 장 박사와 함께 허형식 군장의 구미 임은동 생가도 찾아갔다. 고향의 생가는 폐허가 된 채 대나무 몇 그루만 자라고 있었고, 임은 허씨 가운데 허호 씨만 홀로 고향 땅을 지키고 있었다.

　"니 허형식 장군을 우예 알고 날 찾아왔노?"

　허호 씨는 깜짝 놀랐다. 그분은 마침 구미중학교 2년 선배였다.

　"하얼빈 동북열사기념관에 전시된 허형식 열사를 보고 알게 됐지요."

　"그래? 사실 우리 집안에서는 그 어른에 대한 얘기는 모두 입을 다물고 있었다 아이가. 그동안 우리 일가들은 모두 쉬쉬한 채 숨기고 살았지. 이제는 얘기해도 괜찮을지 모르겠다. 너는 내 고향 후배라서 믿고 얘기한다."

　허호 씨는 그제야 임은 허씨의 항일 내력을 자세히 들려주었다. 그러면서 1911년과 1915년에 만주로 두 차례 망명했던 임은 허씨 일가들의 근황도 두루 들려주었다. 일제 패망 후 일부 후손은 귀국했으나 아직도 많은 후손들은 풍비박산이 된 집안 탓으로 러시아·중앙아시아·중국·북한·미국 등, 세계 곳곳을 유랑하고 있다고 전했다.

나는 허형식 군장에 대해 좀 더 자세히 알고자 이듬해 여름방학을 이용하여 허형식 희생지를 답사키로 했다. 그리하여 그분 순국지에 찾아가 깊이 묵념을 드리는 것이 동향 출신 문사로서 최소한의 예의요, 그동안 나의 무지함에 대한 부끄러움을 면하는 일일 것 같았다.

애초에는 그곳 지리에 밝은 김중생 선생님과 동행하려 했으나 서로 일정이 맞지 않아 나 혼자 떠나기로 했다. 그동안 나의 답사여행 체험에 따르면 혼자 미지의 곳으로 떠나면 지리나 언어를 몰라 방황도 하고 소통이 원활치 못한 어려움도 있지만, 그 대신 자유로움은 있었다.

다행히 하얼빈의 서명훈 선생과는 한 번 만난 인연이 있는 데다가, 또 장세윤 박사가 중국 공산당 헤이룽장성 당사연구소장이며 허형식 군장의 최후를 쓴 작가 김우종 선생의 주소를 알려줘서 두 분에게 몇 가지를 부탁하는 편지를 띄웠다.

첫째, 허 군장이 주로 활동했던 가판참(枷板站) 일대와 전사한 헤이룽장성 경안현 청송령으로 현지답사하고 싶다. 현지 지리에 밝은 조선인 동포를 소개해 달라. 둘째, 항일연군으로 생존한 리민(李敏) 여사나, 그 시기를 잘 아는 인사를 만날 수 있게 주선해 달라. 셋째, 동북에서 발간된 항일투쟁사나 조선인 항일 열사전과 같은 책을 구할 수 있는 방안을 가르쳐 달라. 넷째, 하얼빈 시내에서 시설 중급 정도의, 우리말이 통하는 빈관(賓館, 여관)도 물색해 달라. 그 편지를 띄운 보름 만에 하얼빈의 서명훈 선생으로부터 아무 걱정하지 말고 방문해도 좋다는 회신이 왔다.

제2장
영웅을 찾아가다

빈안진

2000년 8월 17일 나는 홀로 김포공항에서 하얼빈행 아시아나 여객기에 올랐다. 그날 오전 10시 30분에 김포공항을 이륙한 비행기는 오전 11시 30분에 하얼빈 공항에 닿았다. 시간으로는 1시간 조금 못 미쳤지만, 중국과 시차로 꼭 두 시간 걸린 셈이었다. 그 먼 북국의 하얼빈이 그새 두 시간 거리로 단축된 데 새삼 놀랐다. 하얼빈 공항에 도착하자 공항 대합실에는 내 이름 팻말을 든 한 청년이 기다리고 있었다. 그는 동포 김택현 기사로, 서명훈 선생이 보낸 사람이었다.

그날은 토요일로 서명훈 선생과 김우종 선생은 조선문화궁전(문화센터)에서 문화행사가 있었기에 공항에 나올 수 없어 대신 자기가 혼자 나왔다고 김 기사는 말했다. 나는 김 기사의 안내로 조선문화궁전에서 서명훈 선생과 1년 만에 다시 만난 기쁨을 나누었다. 곧이어 그곳에서 초면의 김우종 선생과 인사를 나눴다.

"남조선의 작가로, 더욱이 허형식 고향 분이라니 참으로 반갑소."

김 선생은 반갑게 내 손을 잡고 한참 흔들었다.

"아무것도 모릅니다. 많이 가르쳐 주십시오."

"어디 뱃속부터 알고 태어난 사람은 아무도 없지요. 내가 아는 데까지는 가르쳐 드리지요."

김우종 선생은 1930년 함경남도 단천 출신으로 목단강조선중학교에서 교편을 잡은 전직 교원으로 그즈음에는 헤이룽장성 성위공산당사연구소 소장이었다. 그렇다면 바로 중국공산당 핵심 당원이 아닌가. 하지만 그분은 내 선입관과는 달리 앞이마가 벗겨진 마음씨 좋은 예사 할아버지 풍모였다. 내가 그런 첫인상을 말하며 경계심을 풀자 옆의 서명훈 선생이 말했다.

"내가 남조선 포항 일갓집에 가자 집안 손자 녀석이 내 머리를 유심히 쳐다보면서 그러더군요. '할아버지 머리에는 뿔이 없다'고."

우리는 하얼빈 시내 번화가인 중앙대가의 한 밥집으로 옮겨 점심을 먹으면서 그분들과 답사일정을 짰다. 이튿날은 허형식 군장이 젊은 날 공산당원으로 맹활약했던 빈현 빈안진을 답사하고, 그 다음 날은 허 군장이 희생된 경안현 희생기념비를 찾기로 답사 일정을 짰다. 그런 뒤 현지 지리에 밝은 김택현 기사의 차를 하얼빈 떠날 때까지 계속 이용키로 했다. 그는 하얼빈 출신 동포로 우리말과 중국어에도 모두 익숙했다.

김우종 선생은 내가 만나 뵙기를 부탁한 리민 여사가 그날 참석치 못한 사유를 전했다. 리 여사는 젊은 날 동북항일연군 여성대원으로 활동한 분 가운데 몇 분 안 되는 생존 인물이다. 하지만 하필이면 그 시기에 당신 자녀들과 함께 오래전부터 남부지방으로 여행을 가기로 한 선약 때문에 참석치 못한다는 유감의 말을 대신 전했다. 그러면서 그분은 허형식 군장과 같은 부대에서 근무한 적이 없기에 당신도 풍문 이상은 더 자세히 모른다는 말도 함께 전했다.

그날 우리 세 사람은 허형식에 대한 자세한 행적은 다음날 빈현에서 돌아온 뒤 하얼빈 중앙대가 모던호텔 찻집 다실에서 다시 나누기로 약속했다. 두 분 선생은 나에게 원거리 여행의 여독을 풀라는 배려였다. 나는 곧장 김 기사의 차를 타고 서명훈 선생이 알선해 준 하얼빈시 도리구 경위가에 있는 한 동포 민박집으로 갔다.

나는 그 집에다 여장을 푼 뒤 거기서 가까운 조린공원으로 혼자 산책을 갔다. 그 조린공원은 항일연군 교도려 정치부려장(政治副旅長) 장수전(張壽金箋, 본명 李兆麟)을 기리는 공원이다. 원래 이 공원 이름은 '하얼빈공원'으로 1909년 10월 23일, 안중근 의사가 거사를 사흘 앞두고 이른 아침에 산책하면서 나라의 원수 이토 히로부미를 포살할 계획을 세웠던 유서 깊은 곳이다. 그때 안 의사는 이 공원을 거닐며 이토 히로부미 가슴에 총알을 안길 그런 거사 계획을 품고 떠오르는 태양을 향해 다음과 같은 기도를 드렸을 것이다.

"천주님! 저는 오직 당신의 가호만을 믿습니다. 천우신조 없이 이토 히로부미는 도저히 쓰러뜨릴 수 없는 막강한 인물입니다."

그날(2000. 8. 17.) 나는 조린공원을 천천히 거닐며 대한의 작가로 죽기 전에 허형식 군장의 생애를 이 세상에 남길 수 있게 해달라고 하늘을 우러르며 두 손을 모았다.

이튿날 나는 김 기사의 승용차를 타고 빈현 빈안진을 찾아갔다. 하얼빈에서 빈현까지는 새로 포장한 아스팔트길이라 아주 경쾌하게 달렸다. 하지만 빈현부터 빈안진까지는 비포장도로였다. 도로는 장마 뒤끝으로 노면이 많이 팬 탓인지 승용차의 흔들림이 몹시 심했다. 도로 중간 중간에서 우마차나 소, 또는 양 떼를 몰고 가는 농부들을 자주 만났다. 그들은 자동차에는 전혀 신경 쓰지 않고 짐승들을 도로 한가운데로 몰며 유유히 걸어갔다. 자동차가 알아서 그들 무리를 피해 갔다. 하얼빈을 출발한 지 두 시간 남짓 만에 목적지 빈안진에 도착했다.

나의 답사여행 경험으로는 길을 잘 모르거나 그 고장 역사나 문화재에 대해 자세히 알고 싶으면 중국에서는 인민정부를 찾는 게 가장 적확하고 시간 절약이 됐다. 나는 김 기사에게 인민정부를 찾으라고 말했더니, 그는 곧 빈현 빈안진인민정부 청사 마당에 차를 세웠다. 김 기사가 그곳 인민정부 서기에게 나의 방문 목적을 말하자, 그는 곧장 빈안진 인민정부 진장(鎭長) 앞으로 안내했다. '진(鎭)'은 한국의 면에 해당하는 중국의 행정단위로 진장은 한국의 면장에 해당했다.

김 기사가 40대 젊은 진장에게 나를 남조선에서 온 작가라고 소개하자 그는 매우 융숭하게 맞아 주었다. 그는 빈안진은 자기가 태어난 고장도 아니거니와 1930년대 이 고장에 있었던 일들은 잘 모른다고 말했다. 그러면서 서기에게 고장 역사를 잘 아는 분을 모셔 오게 했다. 서기가 승용차를 타고 나간 지 30여 분만에 한 늙수그레한 호로(胡老, 나이 많은 중국인)를 모시고 왔다.

그는 유덕춘(劉德春·72) 씨로 다행히 자기 고을의 역사를 매우 잘 알고 있었다. 내가 허형식 군장의 행적을 더듬어 그곳을 찾아왔다고 하자, 그는 깜짝 놀라며 대단히 반가워했다. 그는 허 군장의 행적을 비교적 잘 알고 있었다. 그는 이 고장의 역사를 기록한 『빈현지(賓縣志)』의 일부를 자기가 쓰기도 하고, 그 책을 만드는 일에도 관여했다고 말했다. 그러면서 서기에게 빈안진인민정부 서고에 보관된 『빈현지』를 가져오게 한 뒤 그 책 가운데 허형식 편을 줄줄 읽어 가며 그 당시 활약상을 자세하게 설명했다. 그 모든 것을 김 기사가 천천히 통역해 주었다.

그는 지금의 빈안진 지명은 옛 가판점으로, 자기 고장은 북만주 공산당 발상지나 다름이 없는 '중국공산당 메카'라고 대단히 자랑스럽게 소개했다. 그러면서 숱한 조선인 공산당원 가운데 최용건·김책·허형식, 이 세 사람은 자기 고장에서 맹활약했다고 자랑스럽게 말했다.

곧 진장은 인민정부 찬청(饌廳, 식당)으로 안내했다. 그날 나를 접대하기 위한 특별한 상차림이었는지는 몰라도 진수성찬이었다. 진장은 자기 이름을 '왕일(王一)'이라고 소개했다. 그는 식사 도중 세 차례나 건배를 제의하는 바람에 나는 그때마다 독한 고량주를 마시는 곤혹을 치렀다.

진장은 점심식사가 끝나자 굳이 자기 승용차에 나와 우리 일행을 태운 뒤 유덕춘 씨의 안내로 관내 항일유적지를 구석구석 안내했다. 유 씨는 지난날 만주국 시절 빈안진 일대에는 최대 3천여 명의 조선인이 살았지만, 지금은 거의 그 고장을 떠났다고 했다. 그러면서 지난날 조선인들이 몰려 살았던 마을로 안내했는데, 그때까지 폐가가 된 초가집 몇 채가 그대로 남아 있었다. 조선식 을씨년스러운 볏짚 초가지붕이 현실을 말해 주고 있었다. 유 씨는 아마도 그 마을에서 허형식 가족이 살았으리라고 추정은 되지만, 정확히 어느 집인지는 솔직히 잘 모르겠다고 말했다. 그밖에도 유 씨는 그 일대의 호룡산(虎龍山), 빈안교(賓安橋) 등도 유명한 항일전투지였다고 증언했다.

빈안진 일대의 주마간산 식으로 둘러본 뒤 그날 오후 5시 30분에 약속 장소인 하얼빈 시내 중앙대가 모던호텔에 도착했다. 서명훈·김우종 선생은 이미 도착하여 답사를 마치고 돌아온 우리 일행을 반갑게 맞아 주었다. 김우종 선생은 경안현 허형식 군장 희생지는 거리가 멀어 다음 날 아침 일찍 출발해야 한다기에 나는 곧장 김 기사를 돌려보냈다.

그런 뒤 우리 세 사람은 중국 고전음악이 은은히 흐르는 다실 외진 자리로 옮긴 후 향기 좋은 중국차를 마시며 본격으로 허형식 군장의 생애를 더듬었다. 나는 허 형식 군장의 큰집 누이 허은 여사가 쓴 『아직도 내 귀엔 서간도 바람소리가』라는 책과 허씨 집안 얘기를 토대로 망명 이전의 구미 임은동에서 살았던 허형식 군장의 어린 시절을 주로 얘기했고, 두 분은 허 군장이 만주로 망명한 이후 행적을 들려주었다.

그날 저녁 모던호텔 찻집에서 시작한 세 사람의 허형식 열사 항일투쟁사는 거기서 가까운 서라벌 한식당으로 옮긴 뒤에도 이어졌다. 김우종 선생은 마침 중국공산당 경안현에서 1998년 10월 청송령 들머리에 '허형식 희생지' 기념비를 세웠다는 소식을 전했다. 그러면서 나에게 남조선에서 온, 게다가 허형식 고향에서 온 첫 번째 빈객이라고 말하면서 내가 '허형식 희생지' 기념비를 참배하면 허 군장의 혼령이 대단히 반가워할 거라고 말했다. 당신은 선약으로 동행할 수 없다고 애석해 하면서 즉석에서 나에게 중공당 경안현위원회 당사연구실 주임 앞으로 보내는 소개장을 써 주었다. 세 사람은 그날 밤 10시 찻집 문을 닫을 때까지 허형식 이야기를 했다.

그날 밤 헤어질 때 서명훈 선생은 『송화강』이라는 잡지에 실은 젊은 허형식의 투쟁사인 「일본영사관 습격사건」 복사물을, 김우종 선생은 당사 연구실에서 보관 중인 허형식 관련 서류 복사물과 연변 소설가 유순호가 조상지의 일대기를 쓴 『비운의 군장』을 참고문헌으로 나에게 건네주었다. 나는 두 선생과 함께 거기서 가까운 신화서점에서 동북 삼성의 지도와 일제강점기 동북의 투쟁사를 담은 『동북대토벌(東北大討伐)』이란 책을 산 뒤 거기서 택시를 타고 숙소로 돌아왔다.

풍운의 대륙

2000년 8월 19일은 하얼빈 도착 사흘째 날이다. 마침내 그날 나는 허형식의 희생지를 찾아 나섰다. 그날 이른 꼭두새벽, 김택현 기사의 승용차를 타고 하얼빈을 출발했다. 하얼빈에서 경안까지는 2백여 킬로미터 남짓했다. 김 기사는 그날로 돌아오려면 일찍 출발해야 된다고, 미처 어둠이 가시지 않은 5시 30분에 서둘러 하얼빈 숙소를 떠났다. 승용차가 하얼빈 시가지를 벗어나자 경안으로 가는 길은 비포장도로로 굴곡이 몹시 심했다.

마침 도로 곁에는 새로운 고속도로를 한창 건설하고 있었다. 아직 개통 전이지만 김 기사는 거기로 오르면서 나에게 대한민국 여권과 한국 담배를 두어 갑 달라고 했다. 나는 출국 전 마침 선물용으로 담배 2포를 사갔기에 그때까지 몇 갑이 남아 있었다. 나는 여권과 담배 세 갑을 그에게 건넸다.

이후 김 기사는 건설 중인 고속도로를 마구 달렸다. 그동안 굴곡이 심한 진흙길을 달리다가 포장된 고속도로를 달리자 승차감도 좋고 차의 속력도 매우 빨랐다. 조금 달리자 고속도로 공사요원이 교통 지시봉으로 차를 세웠다. 김 기사는 기다렸다는 듯이 차창을 통해 내 여권을 보이며 담배 한 갑을 그에게 슬그머니 건넸다. 그런 다음 뒤에 탄 손님은 한국에서 온 귀빈으로 경안에 가는 중이라는 말을 했다. 그러자 그가 오히려 "하오하오(好好), 시에시에(謝謝)"를 연발하며 교통 지시봉으로 통과 신호를 보냈다. 곧 망망대해 북만주의 벌판이 아득히 펼쳐졌다. 김 기사는 내가 일망무제의 지평선을 바라보며 감탄하자 갓길에다 차를 세웠다. 나는 차에서 내려 심호흡한 뒤 만주 벌판을 두어 컷 카메라에 담

앉다. 그런 뒤 그동안 말로만 들었던 끝없는 만주 벌판의 지평선을 하염없이 바라보았다.

'만주(滿洲)'는 중국 동북지방 랴오닝성, 지린성, 헤이룽장성 등 3성(三省)을 아우르는 말로 그 넓이가 123만여 평방킬로미터로 한반도의 다섯 배에 해당할 만큼 대단히 드넓었다. 아득한 옛날 우리 선조들은 이곳에 고조선을 비롯하여, 이후 고구려·발해 등의 나라를 세운 바 있었고, 말갈족·선비족·거란족·여진족·몽고족·만주족 등도 이곳에서 새로이 발흥하거나 소멸했다.

지난날 우리 선조들은 이곳을 자유롭게 드나들었다. 그러다가 17세기 초, 청나라가 세워진 이후 봉금정책으로 드나들 수 없게 되었다. 이 봉금정책은 한족들의 동북 이주와 조선인들이 도강을 막고자 쓴 정책이었다. 그런 봉금정책에도 조선 북부의 평안도·함경도 변경거주자들은 몰래 압록강과 두만강을 넘어 수렵과 벌목으로 생업을 이어갔다. 그러다가 조선 후기 탐관오리들의 발호와 수탈로 민생이 도탄에 빠지게 되자 백성들은 새로운 삶의 터전을 찾아 몰래 강을 건너는 일이 잦아졌다. 이들은 생계를 위하여 청의 관헌들로부터 모진 박해와 갖은 수모를 받으면서도 도강을 감행했다. 그러다가 1880년대에 이르러 청은 간도지방 개척을 위해 조선인 이주를 포용하는 정책으로 바꾸자 이곳 간도지방에는 조선인들이 부쩍 늘어나기 시작했다.

그 후 1910년 경술국치 전후로는 국내에서 활동하던 항일의병이나 독립지사들이 일제의 탄압을 피하고, 새로운 활동 근거지를 찾아 만주와 러시아 연해주 등지로 가고자 국경을 넘었다. 이들 가운데는 수십 명의 가족단으로 이주 계획을 세워 국외에 독립운동기지를 건설하고, 이곳을 거점으로 삼아 국권회복을 위한 독립전쟁을 수행코자 했다.

일제는 1910년 조선을 병합한 후 1919년까지 10년간 토지조사로 문서 없는 땅은 모조리 몰수하여 국유화하고, 임자 있는 땅은 헐값에 사들여 동양척식회사나 농업척식회사를 설립하여 일본인들을 대거 조선에 이주시켜 경작케 하는 토지정책을 썼다. 이런 일제의 토지정책으로 땅을 빼앗긴 조선 농민들은 괴나리봇짐에 쪽박을 차고 새로운 삶의 터전을 찾아 압록강과 두만강을 건넜다. 1931년 일제는 만주사변을 일으켜 그 이듬해 만주국을 수립하자 만주는 마침내 일본의 식민지가 되었다.

일제는 식민지로 만든 만주대륙을 그들의 대소(對蘇) 방어진지 구축과 중국대륙 침략의 전초기지로 삼고자 본격 개발에 착수했다. 그와 동시에 일제는 만주 땅에 일본인과 조선인을 대거 이주시켰다. 그리하여 만주벌판은 지난 한 세기 동안 군벌과 마적, 일제 관동군과 만주군, 그리고 조선 독립군들이 서로 뒤엉켜 각축을 벌였던 풍운의 대륙이었다.

그러자 지난 세기 숱한 조선의 청년들은 서로 다른 복장으로 이 드넓은 만주 벌판을 누비면서 자기 나름대로 꿈을 키웠다. 낙동강 옆 구미 임은동 대나무 숲에서 자란 한 소년(허형식)은 괴나리봇짐을 지고 만주로 망명도생하여 백마를 탄 항일빨치산으로 이 만주 벌판을 달리면서 조국 광복을 꿈꾸었을 것이다. 임은동 건너 마을 금오산 산기슭 상모동에서 태어난 한 소년(박정희)은 관동군 복장으로 긴 칼을 차고 이 만주 벌판을 누비며 천하를 호령하려는 청운의 꿈을 키웠을 것이다. 또 평양 만경대에서 태어난 한 소년(김일성)은 육혈포를 치켜든 채 갈색 말을 타고 만주 벌판을 달리면서 대망을 꿈꿨을 것이다.

어디 그들뿐이었으리라. 지난 세기 이 만주 벌판을 누비던 모든 조선 청소년들의 꿈이 하나였다면 조국 분단의 비극은 결코 오늘까지 이어지지 않았을 것이다. 1876년 병자수호조약 이래 너무나 많은 사람들이 일제에 부화뇌동하고 민족반역의 죄를 저질렀다. 이 오욕의 역사를 그대로 덮어야 할 것인가? 누가 저들에게 저주의 돌을 던질 수 있겠는가? 나는 망망대해 만주 벌판을 바라보며 그런 근원적인 문제를 생각해 보았다.

문득 나 자신에게도 그 책임이 있다는 것을 느꼈다. 나는 교육자로 청소년들을 제대로 가르쳤는가? 나는 대한의 한 작가로서 민족의 양심과 정의를 제대로 글로 썼는가? 친일연구가 임종국 선생의 말이 떠올랐다.

"친일의 역사가 그대로 방치되고 있는 것은 첫째 오욕의 역사라 건드리고 싶지 않다는 은폐론 때문일 것이다. 그러나 영광의 기록만이 역사는 아니다. 오욕으로 말한다면 임란·호란·국치와 분단이 전부 오욕이다. 계절에 사계가 있듯이 민족사에도 영욕의 소장(消長, 쇠하여 사라짐과 성하여 자라남)은 있을 것이다. 3·1의 함성이 무성한 여름이라면, 친일은 암담한 동면이다. 동면기를 모르고 건국이라는 맹아기를 말할 수 없기 때문에 친일은 결코 은폐의 대상일 수 없다. 둘째 당자나 유족의 체면을 위해서 덮어 두자는 인정론 때문일 것이다. 그러나 사(私)를 위해 민족사를 파묻어 버릴 수는 없는 것이다. 이렇게 멸공봉사를 한다면 대의(大義)는 어디에서 살고 어디서 숨을 쉴 것인가?"

나는 끝없는 지평선을 한동안 바라본 뒤 다시 승용차에 올랐다. 김 기사는 가속 페달을 계속 최고 고속으로 마냥 밟았다. 망망대해 같은 만주의 지평선은 계속 이어졌다. 그야말로 세상은 넓었다.

> 모든 산맥들이
> 바다를 연모해 휘달릴 때도
> 차마 이곳은 범하던 못하였으리라.

나는 문득 이육사의 「광야」한 구절이 연상되었다. 이곳 만주 벌판은 사방 어느 곳을 둘러봐도 끝이 보이지 않는 무한대의 광막한 지평선이었다. 나는 그 대륙의 실체를 비로소 보았다. 이 넓은 대지를 바탕으로 중국이 비상할 때 아마도 세계의 판도는 크게 달라질 것 같았다.

김 기사가 수화에 이른 후 중국공산당수화시위원회 사무실로 들어가 임희귀(任希貴) 당사연구주임에게 김우종 선생의 소개장을 건네자 그는 두 팔을 번쩍 추겨들며 반겨 맞았다. 그러면서 앞으로는 자기들이 안내하겠다고 앞장서면서 찬청(식당)으로 데려가 아침을 대접했다.

조반 후 나와 김 기사가 수화를 출발하려는데 뜻밖에도 그곳 당사 사무실에서 세 사람이나 따라 나섰다. 임 당사연구주임은 우리 차에 오르고, 추희순(鄒喜順) 비서장, 손계동(孫繼東) 과장은 당사 전용 승용차를 타고 뒤따랐다.

임 당사주임은 옆자리에서 줄곧 허형식 군장에 대한 얘기를 했다. 그는 엄지를 치켜세우며 허형식 군장은 동북항일연군 제일가는 명장이었다고 누누이 강조했다. 김 기사는 핸들을 잡은 채 그의 말을 통역했다.

"중국이 해방된 것은 바로 허형식 군장과 같은 혁명렬사 때문입니다."

나는 고개를 끄떡이는 걸로 대답했다. 김택현 기사도 곁들여 한마디 했다.

"오늘 중국 동북지방에서 조선 동포들이 당당하게 살아가고, 연변조선족자치주가 세워진 것은 허형식과 같은 항일렬사들의 희생 덕분이지요."

나는 그제야 중국 정부가 조선족자치구를 만들어 준 까닭을 비로소 알게 되었다. 이런 역사적 배경으로 오늘날 조선족들이 중국의 한 소수민족으로 당당히 살고 있는 것이다.

우리 일행은 그날 정오 무렵 경안현 인민정부에 이르렀다. 흔히들 우리나라 사람들은 "호떡집에 불났다"라는 말로 중국인들의 야단법석을 말하는데, 그 말 그대로 두 지역 공산당원과 인민정부 관리들은 '호떡집에 불이 난 것처럼' 요란하게 허형식 군장 고향 작가를 빈객으로 영접했다.

거기서 다시 왕무빈(王武斌) 경안현 인민정부 부국장, 양옥규(楊玉奎) 주임의 안내로 허형식 희생지 기념비가 세워진 대라진(大羅鎭)으로 갔다. 그러자 다시 임장갑(林長甲) 대라진인민정부 부서기가 우리 일행을 안내코자 앞장섰다.

들꽃을 바치다

마침내 그날 오후 3시 무렵 우리 일행은 청송령 들머리 허형식 희생지 기념비에 이르렀다. 청송령으로 가는 길가에 호젓하고 조촐하게 선 기념비 앞면에는 抗聯第三路軍總參謀長許亨植犧牲地(항련제3로군총참모장허형식희생지)'라고 새겼고, 뒷면에는 허형식 군장의 약력이 새겨져 있었다. 나는 빈손으로 온 게 조금 겸연쩍었는데 경안현 인민정부 왕 부국장과 양 주임이 눈치 빠르게 가까운 그 기념비 언저리 들판에서 들꽃을 꺾어 즉석에서 꽃다발을 만든 뒤 슬며시 나에게 건넸다. 나는 그 꽃다발을 허형식 희생지 기념비에 앞에 바친 뒤 깊이 고개 숙인 채 마음속으로 고유의 말씀을 드렸다.

'허 군장이시여! 이역의 산하에서 고이 잠드소서.'

동행한 당사 관계자와 경안현 관리들도 모두 고개 숙였다. 그들은 자기네들이 허형식 희생지 기념비를 세운 이후 한국에서 처음으로 진객이 방문했다고, 그것도 허형식 고향 작가의 방문이라 더욱 의의 있는 일이라는 환영 인사와 함께 일일이 나에게 손을 내밀었다. 나도 그들의 손을 일일이 잡으면서 그들이 '허형식 희생지' 기념비를 세워준 데 고맙다는 말로 화답했다. 그 순간 나는 무척 기뻤다. 그 기쁨 탓인지 수륙만리 먼 길을 달려온 피로도 사라졌다.

우리 일행의 희생기념비 참배가 끝나자 대라진 인민정부 임장갑 부서기는 그곳에서 가까운 풍림촌에는 아마도 그 당시 허형식 군장을 잘 아는 호로가 여태까지 살아 있을 거라고 말하면서 다시 앞장섰다. 우리 일행은 곧 풍림촌을 찾아 거기서 손환무 노인을 만났다.

손 노인은 1917년생이라고 했다. 그는 그때 여든셋 나이인데도 비교적 건강해 보였다. 그는 손가락을 한참 꼽더니 허형식 군장 희생 당시 그는 25세 청년이었다고 말했다. 그는 내가 가져간 허형식 군장의 사진을 보이자 잠시 기억을 더듬더니 곧 "허형식 군장!"이라고 크게 소리쳤다.

손 노인은 만주국 시절, 자기 집은 청송령 아래 외딴집에서 주막으로 살았다는데, 이따금 한밤중에 빨치산(항일연군)들이 산에서 내려왔다고 했다. 자기는 그때의 기억이 두렷하다고 말했다. 그 빨치산들은 한밤중에 집 안으로 들어오면 가장 먼저 집 안의 불부터 끄게 하고 천으로 사방을 막은 뒤 부엌에만 불을 컨 채 밥을 지어 달라고 부탁했다. 그래서 그때 자기는 바깥에서 망을 봤고, 어머니는 부엌에서 빨치산들에게 밥을 지어 주었다고 했다. 그러면 그들은 후딱 먹은 뒤 남은 밥마저 죄다 싸 가지고 바람처럼 사라졌다고 60년 전 그날의 얘기를 마치 어제 일처럼 들려줬다. 손 노인이 기억하는 허 군장은 기골이 장대한 풍채로 늘 실탄과 비상식량 주머니를 두 어깨에다 엑스 자로 매고 다녔다고 회고했다.

나는 그냥 떠나오기가 섭섭하여 손 노인에게 100위안짜리 지폐 두 장을 건네자 그는 받지 않겠다고 극구 사양했다. 그래서 내가 말했다.

"이 돈은 그때 허형식 군장이 미처 지불치 못한 밥값으로, 허 군장의 고향사람이 60년 만에 갚아 드리는 것입니다."

그러자 손 노인은 "시에시에(謝謝)"를 연거푸 말하면서 흔쾌히 받았다.

그새 서산 해가 기울었다. 하얼빈 숙소로 돌아올 길이 바빴지만 동행한 중국공산당원과 관리들은 나를 놓아 주지 않았다. 그들은 경안에서 가장 좋은 요릿집으로 안내한 뒤 만찬을 베풀었다. 경안현 부국장은 그즈음 경안현 중심지에다 공원을 만들고 있는데, 그 이름을 '형식 공원'으로 지었다고 자랑했다. 그리고 나에게 이참에 허 군장의 고향 구미시와 경안현이 자매결연을 하였으면 좋겠다는 제의를 했다. 그러면서 자기 고장에서 생산되는 쌀의 품질이 매우 좋다고 한참 자랑을 했다.

나는 그들의 호의를 실망시킬 수 없어 연구해 보겠노라고 짧게 대답했다. 하지만 속으로는 그들이 우리나라의 실정을 몰라도 한참 모르고, 한 작가의 역량을 대단케 아는 데 실소할 수밖에 없었다.

허형식 군장의 생가는 폐허가 되어 쓰레기가 쌓여 있고, 일가들은 아직도 고향을 찾지 못한 채 이역의 하늘 아래에서 유랑하고 있지 않은가. 지금 구미 시내를 지나가는 사람에게 만주군 장교 출신인 박정희 전 대통령을 물으면 다 알겠지만, 동북항일연군 제3로군 '허형식 군장'을 아느냐고 물으면 아는 이가 단 한 사람이라도 나올지 의문인 냉혹한 현실을 그들은 전혀 모르고 있었다. 게다가 허형식 군장이 중국공산당원이었다면 방금 듣고도 듣지 못했다고 손사래를 칠 것이다. 솔직히 나도 그 전해 하얼빈에 와서야 허형식 군장의 이름을 처음 듣지 않았던가.

그들은 만찬이 계속되는 동안 대여섯 차례나 술잔을 추켜올리면서

"허형식 군장 만세!"를 불렀다. 추희순 비서장은 나에게 허 군장 유족들을 모시고 꼭 다시 이곳을 찾아달라고 거듭 당부했다. 그때는 자기네가 침식 일체를 모두 부담하겠다고 약속을 했다. 나는 예의상 그분의 제의에 고맙다고 거듭 말했다. 하지만 내 양심은 바늘로 꼭꼭 찔리는 기분이었다. 그들에게 허형식 군장 생가는 폐허가 되었다는 사실을 그대로 전할 수 없었다.

그들은 늦은 밤임에도 허형식의 고향 작가를 환송하고자 수화 시가지를 벗어나는 경계지점까지 따라왔다. 그들은 내가 탄 승용차가 멀리 사라질 때까지 도로에서 솜방망이에 석유를 묻혀 임시로 만든 횃불을 번쩍 치켜들고 손을 흔들었다. 영웅은 갔지만, 그를 기리는 순결한 마음은 아직도 만주 벌판에 푸르게 살아 있었다.

허형식은 중국 공산당원이었고, 주로 북만주에서 활동했다. 하지만 그의 행적은 우리 독립운동사와 뗄 수가 없다. 동북항일연군에는 다수의 한인(韓人)들이 참가했다. 허형식은 다른 항일연군 지도자들이 소련 경내로 도피했을 때도 소수의 대원과 함께 끝까지 자기 전구를 끝까지 지키며 일제와 맞서 싸웠다. 이 때문에 중공당 만주성위에서는 1942년 봄, 소련으로 건너간 동북항일연군이 소련군의 일개 조직으로 흡수될 위기에서 그때까지도 허형식 등이 북만주에서 활동하고 있다는 명분으로 이를 거부할 수 있었다.

나는 2005년 7월 20일부터 7월 25일까지 평양·백두산·묘향산에서 열린 6·15공동선언 실천을 위한 민족작가대회에 참석했다. 그때 나는 평양에 거주한다는 허형식 장군의 두 자녀 허하주·허창룡 남매를 만나보고 싶었다. 그러기 위해 단단히 준비했다. 내가 쓴 『항일유적답사기』와 한국전쟁 사진집 『지울 수 없는 이미지』, 그리고 비전향 장기수의 딸과 해직기자의 아름답고 슬픈 사랑을 그린 장편소설 『사람은 누군가를 그리며 산다』 등을 챙겨 갔다. 북한 방문 첫날 환영만찬회가 끝난 뒤 나는 안내담당에게 그 책들을 모두 전달했다. 그는 특히 한국전쟁 사진집 『지울 수 없는 이미지』를 펼치면서 눈이 휘둥그레졌다.

"선생께서 어드러케 이런 사진집을 펴냈습니까?"

"미국 국립문서기록관리청에 가서 직접 수집한 겁니다."

"아, 네!"

"북녘에도 한국전쟁 사진이 많습니까?"

"그런 말씀 마시라요. 조선해방전쟁 때 미제들의 야수적인 폭격으로 북조선에는 남아난 게 없었습니다."

당시 서방 기자에 비친 북녘은 미군의 폭격으로 원시시대로 돌아갈 만큼 온 산하가 잿더미가 되었다고 했다. 그런 처지에 변변한 사진이 남아 있지 않았을 것이다. 이튿날인 7월 21일 북측에서 안내한 평양 시내 관람 첫 곳은 만경대 고향 집으로 곧 김일성 주석 생가였다. 검은 치마에 흰 저고리를 단정히 입고 왼쪽 가슴에는 김일성 배지를 단 여성안내원은 마이크를 잡고서 "이곳은 경치가 뛰어나 '만경대'가 되었다"라는 지명 유래에 이어 만경대 고향 집을 소개했다.

"어버이 수령님께서는 1912년 4월 15일 이곳 만경대 고향 집에서 태어나시어 14살 되시던 1925년 1월 만경대를 떠나셔서 20년 만에 고향 집에 돌아오시었는데 그때까지 살아 계시던…."

만경대 고향 집은 지난날 우리네 농가나 다름없이 꾸며 놓았다. 그런데 나는 그곳을 둘러보면서 성지가 된 이곳과 흔적도 찾을 수 없는 허형식 장군의 생가가 견주어졌다.

연세대 신주백 교수의 『만주지역 한인의 민족운동사』에 따르면,

"1942년 7월 16일, 소련은 A 야영과 B 야영을 합쳐 동북항일교도려(또는 88특별보병여단)를 조직한 바, 제1영장에 김일성, 제2영장에 왕효명, 제3영장에 허형식, 제4영장에 시세영을 임명했다"고 한다. 이로 보아 그 무렵 소련 측에서는 허형식과 김일성 두 인물을 대등하게 평가하고 있었다. 또 다른 역사학자(강만길)는 만일 그때 허형식 장군이 북만주에서 희생되지 않았다면 아마도 북녘 아니면 남녘에서 정권을 잡았거나 통일정부를 세웠을 거라고 높이 평가했다.

내가 북한 방문 내내 느낀 불만은 오직 김일성 주석만 우상화하고 있다는 점이었다. 나만 아니라 베이징에서 만난 독립지사 이태형 옹도 같은 견해를 말씀했다.

"누구나 공과가 있기 마련인데, 북조선의 김일성 주석은 다른 항일동지의 공은 아예 무시하거나 숙청 또는 제거하고, 자기만 공산명월로 받들게 한 점은 큰 과(過)이지요."

내가 평양에서 만난 담당안내원도, 조선작가동맹 김병훈 위원장도 허형식 군장에 대해 잘 알고 있었다. 두 사람 모두 한결같이 말했다.

"허형식 동지는 위대한 수령 김일성 동지의 충직한 전사로서, … 김일성 동지의 방침을 심장으로 받들고 북만주의 광활한 지대에서 적극적인 군사행동을 벌여 일제 침략자들에게 심대한 정치군사적 타격을 주었다. …."

이들의 말은 북한 『조선역사사전』에 나온 허형식에 대한 풀이와 단 한 자도 다르지 않았다. 이에 대해 왕산의 손자 허웅배(許雄培, 일명 許眞)는 북에서 말한 "허형식 동지는 위대한 수령 김일성 동지의 충직한 전사"라는 표현은 사실과 다르다고 그의 저서 『김일성정전』에 밝히고 있다. 허형식과 김일성은 "활동지역이 달랐고, 부대 계통도 달라 서로 대면한 일이 있을까 의심스럽다"라고 기록했다. 2005년 7월 22일 나는 북한 삼지연공항에서부터 백두산으로 가는 차 안에서, 또 7월 24일에는 묘향산에서 평양으로 돌아올 때도 담당안내원과 많은 대화를 나누며 비로소 내가 북한을 방문한 속내를 솔직히 드러냈다.

"허형식 군장 자녀들이 평양에 살고 있다는데 사실입니까?"

"네. 그렇습니다."

"이번 기회에 잠시 만나고 갈 수 있겠습니까?"

"우리 조선 속담에 왜 이런 말이 있지요. '첫술에 배부르랴.'"

나는 그가 하는 말의 뜻을 금세 알아차리고 더 이상 말하지 않았다.

이제 이 글 마무리로 허웅배의 임은 시조집 『은사시 꽃가루』에서 「마음의 고향」 한 수를 소개한다. 이 시조를 통해 아직도 세계 곳곳으로 유랑하는 임은 허씨 후예들의 아픔과 소망을 들어 본다.

허웅배는 1928년 중국 헤이룽장성 혜림진에서 왕산 허위의 손자로 태어났다. 김좌진 장군이 배달겨레의 영웅이 되라고 '웅배'라고 이름 지어 주었다. 그는 한때 북조선 내무성 정치부 소좌로 한국전쟁 때 인민군으로 참전했다. 이후 그는 북한 정권에서 밀려난 후 타쉬겐트국립대학, 모스크바군사대학, 문학아카데미에서 40여 년간 교수생활을 하다가 몇 해 전에 작고했다.

그분이 남긴 유작 시조 「마음의 고향」이다.

마음의 고향

할배 고향, 엄마 고향
내 고향, 딸의 고향
유랑의 세월 속에

열 개도 넘는 고향
마음의 고향은 하나
금오산록 임은 땅

[작가 후기]
대붕(大鵬)을 그리려다가
연작(燕雀)을 그리다

  동서양을 막론하고 많은 작가들은 당신의 어린 시절과 고향 이야기를 평생토록 작품의 제재로 삼고 있다. 독일의 작가 헤르만 헤세는 그의 고향 칼브를 『데미안』 등 여러 작품에서 그렸다. 또 영국의 작가 에밀리 브론테는 고향 호워드의 황야에 살면서 세계문학사에 길이 남을 명작 『폭풍의 언덕』을 남겼다. 우리나라의 박경리, 현기영, 김원일, 박완서 등의 작가들도 당신의 고향 풍물과 어린 시절 고향에서 보고 들은 이야기를 뒷날 작품화했다.

  나도 습작기였던 고교시절에 고향의 한 인물(박정희 전 대통령)을 그렸다. 그때 곁에서 지켜보던 아버지는 살아 있는 사람은 함부로 쓰지 않는다는 충고를 했다. 그러면서 그 무렵 세상에 알려지지 않는 그분의 전력(前歷)을 들려주셨을 때 나는 깜짝 놀란 나머지 큰 충격에 빠진 채 지냈다.

  그런 가운데 내 나이 쉰다섯이던 1999년 8월, 여름방학 때 중국 대륙 항일유적지 답사 길에 허형식 열사를 만난 뒤 어떤 소명의식을 갖게 되었다. 그때 연길에서 만난 당시 연변대학교 박창욱(朴昌昱) 교수의 추천으로 『중국 조선민족 발자취총서 4-결전』이란 책을 샀다. 귀국한 뒤 아들에게 그 책을 보여주며 그런 얘기를 하자, 아들은 그 책의 화보에서 허형식 장군의 사진을 스캔해 주었다. 나는 그때 이후 그 사진을 액자에 담아 내 서가에 세워 두고 있다. 그러면서 그동안 대여섯 차례 허형식 장군을 주인공으로 작품화하려고 기필했으나 번번이 탈고치 못한 채 세월만 허송했다. 그렇게 된 연유를 구차하게 변명하자면 나의 게으름에다가 독립운동사에 대한 나의 무지요, 일제강점기 당시 '만주'라는 공간에 대한 나의 공부와 내공 부족 때문이었다.

그런 답답하고 괴로운 나날을 보내던 가운데 어느덧 내 나이 일흔을 넘겼다. 그러자 이제는 더 이상 미룰 수 없기에 어쨌든 탈고해야겠다는 독한 마음을 먹었다. 그리하여 2015년 연말부터 오대산 월정사 명상관에 머물면서 그동안 쓰다가 중단한 작품을 참고로 다시 쓰기 시작하여 비로소 탈고한 것이 이 실록소설 『허형식 장군』이다. 이번 작품도 거의 일 년 동안 악전고투하며 탈고한 뒤 다시 읽어 보아도 '대붕(大鵬)'을 그리려다가 연작(燕雀)을 그린 꼴'로 매우 미흡했다. 하지만 역사에 파묻힌 한 항일 파르티잔을 일단 세상 밖으로 꺼낸다는 그런 소명감으로 감히 이 작품을 펴낸다.

해방 후 우리 백성들은 줄곧 오만 잡스러움과 가짜들의 추악한 행태로 매우 지치고, 정의와 양심에 허기져 있다. 나는 이번 작품에서 조선의 무명옷처럼 순결한 한 항일 파르티잔의 올곧은 생애를 오롯이 그려 보았다. 이 작품이 가짜 애국자들에게 지치고 허기진 백성들에게 한 줄기 빛으로, 한 모금 생명수로 앞날에 대한 '희망'을 주고 삶의 활력소가 되었으면 좋겠다.

이 작품을 쓰는 데 유독 도와준 분이 많았다. 허형식 장군의 큰집 조카인 허은(許銀, 1907-1997) 여사의 회고록 『아직도 내 귀엔 서간도 바람소리가』가 없었다면 아예 집필할 생각조차 못했을 것이다. 허은 여사의 아드님 이항증 선생은 그밖에 많은 자료와 석주(石洲) 왕산(旺山) 두 집안의 항일 투쟁 얘기를 들려주셨다. 그리고 허형식 장군의 큰집 후손 허벽(許澼) 선생은 집안에 있는 모든 자료, 심지어는 당신 집안 족보까지 보내주셨다.

동북아역사재단 장세윤 수석연구위원의 자료 도움도 매우 컸다. 그분은 허형식 장군을 국내에서 최초로 발굴하여 그에 관한 연구논문을 발표한 바 있다. 또 허형식 장군을 한국 언론에 처음 보도한 전 대한매일신문의 특집부 차장 정운현 선생, 아직도 구미 임은동에서 거주하면서 허씨 집안을 굳건히 지키고 있는, 나의 구미중학교 허호 선배의 물심양면 지원도 큰 힘이 되었다.

나는 이 작품을 오대산 월정사 명상관에서 탈고했다. 내가 허형식 희생지 기념비를 답사하고 돌아온 지 꼭 16년 만인 2015년으로 만 70세였다. 그새 나는 고향 선산에 모셨던 할아버지 산소를 천장(遷葬)하여 월정사 지장암 옆 수목장으로 옮겼다. 나는 작품을 탈고한 날 아침, 곧장 지장암 옆 할아버지 추모목에 가서 깊이 고개를 숙이며 고유의 묵념을 드렸다.

나는 할아버지 추모목을 향해 두 번 절한 다음 곧장 월정사 대웅전인 적광전으로 갔다. 나는 부처님에게 삼배를 올리며 허형식 장군의 명복을 빌었다. 그날 오후 느지막이 나는 월정사 명상관에서 짐을 꾸려 집으로 돌아왔다. 나의 귀갓길은 그동안 미뤘던 방학숙제를 뒤늦게 개학 전날에야 허겁지겁 비로소 다한 게으름뱅이 초등학생처럼 어떤 해방감에

젖었다.

그날 밤 나는 잠자리에서 금오산 기슭 채미정(採薇亭) 앞에 '항일 명장 허형식 장군'의 동상이 우뚝 세워지는 꿈을 꾸었다. 경향 각지의 사람들이 구름처럼 몰려와 제막식이 거행되는 동안 "대한독립만세!"를 계속 연호했다. 금오산은 그 모든 걸 묵묵히 지켜보고 있었다.

흔히들 역사는 승자의 기록이라고 한다. 하지만 패자의 기록, 역사에 묻힌 한 인물을 세상 밖으로 드러내는 일은 작가의 몫일 것이다. 이 작품이 일제강점기 때 한 항일 파르티잔을 올바르게 이해하고, 독립운동사라는 큰 시내를 건너는 데 징검다리의 한 돌덩이 역할이라도 한다면 지은이로서 더없는 영광이겠다.

출판계의 어려운 여건 가운데 나의 청을 선뜻 받아 준 눈빛출판사 이규상 대표와 마지막 원고 교정을 봐준 고향 친구 김병하 대구대 명예교수에게도 고마운 말씀 드린다. 이 글에서 미처 언급치 못한 작품 집필에 도움을 주신 여러분에게도 머리 숙여 감사드린다. 나는 이제 실을 다 뽑은 누에처럼 긴 잠을 자고 싶다.

이 『허형식 장군』은 2016년 11월 22일에 초판1쇄 발행한 것을 2019년 3월에 개정판 1쇄로 펴냈음을 밝힌다.

2019년 봄
원주 치악산 아래 '박도글방'에서

참고문헌

『금주 허씨 임은파보(金州許氏 林隱派譜)』, 1987.
『중국조선족역사상식』, 연변출판사, 1998. 12.
강용권, 『죽은 자의 숨결 산 자의 발길』, 장산, 1996.
경상북도 구미교육청, 『선주(善州)의 얼』, 1992.
경북독립운동기념관, 『의병장 왕산 허위 일가의 항일투쟁』, 2015. 11.
고구려연구재단 편, 『만주』, 2005. 12.
구미시·안동대 박물관, 『왕산 허위의 나라사랑과 의병전쟁』, 2005. 2.
금오공과대 선주문화연구소, 『왕산 허위의 사상과 구국의병항쟁』, 1995. 6.
김우종 선생 제공, 중국공산당 헤이룽장성 당사자료.
김웅, 『고헌 박상진』, 박상진 의사 추모사업회, 1996. 5.
박도, 『민족 반역이 죄가 되지 않는 나라』, 우리문학사, 2000. 9.
_____, 『항일유적답사기』, 눈빛, 2006. 11.
서명훈 선생, 「일본영사관습격사건」, 잡지 『송화강』.
서중석, 『신흥무관학교와 망명자들』, 역사비평사, 2001. 11.
성대경 엮음, 『한국현대사와 사회주의 '동북항일연군과 허형식'』, 역사비평사, 2000. 11.
신주백, 『만주지역 한인의 민족운동사(1920-1945)』, 아세아문화사, 1999. 5
안동독립운동기념관 편, 『국역 석주유고』, 경인문화사, 2008. 8.
유순호, 『만주항일 파르티잔』, 선인, 2009. 3.
_____, 『비운의 장군』, 연변인민출판사, 1998. 10.
임종국, 『일제침략과 친일파』, 청사, 1982. 11.
임희귀 편, 『수화지구 혁명투쟁사』, 흑룡강인민출판사, 1997. 5.

장세윤, 『1930년대 만주지역 항일무장투쟁』 독립기념관 한국독립운동사연구소, 2009. 11.
_____, 『중국동북지역 민족운동과 한국현대사』, 명지사, 2005. 10.
조성오, 『우리 역사 이야기』, 돌베개, 2008. 8.
중국공산당 경안현, 『경안당사자료』, 제1집, 1987. 12.
중국조선족민족발자취총서편집위원회 편, 『중국 조선민족 발자취총서 2-불씨』, 민족출판사, 1995. 11.
_____, 『중국 조선민족 발자취총서 3-봉화』, 민족출판사, 1995. 11.
_____, 『중국 조선민족 발자취총서 4-결전』, 민족출판사, 1995. 11.
중화서국, 『동북 '대토벌'』, 중화서국출판, 1991. 4.
한국학문헌연구회 편, 『허위전집』.
허은 구술, 변창애 기록, 『아직도 내 귀엔 서간도 바람소리가』, 민족문제연구소, 2010. 3.
그밖에 다수.

박도

1945년 경북 구미에서 태어나다. 구미초등학교, 구미중학교, 중동고등학교, 고려대학교 국문학과를 졸업한 뒤 곧장 교단에 서다. 33년간 교단생활을 마무리한 뒤 지금은 원주 치악산 밑에서 창작에 전념하고 있다. 작품집에는 장편소설 『약속』, 『허형식 장군』, 『용서』 등이 있고, 산문집 『비어 있는 자리』, 『일본기행』, 『안홍 산골에서 띄우는 편지』, 『백범 김구 암살자와 추적자』 등과 한반도와 중국대륙, 연해주 등지를 누비며 『항일유적답사기』, 『누가 이 나라를 지켰을까』, 『영웅 안중근』 등을 펴냈다. 이밖에도 미국 국립문서기록관리청을 샅샅이 뒤져 『지울 수 없는 이미지 1·2·3』, 『나를 울린 한국전쟁 100장면』, 『한국전쟁·Ⅱ』 등의 한국전쟁 사진집과 『사진으로 엮은 한국독립운동사』, 『개화기와 대한제국』, 『일제강점기』, 『미군정 3년사』 등을 엮어 냈다.

동북 제일의 항일 파르티잔
허형식 장군
박도 실록소설

개정판 1쇄 발행일 — 2019년 3월 22일
발행인 — 이규상
편집인 — 안미숙
발행처 — 눈빛출판사
　　　　　서울시 마포구 월드컵북로 361 이안상암2단지 2206호
　　　　　전화 336-2167 팩스 324-8273
등록번호 — 제1-839호
등록일 — 1988년 11월 16일
편집 — 성윤미·이솔
인쇄 — 예림인쇄
제책 — 일진제책
값 13,000원

ISBN 978-89-7409-614-4　03910
copyright ⓒ 2016, 박도

* 이 책은 저작권법에 따라 보호를 받는 저작물이므로
　무단 전재와 복제를 금합니다.